Solsticio siniestro

Solsticio siniestro

Cuentos para las noches más largas

Traducción del inglés a cargo de
*Ce Santiago, Olalla García,
Enrique Maldonado Roldán e
Isabel Márquez Méndez*

Título original: *Sunless Solstice: Strange Christmas Tales for the Longest Nights*
Primera edición en Impedimenta: noviembre de 2023

Colección publicada por primera vez en 2021 por The British Library
96 Euston Road, Londres NW1 2DB
Selección y notas © 2021 Lucy Evans y Tanya Kirk

Las fechas atribuidas a cada relato son las de la primera publicación.
«El hombre que volvió» reproducido con permiso de David Higham Associates
en representación de los herederos de Margery Lawrence.
«El manzano» reproducido con permiso de Curtis Brown Group Ltd, Londres,
en representación de The Chichester Partnership. Copyright © The Chichester Partnership, 1952.
«El barrendero» reproducido con permiso de David Higham Associates en representación de
los herederos de Muriel Spark.
«La aparición de la estrella» reproducido con permiso de Artellus Limited.
Copyright © The Estate of Robert Aickman.

Se ha hecho todo lo posible por localizar a los propietarios y obtener su permiso para utilizar
el material sujeto a derechos de autor. Los editores se disculpan por cualquier posible error
u omisión, y agradecerán que se les notifique para corregirlos en futuras reediciones o
reimpresiones.

Copyright de la traducción © Olalla García, 2023, por «El hombre que volvió», «La Habitación
Azul» y «Una nevada»; © Enrique Maldonado Roldán, 2023, por «El señor Huffam», «El
fantasma de la encrucijada» y «La aparición de la estrella»; © Isabel Márquez Méndez, 2023,
por «El barrendero», «El gato negro» y «En los hielos boreales»; © Ce Santiago, 2023, por
«El manzano», «La mujer de Ganthony» y «La tercera sombra».

Ilustración de cubierta: *Fit in*, de Lidija Paradinovic

Copyright de la presente edición © Editorial Impedimenta, 2023
Juan Álvarez Mendizábal, 27. 28008 Madrid
http://www.impedimenta.es

ISBN: 978-84-19581-25-9
Depósito Legal: M-19870-2023
IBIC: FA

Impresión y encuadernación: Grafilur
Avenida Cervantes, 51. 48970. Basauri, Bizkaia
Impreso en España

Impreso en papel 100 % procedente de bosques gestionados de acuerdo con
criterios de sostenibilidad.

Cualquier forma de reproducción, distribución, comunicación pública o transformación de esta
obra solo puede ser realizada con autorización de sus titulares, salvo excepción prevista por la
ley. Diríjase a CEDRO (Centro Español de Derechos Reprográficos, www.cedro.org) si necesita
fotocopiar o escanear algún fragmento de esta obra.

El manzano
Daphne du Maurier

Publicado por primera vez en
The Apple Tree:
A Short Novel and Several Long Stories
· 1952 ·

Daphne du Maurier

1907-1989

Daphne du Maurier (1907-1989) no necesita presentaciones, y tanto su historia como su biografía están bien documentadas. Sin embargo, «El manzano» nos proporciona una visión sorprendente de su vida y, en especial, de su matrimonio. Entre finales de los años treinta e inicios de los cuarenta, Du Maurier pasó con su marido una temporada en Egipto, pero, al estallar la Segunda Guerra Mundial, se mudó a Cornualles con sus hijos y empezó a sentirse distanciada de él. Incluso en tiempos de paz, Du Maurier y su marido pasaban la semana separados y las tensiones que inevitablemente aquello suscitaba influenciaron su ficción.

«El manzano» narra la historia de un viudo que, sin llegar a celebrar la muerte de su esposa, no encuentra el modo de llorarla. Con el transcurso de los meses, se ve atraído por dos manzanos de su jardín: uno joven y delgado, otro siniestro y amenazante. La tensión crece a medida que se acercan el invierno y la horrible y nevada conclusión. Como muchas de las obras de Du Maurier, la línea entre el terror sobrenatural y el thriller psicológico es difusa.

—Lucy Evans

Tres meses después de la muerte de su mujer reparó en el manzano por primera vez. Sabía de su existencia, por supuesto, junto con los demás que se alzaban en el jardín delantero de la casa, un terreno que ascendía hacia el campo a lo lejos. Sin embargo, nunca había tenido constancia de que el aspecto de aquel árbol en particular fuese distinto del de los demás; solo que era el tercero por la izquierda, que estaba un poco apartado del resto y más inclinado hacia la terraza.

Hacía una mañana bonita y despejada de principios de primavera, y estaba afeitándose junto a la ventana abierta. Al asomarse para olisquear el aire, con espuma en la cara y la maquinilla en la mano, su mirada se posó en el manzano. Fue un efecto de la luz, quizá, algo relacionado con el modo en que el sol ascendía sobre el bosque y por casualidad iluminaba el árbol en aquel momento concreto; pero el parecido era inconfundible.

Dejó la maquinilla sobre el alféizar y se fijó mejor. Era un árbol esmirriado y de una delgadez deprimente, carecía de la nudosa solidez de sus compañeros. Sus escasas ramas, que crecían muy arriba del tronco como hombros estrechos en un cuerpo alto, se abrían con la resignación del mártir, como si el aire de la mañana le diera frío. El rollo de alambre que rodeaba el árbol y cubría desde la cepa hasta casi la mitad del tronco parecía una falda gris de *tweed* que tapara unas piernas flacas; mientras que la rama más alta, que sobresalía hacia lo alto por encima de las de abajo, aunque ligeramente combada, podría haber sido una cabeza gacha, proyectada hacia delante en actitud de agotamiento.

Cuántas veces había visto a Midge en esa misma postura, abatida. Daba igual donde estuviera, en el jardín o en la casa, o incluso de compras en el pueblo, siempre adoptaba la misma postura encorvada que sugería que la vida la trataba mal, que sus conciudadanos la habían escogido para que llevara a cuestas una carga imposible, pero que, pese a todo, aguantaría hasta el final sin quejarse.

—Midge, se te ve agotada, ¡por el amor de Dios, siéntate y descansa un rato!

Palabras que eran recibidas con el inevitable encogimiento de hombros, el inevitable suspiro.

—Alguien tiene que ocuparse de las cosas.

Y tras enderezarse se embarcaba en la sombría rutina de tareas innecesarias que se había obligado a hacer, día tras día, a lo largo de los años interminables e indistinguibles.

Siguió contemplando el manzano. Aquella posición encorvada de mártir, la copa combada, las ramas exhaustas, las escasas hojas amustiadas que no se habían llevado el viento ni las lluvias del pasado invierno y que ahora se estremecían en la brisa primaveral como cabello ralo; todo se quejaba en silencio al dueño del jardín que lo contemplaba: «Estoy así por tu culpa, por culpa de tu dejadez».

Se apartó de la ventana y siguió afeitándose. No iba a dejarse llevar por sus imaginaciones ni a construir fantasías mentales justo cuando por fin empezaba a acostumbrarse a la libertad. Se duchó, se vistió y bajó a desayunar. Unos huevos con beicon le esperaban en el calientaplatos, y se los llevó a la mesa puesta solo para él. *The Times*, bien plegado y nuevo, esperaba su lectura. Con Midge en vida, se lo ofrecía a ella primero, una vieja costumbre, y cuando ella se lo devolvía después de desayunar para que se lo llevara al estudio, las páginas siempre estaban desordenadas y dobladas a las bravas, lo que echaba a perder en parte el placer de la lectura. Además, las noticias le sabían manidas después de que ella hubiese leído las más serias en voz alta, una costumbre matutina suya que llevaba a rajatabla, y siempre añadía a lo que leía algún comentario despectivo de cosecha propia. El nacimiento de la hija de unos amigos comunes le hacía chasquear la lengua y menear ligeramente la cabeza: «Pobrecitos, otra niña», o, si era un hijo, «Cosa seria lo de educar a un niño hoy día». Como no tenían hijos, él pensaba que era algo psicológico que recibiera con tal rencor la llegada al mundo de toda nueva vida; pero con el paso del tiempo esta se convirtió en su actitud ante cualquier cosa luminosa o alegre, como si una plaga devastadora hubiera terminado con el buen humor.

—Dice aquí que este año se ha ido de vacaciones más gente que nunca. Esperemos que lo hayan pasado bien, al menos. —Pero en sus palabras no había esperanza alguna, solo menosprecio. Luego, terminado el desayuno, echaba la silla hacia atrás, suspiraba y decía—: Ay, en fin…

Y dejaba la frase a medias; pero el suspiro, el encogimiento de hombros, la espalda larga y delgada encorvada mientras se inclinaba para recoger los platos de la mesita —y ahorrarle así trabajo a la asistenta—, todo formaba parte del prolongado reproche, dirigido a él, que con el paso de los años había deteriorado su convivencia.

Callado, puntilloso, le abría la puerta para que entrara en la cocina, y ella pasaba a su lado con esfuerzo, encorvada bajo el peso de la bandeja cargada que no tenía necesidad de recoger; al poco, por la puerta entreabierta, él oía el siseo del agua del grifo del lavadero. Regresaba a su silla y se sentaba otra vez, con el *Times* arrugado, manchado de mermelada, apoyado contra el portatostadas; y de nuevo, con monótona insistencia, una pregunta le machacaba la mente: «¿Qué he hecho yo?».

No incordiaba, no era eso. Las mujeres incordiantes, como las suegras incordiantes, eran chistes trillados de vodevil. No recordaba que Midge hubiese perdido nunca las formas o hubiese discutido con él. Pero aquella corriente subterránea de reproches, mezclada con un sufrimiento de abolengo, estropeaba el ambiente de su hogar y le provocaba una sensación de furtivismo y culpa.

Si un día de lluvia él, acogiéndose a sagrado en su estudio, con la estufa eléctrica encendida, llenando el cuarto del humo de su pipa posdesayuno, se sentaba a su escritorio a fingir que escribía cartas, en realidad lo hacía por esconderse, por sentir la acogedora protección de cuatro paredes seguras que eran solo suyas. Entonces la puerta se abría y Midge, peleándose con un chubasquero, con el sombrero de fieltro de ala ancha calado hasta las cejas, se detenía y arrugaba la nariz, asqueada.

—¡Puaj! ¡Menudo tufo!

Él no decía nada, pero se removía ligeramente en su silla, tapando con el brazo la novela que sin pensarlo demasiado hubiese escogido de una estantería.

—¿No vas a ir al pueblo? —le preguntaba ella.

—No tenía intención.

—¡Ah! Ah, bueno, da igual. —Daba media vuelta hacia la puerta.

—¿Por? ¿Quieres que haga algo?

—Nada, el pescado del almuerzo. Los miércoles no hay reparto. Pero bueno, puedo ir yo si estás liado. Pensaba que...

Había salido ya del cuarto sin terminar la frase.

—Está bien, Midge —voceaba él—, ahora voy a por el coche y me acerco. No tiene sentido que te cales.

Creyendo que no lo había oído, salía al pasillo. Ella estaba de pie junto a la puerta abierta, bajo la llovizna. Con una cesta larga y plana sobre el brazo, poniéndose un par de guantes de jardinería.

—De todas formas voy a calarme —decía—, o sea que es igual. Fíjate qué flores, les hacen falta testigos. Iré a por el pescado cuando termine con ellas.

Discutir era inútil. Ya había tomado una decisión. Cerraba la puerta tras ella y se sentaba de nuevo en su estudio. Por algún motivo, el cuarto ya no le parecía tan acogedor, y poco después, al levantar la mirada hacia la ventana, la veía pasar a la carrera, con el chubasquero ondeando y mal abotonado, pequeños regueros de agua en el ala del sombrero y la cesta del jardín repleta de margaritas moradas flácidas, muertas ya. Con remordimientos de conciencia, se agachaba a apagar una barra de la estufa eléctrica.

O digamos que era primavera, o era verano. Él de acá para allá sin sombrero en el jardín, con las manos en los bolsillos, sin pensar en otra cosa que sentir el sol en la nuca y perder la vista en el bosque y los campos y el río lento y sinuoso, y oía, en las habitaciones de arriba, cómo el quejido estridente de la aspiradora se ralentizaba de repente, se ahogaba y moría. Estaba en la terraza, y Midge lo llamaba a voces.

—¿Ibas a hacer algo? —decía ella.

Pues no. Era el olor de la primavera, del verano naciente, lo que lo había movido a salir al jardín. Era la deliciosa certeza de que, ahora que estaba jubilado y ya no trabajaba en la ciudad, el tiempo era algo sin importancia, algo que podía perder como le viniera en gana.

—No —decía—, y menos un día tan bonito. ¿Por?

—Bah, da igual —respondía ella—, otra vez el maldito desagüe de debajo de la ventana de la cocina, que no tira. Atascado del todo. Porque nadie se ocupa. Tendré que ponerme con él esta tarde.

Su rostro desaparecía de la ventana. De nuevo se oía un rugido ahogado, creciente, y la aspiradora retomaba el ritmo de su tarea. Qué tontería que una interrupción así pudiera empañar la claridad del día. No era la petición, ni la tarea en sí (limpiar un desagüe era, en realidad, una tontería de colegiales, como jugar con barro). Era aquel rostro tétrico asomado a la terraza a pleno sol, esa mano levantada sin ganas para echarse hacia atrás un mechón de pelo suelto y el inevitable suspiro antes de apartarse de la ventana, ese «Ojalá yo tuviese tiempo de estar al sol sin hacer nada. Ay, en fin...» que no había dicho.

En una ocasión se atrevió a preguntar por qué hacía falta limpiar tanto la casa. Por qué había que poner los cuartos patas arriba.

Por qué había que poner las sillas unas encima de otras, enrollar las alfombras y apiñar los adornos sobre una hoja de periódico. Y por qué había que sacar brillo a mano y a conciencia a los zócalos del pasillo de arriba, por donde nadie pasaba jamás, Midge y la asistenta turnándose para gatear por el interminable pasillo como esclavas de otra época.

Midge se lo quedó mirando, sin entender.

—Serías el primero en quejarte —decía— si la casa estuviese hecha una pocilga. Te gusta tu comodidad.

De modo que vivían en mundos distintos, sus mentes nunca se encontraban. ¿Siempre había sido así? No lo recordaba. Llevaban casados casi veinticinco años y eran dos personas que, por mera costumbre, vivían bajo el mismo techo.

Cuando todavía trabajaba, parecía distinto. No lo había notado tanto. Iba a casa a comer y a dormir, y por la mañana cogía de nuevo el tren. Pero cuando se jubiló, tomó conciencia a la fuerza de la existencia de Midge, y la sensación de que vivía resentida y descontenta se hacía más intensa día tras día.

Finalmente, el año anterior a su muerte, se había sentido engullido por aquella sensación, hasta tal punto que echaba mano de cualquier mentirijilla con tal de librarse de ella: fingía que iba a Londres a cortarse el pelo, al dentista, a comer con un viejo amigo del gremio, y en realidad iba a sentarse junto a cualquier ventana del club, anónimo, en paz.

La enfermedad que se la llevó tuvo la piedad de ser rápida. Gripe, seguida de neumonía, y murió en una semana. Apenas sabía cómo había sucedido, salvo que, para variar, estaba agotada y se había resfriado, pero no guardaba cama. Una noche, al regresar a casa desde Londres en el último tren, después de pasar la tarde refugiado en el cine y hallar alivio en el disfrute de una multitud de gente cálida y amable —pues había sido un día desapacible de diciembre—, la encontró en el sótano agachada delante de la caldera, atizando y removiendo los trozos de coque.

Lo miró, blanca por la fatiga, con el rostro demacrado.

—Caramba, Midge, ¿qué demonios haces? —dijo.

—Es la caldera —dijo ella—, lleva todo el día dando problemas, se apaga. Tendremos que llamar para que vengan a verla mañana. Yo estas cosas no sé cómo resolverlas.

Tenía en la mejilla un churrete de polvo de carbón. Dejó caer el recio atizador al suelo del sótano. Empezó a toser, con la cara encogida por el dolor.

—Deberías estar en la cama —dijo—, habrase oído semejante ridiculez… ¿Qué diantres importará la caldera?

—Pensé que volverías pronto —dijo—, y que igual habrías sabido cómo arreglarlo. Ha sido un día desapacible, no se me ocurre qué habrás estado haciendo en Londres.

Subió despacio las escaleras del sótano, la espalda encorvada, y al llegar a lo más alto se detuvo temblando con los ojos medio cerrados.

—Si no es demasiada molestia —dijo—, te sirvo la cena ahora, así me lo quito de encima. Yo no quiero nada.

—Que le den a la cena —dijo él—, ya picaré algo. Vete a la cama. Ahora te subo algo caliente.

—Ya te he dicho que no quiero nada —dijo—. Ya me lleno yo el termo de agua caliente. Solo te pido una cosa. Que te acuerdes de apagar todas las luces antes de subir. —Giró en el pasillo con los hombros hundidos.

—¿Seguro que tampoco un vaso de leche calentita?… —empezó a decir él mientras se quitaba el abrigo, y al hacerlo la mitad rasgada de la entrada del cine cayó del bolsillo al suelo. Ella la vio. No dijo nada. Tosió de nuevo y empezó a arrastrarse escaleras arriba.

A la mañana siguiente tenía treinta y nueve y medio de fiebre. Vino el médico y dijo que tenía neumonía. Midge preguntó si podía ir a un ala privada del hospital rural, porque tener una enfermera en casa le daría mucho trabajo. Aquello fue el martes por la mañana. Fue directa al hospital, y el viernes por la tarde le dijeron que seguramente su mujer no sobreviviría a la noche. Después de aquello, se quedó en la habitación, observándola tendida en esa cama impersonal, con el corazón encogido por la pena, porque, cómo no, le habían puesto demasiadas almohadas, estaba demasiado erguida y así no había forma de que pudiera descansar. Le había llevado flores, pero ahora le parecía un sinsentido dárselas a la enfermera para que las pusiera en agua, porque Midge estaba tan enferma que no podía ni mirarlas. Con cierta delicadeza, las dejó en una mesa junto a la ventana mientras la enfermera se inclinaba hacia ella.

—¿Necesita alguna cosa? —dijo él—. O sea, no me cuesta...

No terminó la frase, la dejó en el aire, confiando en que la enfermera entendería su intención: que estaba dispuesto a ir en coche adonde fuese, traer lo que le hiciera falta.

La enfermera meneó la cabeza.

—Le avisaremos por teléfono —dijo— si hay algún cambio.

¿Qué cambio podría haber?, se preguntó cuando estuvo fuera del hospital. Aquel rostro blanco y encogido sobre las almohadas no se alteraría ya, no pertenecía a nadie.

Midge murió en las primeras horas de la mañana del sábado.

No era un hombre religioso, no creía en la vida eterna, pero cuando terminó el funeral y enterraron a Midge, se angustió al pensar en la soledad de su pobre cuerpo tendido en aquel ataúd nuevo con asas de bronce: le pareció una grosería intolerable. La muerte debía ser otra cosa. Debía ser como despedirse de alguien en un andén antes de un largo viaje, pero sin la tensión. Tenía algo de indecente correr a enterrar algo que, de no ser por un infortunio, sería una persona llena de vida. Con aquella angustia, creyó oír a Midge decir con un suspiro «Ay, en fin...» mientras bajaban el ataúd a la tumba abierta.

Tuvo la ferviente esperanza de que, después de todo, hubiera un futuro en algún paraíso invisible y que la pobre Midge, ajena a lo que se estaba haciendo con sus restos mortales, paseara por verdes pastos en alguna parte. Pero ¿con quién?, se preguntó. Sus padres murieron en India hacía muchos años; no tendría muchas cosas en común con ellos, en caso de que se los encontrara en las puertas del cielo. De repente la imaginó esperando su turno en una cola, bastante atrás, como siempre le pasaba con las colas, con aquella enorme bolsa de la compra de esparto que llevaba a todas partes, y en la cara ese gesto resignado de mártir. Cuando pasó por el torno y entró en el paraíso, lo miró con reproche.

Aquellas imágenes, la del ataúd y la de la cola, lo acompañaron durante una semana, y cada día se desdibujaban un poco más. Después la olvidó. La libertad era suya, y también la casa soleada y vacía, y el invierno fresco y resplandeciente. La rutina que siguió era suya y solo suya. No había vuelto a pensar en Midge hasta aquella mañana, cuando miró el manzano.

Más avanzado el día, mientras daba un paseo por el jardín, la curiosidad lo atrajo hacia el árbol. A fin de cuentas, solo habían sido imaginaciones estúpidas. No tenía nada de particular. Un manzano como otro cualquiera. Entonces recordó que siempre había sido un árbol más débil que los demás, que de hecho estaba más que medio muerto y que una vez se habló de talarlo, pero la conversación acabó en nada. Bueno, ya tenía algo que hacer el fin de semana. Talar un árbol con un hacha era un ejercicio sano y la madera de manzano olía fenomenal. Le vendría muy bien para la chimenea.

Desgraciadamente, después de aquel día el mal tiempo duró casi una semana, y no pudo llevar a cabo la tarea que se había propuesto. Carecía de sentido trastear fuera con aquel tiempo, y encima resfriarse. Aun así, se fijaba en el árbol desde la ventana de su cuarto. Empezaba a irritarlo, ahí encorvado, lacio y flaco, bajo la lluvia. No hacía frío, y la lluvia que caía sobre el jardín era fina y suave. Ninguno de los otros árboles presentaba aquel aspecto tan abatido. Había un árbol joven —lo plantaron hacía pocos años, lo recordaba bien— que crecía a la derecha del viejo y se alzaba recto y firme; sus ramas jóvenes y flexibles se elevaban hacia el cielo y parecía que disfrutaran de la lluvia. Lo observó desde la ventana y sonrió. ¿Por qué demonios se había acordado de pronto de aquel incidente, hacía años, durante la guerra, con aquella chica que vino a trabajar unos meses la tierra de la granja vecina? Hacía meses que no se acordaba de ella. Además, no había pasado nada. Los fines de semana él también ayudaba en la granja (tareas de guerra, en cierto modo) y ella siempre estaba allí, risueña y guapa y sonriente; tenía el pelo oscuro y rizado, crespo y como de chico, y la piel como una manzana inmadura.

Siempre tenía ganas de verla, los sábados y domingos; era un antídoto contra los inevitables boletines informativos que Midge le presentaba durante el día y la incesante cháchara sobre la guerra. Le gustaba observar a aquella niña —no era más que eso, tenía diecinueve años o así—, con sus bombachos finos y sus camisas alegres; y cuando sonreía era como si abrazara al mundo.

Nunca supo bien cómo ocurrió, fue una nimiedad, pero una tarde estaba en el cobertizo arreglando algo del tractor, inclinado sobre el motor, y ella estaba a su lado, cerca de su hombro, y los dos reían; y se volvió para coger un trapo con el que limpiar una bujía y de repente la tenía en sus brazos y estaba besándola. Fue un instante feliz, espontáneo y libre, y la chica era tan cálida y alegre, y su boca joven y fresca. Siguieron trabajando en el tractor, pero ahora los unía una especie de intimidad que los llenaba de dicha y de paz. Cuando la chica tuvo que irse para dar de comer a los cerdos, salió con ella del cobertizo con la mano en su hombro, un gesto despreocupado que en realidad no significaba nada, media caricia; y cuando salieron al jardín vio a Midge allí de pie, mirándolos.

—Tengo que ir a una reunión de la Cruz Roja —dijo—. Soy incapaz de arrancar el coche. Te he llamado. Pero por lo visto no me has oído.

Midge tenía el gesto helado. Estaba mirando a la chica. Al instante lo envolvió la culpa. La chica dio risueña las buenas tardes a Midge y cruzó el jardín hacia la porqueriza.

Acompañó a Midge hasta el coche y logró arrancarlo con la palanca. Midge le dio las gracias con voz inexpresiva. Se vio incapaz de mirarla a los ojos. Aquello, por entonces, era adulterio. Era pecado. Saldría en la segunda página de un periódico dominical: «Marido intima con joven granjera en un cobertizo. Su mujer fue testigo». Las manos le temblaban cuando volvió a la casa, y tuvo que servirse una copa. Nunca llegaron a hablar de aquello. Midge jamás mencionó el asunto. Una cobardía instintiva hizo que no se acercara a la granja el fin de semana siguiente, y más tarde se enteró de que la madre de la chica había enfermado y le habían pedido que regresara a casa.

No volvió a verla. ¿Por qué se había acordado de ella de repente, un día como aquel, mientras contemplaba la lluvia caer sobre los manzanos?, se preguntó. Debía tomarse en serio lo de talar ese viejo árbol, sin duda, aunque solo fuese para que el arbolito recio recibiera más sol; no era justo que tuviera que crecer tan pegado al otro.

El viernes por la tarde rodeó el huerto en busca de Willis, un jardinero que iba tres días a la semana, para pagarle. Quería, además, pasarse por el cuarto de herramientas y ver si el hacha y el serrucho estaban en condiciones. Willis lo tenía todo limpio y ordenado —se notaba la mano de Midge—, y el hacha y el serrucho estaban colgados en el lugar de costumbre en la pared.

Pagó a Willis y, al darse la vuelta para marcharse, el jardinero dijo de repente:

—¿No es curioso, señor, lo del viejo manzano?

El comentario fue tan inesperado que lo dejó conmocionado. Sintió cómo cambiaba de color.

—¿El manzano? ¿Qué manzano? —dijo.

—Caray, ese que está al fondo, cerca de la terraza —respondió Willis—. Lleva sin dar fruta desde que trabajo aquí, y de eso hace ya varios años. Ni una manzana, ni una ramita de flores siquiera. Íbamos a talarlo aquel invierno tan frío, no sé si lo recuerda, y al final no lo hicimos. En fin, pues parece que se ha recuperado. ¿No se ha dado cuenta? —El jardinero lo observaba sonriente, con una mirada perspicaz.

¿A qué se refería aquel tipo? Era imposible que también a él le hubiese sorprendido ese parecido inaudito y fantasioso... No, era impensable, indecente, blasfemo; además, había tomado una decisión y no iba a replanteársela.

—No he notado nada —dijo, a la defensiva.

Willis rio.

—Acompáñeme a la terraza, señor —dijo—. Se lo enseñaré.

Fueron juntos hacia el jardín en pendiente, y cuando llegaron al manzano Willis levantó la mano y bajó una de las ramas que quedaban a su alcance. Crujió un poco, por rigidez y terquedad se diría, y Willis sacudió parte del liquen seco y dejó al descubierto brotes puntiagudos.

—Fíjese, señor —dijo—, está echando renuevos. Mire, tóquelos. Aún tiene vida, y más que de sobra. Nunca vi cosa igual. Mire, en esa rama también. —Soltó la primera y se ladeó a por otra.

Willis tenía razón, había brotes en abundancia, pero eran tan pequeños y marrones que apenas le parecieron dignos del nombre, eran más bien imperfecciones de la rama, grisácea y reseca. Se metió las manos en los bolsillos. Tocarlos le producía una rara sensación de asco.

—No creo que lleguen a mucho —dijo.

—No sé, señor —dijo Willis—, yo tengo esperanzas. Ha aguantado el invierno, y si no vienen malas heladas quién sabe lo que puede pasar. Sería gracioso ver florecer el viejo manzano. Incluso dará fruta. —Dio unas palmadas al tronco, un gesto a la vez familiar y de afecto.

El dueño del manzano se alejó. Por algún motivo, Willis lo irritaba. Cualquiera pensaría que el puñetero árbol estaba vivo. Y encima sus planes de talar el árbol ese fin de semana iban a quedar en nada.

—Le quita luz al más joven —dijo—. Está claro que medraría mejor si nos deshiciéramos del otro y le diéramos más espacio...

Se acercó al árbol joven y tocó una rama. No había líquenes. Los tallos eran tersos. Había brotes en cada ramita, espiralados y prietos. Soltó la rama, que, resiliente, se enderezó con un latigazo.

—¿Deshacernos del otro, señor —dijo Willis—, si todavía está vivo? No, señor, yo no lo haría. Al más joven no le hace ningún mal. Yo le daría al viejo otra oportunidad. Si no echa fruta, lo talamos el invierno que viene.

—Como quieras, Willis —dijo, y se marchó a paso ligero. Por algún motivo, no quería seguir discutiendo aquel asunto.

Esa noche, cuando se fue a la cama, abrió la ventana de par en par y descorrió las cortinas; no soportaba la idea de despertar por la mañana y encontrarse la habitación cerrada. Había luna llena, y su luz caía sobre la terraza y el jardín que la dominaba, de una palidez y una quietud fantasmales. No hacía viento. Todo estaba en silencio. Se asomó, encantado con aquella paz. La luna llena iluminaba el manzano pequeño, el joven. Bajo aquella luz desprendía un resplandor que le otorgaba cierta cualidad de cuento de hadas. Bajito, flexible y esbelto, el joven árbol bien podría ser una bailarina con los brazos en alto, en puntas y lista para alzar el vuelo. Qué elegancia tan feliz y despreocupada. Intrépido arbolito. Más a la izquierda estaba el otro, la mitad aún sumida en sombras. Ni siquiera la luz de la luna lo hacía hermoso. ¿Qué demonios le pasaba?, ¿por qué permanecía ahí cheposo y ladeado en vez de volverse hacia la luz? Daba al traste con la noche quieta, estropeaba el marco. Qué tonto había sido al claudicar ante Willis y acceder a no talar el árbol. Esos brotes ridículos jamás llegarían a florecer, y aunque lo hicieran...

Sus pensamientos se extraviaron, y por segunda vez en la semana se vio recordando a la chica de la granja y su sonrisa alegre. Se preguntó qué habría sido de ella. Seguramente se habría casado, tendría familia. Habría hecho feliz a algún muchacho, sin duda. Ay, en fin... Sonrió. ¿Iba a hacer uso ahora de aquella expresión? ¡Pobre Midge! Entonces contuvo el aliento y se quedó muy quieto, con una mano en la cortina. El manzano, el de la izquierda, ya no estaba a oscuras. La luna iluminaba las ramas marchitas, que parecían los brazos de un esqueleto alzados en súplica. Brazos inmóviles, rígidos y entumecidos por el dolor. No hacía viento y los demás árboles estaban quietos; sin embargo, en las ramas más altas, algo tembló y se estremeció, una brisa que había llegado de alguna parte y cesado de nuevo. De repente, una rama del manzano cayó al suelo. Era la rama baja, la que tenía los brotecitos oscuros, la que no había querido tocar. De los demás árboles no provenían susurros ni atisbo alguno de movimiento. Fijó de nuevo la mirada en la rama que yacía en el suelo, bajo la luna. Extendida cerca del árbol joven, lo señalaba como si lo acusara.

Hasta donde alcanzaba a recordar, era la primera vez en su vida que corría las cortinas para evitar que entrara la luz de la luna.

Se suponía que Willis se ocupaba del huerto. Con Midge en vida él apenas se había dejado ver por la parte delantera. Porque era Midge quien cuidaba de las flores. Cortaba la hierba incluso, empujando la maltrecha máquina arriba y abajo por la pendiente, con la espalda encorvada sobre el manillar.

Era otra de las tareas que había asumido, como barrer y encerar las habitaciones. Ahora que Midge no estaba para ocuparse del jardín de delante y decirle lo que tenía que hacer, era Willis quien iba siempre a la zona delantera. El jardinero había agradecido el cambio. Se sentía responsable.

—No entiendo cómo ha podido caerse esa rama, señor —dijo el lunes.

—¿Qué rama?

—Caray, la rama del manzano. La que estuvimos viendo antes de que me fuera.

—Estaba podrida, supongo. Te dije que el árbol estaba muerto.

—De podrida nada, señor. Caray, mírela. Está claro que la han roto.

Una vez más, el dueño se vio obligado a seguir a su empleado por la pendiente que dominaba la terraza. Willis cogió la rama. El liquen estaba húmedo y parecía enmarañado, pelo apelmazado.

—¿No se acercaría usted durante el fin de semana a comprobar la rama y, por un casual, la desprendió, señor? —preguntó el jardinero.

—Por supuesto que no —respondió el dueño, irritado—. De hecho, oí caer la rama durante la noche. Justo estaba abriendo la ventana de mi habitación.

—Qué curioso. La noche fue muy tranquila.

—Con los árboles viejos a veces pasan estas cosas. No entiendo por qué te preocupas tanto. Cualquiera diría… —Se detuvo; no sabía cómo acabar la frase—. Cualquiera diría que ese árbol tenía algún valor.

El jardinero meneó la cabeza.

—No es que valga nada —dijo—. Ni por un segundo he pensado que el árbol valga dinero. Es solo que, después de tanto tiempo, cuando pensábamos que estaba muerto, resulta que está vivito y coleando, como suele decirse. Llamémoslo un capricho de la naturaleza. Esperemos que no se caigan más ramas antes de que florezca.

Más tarde, cuando el dueño salió a dar su paseo de la tarde, vio que el empleado estaba cortando la hierba de debajo del árbol y reponiendo el alambre alrededor de la cepa del tronco. Era bastante ridículo. No le pagaba un pastizal para que anduviera trasteando con un árbol medio muerto. Debería estar en el huerto, plantando verduras. Pero le daba pereza discutir con él.

Regresó a casa a eso de las cinco y media. Desde que murió Midge, el té había quedado descartado; estaba deseando sentarse en su butaca junto al fuego, con su pipa, su whisky con soda y el silencio.

No hacía mucho que había encendido el fuego y la chimenea todavía humeaba. Había en la salita un olor raro, bastante nauseabundo. Abrió bien las ventanas y subió a cambiarse de zapatos, que le pesaban. Cuando bajó de nuevo el humo aún flotaba en el cuarto y el olor era más fuerte que antes. Imposible definirlo. Dulzón, extraño. Llamó a voces a la cocinera.

—La casa huele rara —dijo—. ¿Qué es?

La mujer salió al pasillo.

—¿Huele rara, señor? —dijo, a la defensiva.

—En la salita —dijo él—. El cuarto estaba lleno de humo. ¿Ha estado quemando algo?

Ella relajó el gesto.

—Debe de ser la leña —dijo—. La ha cortado Willis expresamente, señor, dijo que le gustaría.

—¿Qué leña?

—Dijo que era madera de manzano, señor, de una rama que ha serruchado. El manzano arde bien, siempre se ha dicho. Hay gente a la que le encanta. Yo no huelo nada, pero es que ando un poco constipada.

Los dos miraron el fuego. Willis la había cortado en trozos pequeños. La mujer, queriendo complacerlo, había apilado varios para hacer un buen fuego que durara. Llama no había mucha. El humo que despedían era tenue y escaso. De color verdoso. ¿Cómo era posible que no hubiese advertido aquel olor rancio y nauseabundo?

—La leña está verde —dijo con brusquedad—. Willis tendría que haberlo sabido. Mírala. No sirve para la chimenea.

La mujer adoptó un gesto serio, malhumorado.

—Lo lamento mucho —dijo—. Cuando vine a encender el fuego me pareció que estaba perfectamente. No me pareció que prendiera mal. Tengo entendido que el manzano da muy buena leña y Willis opinaba lo mismo. Me dijo que me asegurara personalmente de que lo tuviera ardiendo en la chimenea para la tarde, que lo había cortado expresamente para usted. Pensé que lo sabía y que se lo había ordenado usted.

—Ah, está bien —respondió, con brusquedad—. Ya arderán, démosle tiempo. No es culpa suya.

Le dio la espalda y atizó el fuego en un intento de separar los leños. Mientras la cocinera siguiera en la casa nada podía hacer. Si sacara los leños humeantes para tirarlos en la parte de atrás y encendiera de nuevo la chimenea con chasca seca, suscitaría comentarios. Tendría que cruzar la cocina hacia el pasadizo trasero en el que estaba almacenada la leña y ella se quedaría mirándolo y se acercaría y diría: «Ya me ocupo yo, señor. ¿Se ha apagado el fuego entonces?». No, tendría que esperar a la cena, a que se hubiese marchado después de recoger y fregar los platos. Entretanto, aguantaría como pudiera la peste a manzano.

Se sirvió su copa, encendió la pipa y contempló el fuego. No daba calor alguno y, con la calefacción central apagada, la salita estaba helada. De vez en cuando, los leños despedían un penacho fino de humo verdoso al que parecía acompañar aquel olor nauseabundo y dulzón, no sabía de ninguna madera que humeara igual. Ese jardinero bobo y metomentodo... ¿Por qué había troceado la rama? Tenía que saber que estaba verde. Húmeda a más no poder. Se inclinó hacia delante para mirarla más de cerca. ¿No era humedad ese hilillo fino que rezumaba de la leña pálida? No, era savia, desagradable, limosa.

Cogió el atizador, y en un ataque de fastidio lo hundió entre los leños para tratar de menearlos y que ardieran, para que aquel humo verdoso se convirtiera en una llama normal. El esfuerzo fue en vano. Los leños no ardían. Y entretanto, el hilillo de savia caía a la rejilla y el olor dulzón llenaba el cuarto revolviéndole el estómago. Cogió el vaso y el libro y fue al estudio, encendió la estufa eléctrica y se sentó.

Menuda idiotez. Aquello le recordó a los viejos tiempos, cuando fingía que escribía cartas e iba a sentarse al estudio porque Midge estaba en la salita. Ella tenía la costumbre de bostezar por las tardes, cuando había acabado con sus tareas diarias; una costumbre de la que no era consciente. Se acomodaba en el sofá con sus labores, el clic-clic de las agujas repicaba a toda velocidad; y de repente empezaban aquellos bostezos demoledores que surgían del fondo de su ser, un «¡Ah... Ah... I-oh!» seguido del inevitable suspiro. Luego se hacía el silencio, salvo por las agujas de tejer, pero él, sentado detrás de su libro, a la espera, sabía que en cuestión de minutos llegaría otro bostezo, otro suspiro.

Una ira desesperada lo removía entonces, las ganas de estampar el libro y decir: «Oye, si tan cansada estás, ¿no sería mejor que te fueras a la cama?».

En vez de eso, se controlaba y, pasado un rato, cuando ya no lo soportaba más, se levantaba y se iba de la salita a buscar refugio en el estudio. Ahora estaba haciendo lo mismo, otra vez, por culpa de los leños de manzano. Por culpa de ese dichoso olor nauseabundo de la madera a medio quemar.

Fue a sentarse en su silla junto al escritorio, a esperar a la cena. Cuando la asistenta terminó de recoger eran casi las nueve, le preparó la cama y se despidió hasta el día siguiente.

Él regresó a la salita, en la que no había entrado desde que saliera de allí a última hora de la tarde. El fuego se había apagado. Cierto esfuerzo sí había hecho por arder, porque los leños eran más delgados que antes y se habían hundido hasta el recogedor bajo la rejilla. La ceniza era escasa, pero las ascuas casi consumidas seguían envueltas en aquel olor nauseabundo. Fue a la cocina y encontró un balde vacío, y volvió con él a la salita. Metió dentro los leños y también las cenizas.

Debía de haber restos de agua en el balde, o bien los leños seguían húmedos, porque al caer parecieron ennegrecer aún más, con una especie de roña por encima. Llevó el balde al sótano, abrió la puerta de la caldera y tiró allí el contenido.

Entonces recordó, demasiado tarde, que la calefacción central llevaba apagada dos o tres semanas debido al tiempo primaveral, y que, a menos que la encendiera ahora, los leños se quedarían ahí, intactos, hasta el invierno siguiente. Buscó papel, cerillas y una lata de parafina, y tras prenderle fuego a todo cerró la puerta de la caldera y escuchó el rugido de las llamas. Eso pondría punto final. Esperó unos segundos y luego subió las escaleras, de regreso al pasadizo de la cocina, para preparar y encender la chimenea de la salita. La cosa requería tiempo, tuvo que buscar chasca y carbón, pero con paciencia logró encender la chimenea y por fin se acomodó delante en su butaca.

Llevaba leyendo veinte minutos quizá cuando fue consciente de los portazos. Soltó el libro y escuchó. Al principio nada. Luego, sí, ahí estaban otra vez. Un chirrido, el golpe de una puerta mal cerrada en la cocina. Se levantó y fue a cerrarla. Era la puerta de entrada al sótano. Habría jurado que la había cerrado. De un modo u otro el pestillo debía de haberse soltado. Encendió la luz del acceso a las escaleras y examinó el pestillo. No vio nada raro. Estaba a punto de cerrar la puerta con fuerza cuando de nuevo advirtió el olor. El nauseabundo olor dulzón del humo de madera de manzano. Estaba subiendo por el sótano, abriéndose paso por el pasadizo de arriba.

De repente, sin motivo, lo asaltó una especie de miedo, casi una sensación de pánico. ¿Y si durante la noche el humo llenaba toda la casa, subía por la cocina al piso de arriba y, mientras dormía, se colaba en su habitación y lo asfixiaba, lo ahogaba hasta que no pudiera respirar? La idea era ridícula, demencial, y sin embargo...

Una vez más, se obligó a bajar los escalones del sótano. No salía ruido alguno de la caldera, ningún rugido de llamas. Hilos de humo fino y verde se filtraban por la puerta cerrada de la caldera; aquello era lo que había notado desde el pasadizo de arriba.

Fue hasta la caldera y abrió la puerta de golpe. El papel se había consumido, y con él la chasca. Pero la leña, la leña de manzano, no había ardido lo más mínimo. Estaba ahí tal y como había caído cuando la tiró dentro, un leño chamuscado encima de otro, oscuros y apiñados, como los huesos ennegrecidos de alguien muerto en un incendio. Le entraron náuseas. Sintió que se atragantaba y se llevó el pañuelo a la boca. Luego, apenas consciente de lo que hacía, corrió escaleras arriba en busca del balde vacío y, con una pala y unas tenazas, intentó recuperar los leños, rebuscando a través de la puerta estrecha de la caldera. El estómago se le revolvía sin parar. Por fin, el balde estuvo lleno, y con él subió las escaleras y cruzó la cocina hacia la puerta de atrás.

Abrió la puerta. Esa noche no había luna y llovía. Se subió las solapas del abrigo y contempló la oscuridad que lo rodeaba, preguntándose dónde tirar los leños. Llovía demasiado y estaba demasiado oscuro para ir dando traspiés hasta el huerto y echarlos en el montón del compost, pero en el campo de detrás del garaje la hierba estaba alta y frondosa, y podrían quedar ocultos. Avanzó encorvado por la grava del camino de entrada, y al llegar a la verja junto al prado arrojó su carga a la hierba cómplice. Que se pudrieran y se perdieran allí, que la lluvia los empapara y acabaran por formar parte de la tierra mohosa; a él le traía sin cuidado. Ya no era responsabilidad suya. Estaban fuera de su propiedad y le daba igual cómo acabaran.

Regresó a la casa, y esta vez se aseguró de que la puerta del sótano quedaba bien cerrada. El aire volvía a estar limpio; el olor había desaparecido.

Regresó a la salita a calentarse frente a la chimenea, pero las manos y los pies, mojados por la lluvia, y el estómago, aún revuelto por el punzante olor a manzano, unían fuerzas para enfriarle el cuerpo, y se quedó allí sentado, tiritando.

No durmió bien cuando se fue a la cama aquella noche, y por la mañana despertó con mal cuerpo. Le dolía la cabeza y tenía en la lengua un sabor desagradable. Se quedó en casa. Tenía el hígado del revés. Para desahogarse, habló con aspereza a la asistenta.

—Anoche cogí un mal resfriado —le dijo— mientras intentaba calentarme. Se acabó la leña de manzano. El olor también me ha fastidiado por dentro. Dígaselo a Willis cuando venga mañana.

Ella lo miró incrédula.

—De verdad que lo lamento —dijo—. Anoche, cuando llegué a casa, le conté a mi hermana lo de la leña, que a usted no le había gustado. Dijo que era de lo más extraño. La leña de manzano se considera todo un lujo y, es más, arde muy bien.

—Pues que yo sepa esta no —le dijo—, y no quiero volver a verla por aquí. Y el olor... Todavía lo tengo en la boca, me ha dejado revuelto.

Ella apretó los labios.

—Lo lamento —dijo. Y entonces, al salir de la salita, su mirada se posó en la botella de whisky vacía en la mesita. Dudó un instante, luego la puso en la bandeja—. ¿Ha terminado con esto, señor?

Pues claro que había terminado. Era obvio. La botella estaba vacía. Pero captó la indirecta. Pretendía insinuar que la idea de que había sido el humo del manzano lo que le había sentado mal era una paparruchada, que la había cogido buena. Qué puñetera impertinencia.

—Sí —dijo—, puedes traer otra.

Así aprendería a no meterse donde no la llamaban.

Estuvo varios días enfermo, con malestar y mareos, y finalmente llamó al médico para que fuese a echarle un ojo. Cuando le contó la historia de la leña del manzano, al médico le pareció un sinsentido, y tampoco pareció muy preocupado tras auscultarlo.

—Una combinación del frío en el hígado —dijo—, los pies mojados y seguramente algo que habrá comido. Me cuesta creer que el humo de la leña tenga algo que ver. Debería hacer más ejercicio ya que es propenso a los problemas de hígado. Juegue al golf. No sé cómo mantendría yo la forma si me quitaran el golf los fines de semana. —Rio mientras recogía su cabás—. Le recetaré algo —dijo—, y en cuanto deje de llover debería salir a que le dé el aire. No hace mala temperatura, y lo que más necesitamos ahora es un poquito de sol para que todo medre. Su jardín está mucho mejor que el mío. Sus frutales están a punto de echar flor.

—Y luego, antes de salir del cuarto, añadió—: No lo olvide, hace unos meses sufrió usted un duro golpe. Superar esas cosas lleva su tiempo. Todavía echa de menos a su mujer, ya sabe. Lo mejor es salir y estar con gente. En fin, cuídese.

Su paciente se vistió y bajó. El tipo tenía buenas intenciones, desde luego, pero la visita había sido una pérdida de tiempo. «Todavía echa de menos a su mujer, ya sabe.» Ese médico no se enteraba de nada. Pobre Midge… Él al menos tenía la decencia de reconocer que no la echaba de menos en absoluto, que ahora que no estaba podía respirar, era libre, y que aparte del hígado fastidiado llevaba años sin sentirse tan bien.

Durante los pocos días que pasó en cama, la asistenta había aprovechado para limpiar a fondo la salita. Una tarea innecesaria, pero supuso que era parte del legado que Midge había dejado tras de sí. Vio que había fregado y recogido el cuarto, que estaba demasiado ordenado. Había vaciado la papelera, los libros y los papeles estaban perfectamente apilados. Era un engorro infernal, la verdad, que alguien se lo hiciera todo. No habría tardado en despedirla y apañarse lo mejor que pudiera. Cocinar y fregar los platos era la única molestia que lo detenía. La vida ideal, sin duda, era la que llevaba cualquier hombre de oriente, o de los mares del sur, que se casaba con alguna nativa. Allí no había problemas. Silencio, buen servicio, atención perfecta, cocina excelente sin necesidad de andar conversando; y luego, si te apetecía alguna cosa más, ahí estaba, joven, cariñosa, una compañera para las horas oscuras. Nada de críticas, la obediencia del animal a su amo, y la risa desenfadada de una niña. Sí, eso era sabiduría de verdad, la de esos tipos que habían roto con las convenciones. Qué suerte la suya.

Se acercó a la ventana y miró hacia el jardín en pendiente. La lluvia estaba amainando y al día siguiente haría bueno; podría salir, como le había sugerido el médico. El tipo tenía razón, además, con lo de los frutales. El pequeño junto a los escalones ya estaba en flor, y había un mirlo posado en una de las ramas, que se balanceaba despacio bajo su peso.

Las gotas de lluvia centelleaban y los capullos semiabiertos estaban rosas y muy espiralados, pero cuando el sol saliera al día siguiente se pondrían blancos y tiernos frente al azul del cielo. Tenía que buscar la vieja cámara, ponerle carrete y fotografiar aquel arbolito. Los demás también florecerían durante la semana. En cambio el viejo, el de la derecha, parecía igual de muerto; o eso, o los supuestos brotes eran tan marrones que de lejos no se distinguían. Quizá la rama que se desprendió había sido su final. Y una suerte, además.

Se apartó de la ventana y se puso a reordenar el cuarto a su gusto, desperdigándolo todo. Le gustaba enredar, abrir cajones, sacar cosas y guardarlas de nuevo. En una de las mesitas había un lápiz rojo que debía de haberse caído de la pila de libros y había reaparecido con el zafarrancho. Le sacó punta, fina y lisa. En otro cajón encontró un carrete nuevo y lo sacó para ponérselo a la cámara por la mañana. En el cajón había cantidad de papeles y fotografías antiguas en pilas revueltas, y también fotos de carné, decenas. En otra época Midge se ocupaba de estas cosas y las ponía en álbumes; luego, durante la guerra, debió de perder el interés, o tenía otro montón de cosas que hacer.

En realidad todo aquello era basura, y podía tirarse. No habría hecho mal fuego la otra noche, igual hasta habrían ardido los leños de manzano. Carecía de sentido conservarlo. Esa foto espantosa de Midge, por ejemplo, sabía Dios de hacía cuántos años, poco después de que se casaran, a juzgar por las pintas. ¿De verdad llevaba el pelo así? Esa pelambrera cardada, demasiado tiesa y tupida para su cara, larga y fina ya por entonces. El cuello bajo en forma de V y los pendientes largos, y la sonrisa, demasiado entusiasta, que le hacía la boca más grande de lo que la tenía. En el ángulo izquierdo había escrito «Para mi querido Buzz, de su amada Midge». Había olvidado por completo su antiguo apodo. Hacía años que se había deshecho de él, y recordaba que nunca le había gustado: le parecía ridículo y vergonzante, y reprendía a Midge cuando lo usaba delante de la gente.

Rompió la foto por la mitad y la tiró al fuego. Observó cómo se abarquillaba y ardía, y lo último en desaparecer fue aquella sonrisa vívida. Mi querido Buzz... Recordó de repente el vestido de noche de la fotografía. Era verde, nunca fue su color, la volvía amarillenta; y lo había comprado para una ocasión especial, una gran cena con amigos que celebraban su aniversario de bodas. La finalidad de la cena había sido invitar a los amigos y vecinos que se hubieran casado más o menos por las mismas fechas, fue el motivo por el que Midge y él habían asistido.

Hubo un montón de champán y uno o dos discursos, un ambiente muy festivo, risas y chistes —algunos de ellos bastante soeces—, y recordaba que cuando acabó la velada, mientras subían al coche para marcharse, su anfitrión, entre carcajadas, dijo: «Prueba a rondarla con sombrero de copa, viejo, ¡dicen que nunca falla!». Había sido consciente de la presencia de Midge a su lado, con el vestido de fiesta verde, sentada muy tiesa y quieta, y con aquella misma sonrisa que lucía en la fotografía que acababa de destruir, entusiasta aunque insegura, dudosa respecto al significado de las palabras que su anfitrión, ligeramente ebrio, había dejado caer al aire de la noche, y aun así buscando parecer avezada, ansiosa por agradar y, por encima de todo, desesperadamente ansiosa por resultar atractiva.

Cuando dejó el coche en el garaje y entró en casa, la encontró esperando allí, en la salita, sin motivo aparente. Tenía el abrigo echado hacia atrás para que se viera el vestido y aquella sonrisa, bastante insegura, en la cara.

Él bostezó, se sentó en una silla y cogió un libro. Ella esperó un poco más, después se recolocó despacio el abrigo y se fue arriba. Debió de ser poco después cuando se hizo aquella fotografía. «Mi querido Buzz, de su amada Midge.» Echó al fuego un buen puñado de chasca. Crepitó, se rompió y convirtió en cenizas la fotografía. Nada de leños verdes y mojados esta noche...

Al día siguiente hizo buen tiempo. El sol brillaba y cantaban los pájaros. Tuvo el impulso repentino de ir a Londres. Hacía día de pasear por la calle Bond, ver el gentío pasar. Un día para pedir cita con el sastre, cortarse el pelo, comerse una docena de ostras en su restaurante favorito. Se le había pasado el enfriamiento. Tenía por delante horas apacibles. Incluso podría pasarse por alguna matiné.

El día transcurrió sin incidentes, tranquilo, relajado, justo como había planeado, y supuso un cambio con respecto a la rutina diaria en el campo. Llegó en coche a casa a eso de las siete, deseando tomarse una copa y cenar. Hacía tanto calor que no necesitaba el abrigo, ni siquiera ahora, con el sol tan bajo. Saludó con la mano al granjero, que por casualidad cruzaba la verja cuando él entraba por el vado.

—Qué día más bueno —gritó.

El hombre asintió y sonrió.

—Muchos como este a partir de ahora no vendrían mal —le respondió a voces. Un tipo decente. Llevaban siendo amigos desde la época de la guerra, cuando conducía el tractor.

Guardó el coche y se tomó una copa, y dio un paseo por el jardín mientras esperaba la cena. Qué diferente se veía todo con tantas horas de sol. Varios trompones habían florecido, también los narcisos, y los sotos verdes estaban llenos de renuevos. En cuanto a los manzanos, los brotes se habían abierto y todos estaban en flor. Se acercó a su favorito, el pequeño, y tocó las flores. El tacto era suavísimo, y agitó una rama con delicadeza. Estaba firme, bien plantada, jamás se caería. El aroma apenas era perceptible aún, pero en un día o dos, con un poco más de sol y un par de aguaceros quizá, las flores abiertas lo desprenderían y llenaría el aire con suavidad, nada punzante, nada fuerte, un aroma modesto. Un aroma que uno debía ir a buscar, como hacían las abejas. En cuanto lo hallabas se quedaba contigo, siempre presente, seductor, reconfortante y dulce. Dio unas palmadas al arbolito y bajó los escalones hacia la casa.

A la mañana siguiente, durante el desayuno, llamaron a la puerta de la salita y la sirvienta dijo que Willis estaba fuera y quería hablar con él. Pidió a Willis que pasara. El jardinero parecía ofendido. ¿Qué problema había, pues?

—Siento molestarle, señor —dijo—, pero esta mañana he estado hablando con el señor Jackson. Ha estado quejándose.

Jackson era el granjero, dueño de los campos colindantes.

—¿Y de qué se quejaba?

—Dice que he estado tirando madera a su campo por encima de la valla y que el potrillo que tiene allí con la yegua tropezó y ahora está rengo. Jamás en la vida he tirado madera por encima de la valla, señor. Se ha puesto bastante desagradable, señor. Hablaba del valor del potro, y decía que igual tendría que malvenderlo.

—Entonces le habrás dicho, espero, que no era verdad.

—Eso hice, señor. Pero la cuestión es que alguien ha estado tirando madera por encima de la valla. Me ha enseñado el lugar justo. Detrás mismo del garaje. Acompañé al señor Jackson y ahí estaba. Habían tirado leños, señor. He pensado que lo mejor sería acudir a usted antes de hablar con cocina, ya sabe cómo es esto, para evitar disgustos.

Sentía la mirada del jardinero. No había escapatoria, claro. Y la culpa de todo la tenía Willis.

—No hace falta que hables con cocina, Willis —dijo—. Los leños los tiré yo mismo. Tú los metiste en casa sin que yo te lo pidiera, y el resultado fue que me ahogaron el fuego, el cuarto se llenó de humo y me arruinaron la noche. Los volqué por la valla en un ataque de mal humor, y, si el potro de Jackson se ha hecho daño, discúlpate de mi parte y dile que le pagaré una indemnización. Lo único que te pido es que no vuelvas a meter en casa más leña como esa.

—Sí, señor. Entiendo que no tuvo mucho éxito. Lo que no imaginaba era que sería capaz de tirarla por ahí.

—Pues eso hice. Asunto zanjado.

—Sí, señor. —Hizo ademán de irse, pero antes de salir de la habitación se detuvo y dijo—: De todas formas, no entiendo que los leños no ardieran. Yo le llevé uno pequeño a mi mujer y en nuestra cocina ardió de maravilla, más brillante imposible.

—Aquí no ardieron.

—En fin, el árbol viejo está compensando lo de la rama caída, señor. ¿Lo ha visto esta mañana?

—No.

—Ha sido por el sol de ayer, señor, y la noche cálida. Menudo regalo es, todo florecido. Debería ir a echarle un ojo usted mismo.

Willis salió del cuarto y él retomó su desayuno.

Al poco, salió a la terraza. Al principio no subió al jardín; fingió que tenía otras cosas que hacer, como sacar la pesada tumbona, ahora que el tiempo había mejorado. Y luego, tras coger una podadera, recortó un poco los rosales de debajo de la ventana. Pero, finalmente, algo lo atrajo hacia el árbol.

Estaba tal y como Willis había dicho. Si había sido por el sol, el calor, la noche suave y quieta, no supo decirlo; pero los brotecitos marrones se habían desplegado, habían florecido y ahora se extendían por encima de su cabeza en una fantástica nube blanca, pétalos húmedos. En la copa se hacían más frondosos, las flores estaban tan arracimadas que parecían bolas y más bolas de algodón mojado, y todo el conjunto, desde las ramas más altas hasta las más cercanas al suelo, tenían el mismo color pálido, ese blanco enfermizo.

Parecía cualquier cosa menos un árbol; podría haber sido una tienda de campaña ondeante, abandonada por unos campistas que se hubieran marchado, o quizá una mopa, una mopa gigante, cuya superficie franjeada se hubiese blanqueado por el sol. Las flores eran demasiado tupidas, una carga excesiva para el tronco largo y delgado, y la humedad pegada a ellas las hacía aún más pesadas. De hecho, como si el esfuerzo fuese excesivo, las flores más bajas, las más cercanas al suelo, estaban poniéndose marrones; y eso que no había llovido.

En fin, ahí lo tenía. Willis estaba en lo cierto. El árbol había florecido. Pero, en lugar de llenarse de vida, de belleza, con aquellas flores, de alguna manera se había sumido en la naturaleza, se había torcido y vuelto un engendro. Un engendro desconocedor de su propia textura y forma, que pretendiera complacer. Casi como si dijera, cohibido, con una gran sonrisa: «Mira. Todo para ti».

De repente oyó pasos a su espalda. Era Willis.

—Bonita vista, ¿eh, señor?

—Lo siento, no me parece admirable. La flor es demasiado tupida.

El jardinero lo miró fijamente sin decir nada. Pensó que Willis debía de pensar que era una persona difícil, muy severa y posiblemente excéntrica. Hablaría de él con la asistenta en la cocina.

Se obligó a sonreírle.

—Mira —dijo—. No pretendo chafarte. Pero tanta flor no me interesa. Las prefiero pequeñas, ligeras y coloridas, como las de aquel arbolito. Pero llévate algunas a casa, para tu mujer. Coge las que quieras, no me importa. Me gustaría que te las quedaras.

Dio un manotazo al aire, generoso. Quería que Willis fuese a por una escalera y se llevara todo aquello.

El jardinero meneó la cabeza. Parecía bastante sorprendido.

—No, gracias, señor, ni se me ocurriría. Estropearía el árbol. Prefiero esperar a que dé fruta. Es lo que tengo en mente, la fruta.

No había nada más que decir.

—Está bien, Willis. No te preocupes entonces.

Regresó a la terraza. Pero, cuando se sentó al sol y miró hacia el jardín en pendiente, no alcanzaba a ver el arbolito que se alzaba modesto y tímido por encima de los escalones, sus flores suaves que se elevaban hacia el cielo. El engendro lo empequeñecía y lo ocultaba con su gran nube de pétalos vencidos, amustiados ya, de un blanco deslucido, en la hierba. Y pusiera como pusiera la silla, así o asá en la terraza, le parecía que no era capaz de escapar al árbol que se alzaba por encima de él, rencoroso, ansioso, deseoso de la admiración que no sabía darle.

Hacía muchos años que no se tomaba unas vacaciones tan largas como las que se tomó ese verano: diez días escasos con su anciana madre en Norfolk, en lugar del mes de rigor que solía pasar con Midge, y el resto de agosto y todo septiembre en Suiza e Italia.

Se llevó el coche, así era libre de ir de un lugar a otro según le viniera en gana. Apenas prestó atención a los miradores y las rutas a pie, no le iban mucho las ascensiones. Lo que más le gustaba era llegar a un pueblecito con el frescor de la tarde, buscar un hotel cómodo y alojarse allí, si le complacía, dos o tres días seguidos, sin hacer nada más que deambular.

Le gustaba pasarse la mañana sentado al sol, en una cafetería o un restaurante, con una copa de vino por delante, observando a la gente; y qué cantidad de criaturas alegres viajaban hoy día. Disfrutaba de las conversaciones a su alrededor, ya que no tenía que participar; y de vez en cuando alguien le dirigía una sonrisa, una o dos palabras a modo de saludo por parte de un huésped del hotel, pero nada que lo comprometiera, una ligera sensación de estar en el ambiente, de ser un hombre en su momento de ocio, en el extranjero.

En los viejos tiempos, el problema era que, donde quiera que estuviesen de vacaciones, Midge tenía por costumbre hacerse amiga de la gente, de cualquier pareja que le resultara «agradable» o, como decía ella, «de nuestro estilo». Empezaba con una conversación durante el café y después pasaba a hacer planes para pasar el día juntos, dar paseos en coche los cuatro... Se le hacía insoportable, le arruinaba las vacaciones.

Ahora, gracias a Dios, no había necesidad de aquello. Hacía lo que le apetecía, cuando le apetecía. No estaba Midge para decir «Bueno, ¿qué, nos movemos?» cuando estaba sentado tranquilamente con su vino; no estaba Midge para planear una visita a cualquier iglesia antigua que a él no le interesaba.

Cogió peso durante las vacaciones, y le trajo sin cuidado. No había nadie que le recomendara dar un buen paseo para mantener la forma después de una comilona, arruinando así esa agradable somnolencia que acompaña al café y al postre; nadie que lo mirara con sorpresa por haberse puesto una camisa llamativa y una corbata chillona.

De paseo por los pueblecitos y aldeas, sin sombrero, fumando un puro, recibiendo sonrisas de la alegre juventud que lo rodeaba, se sentía un viejo zorro. Aquello era vida, sin preocupaciones, sin quebraderos de cabeza. Sin «Tenemos que volver el quince para la reunión del comité del hospital»; sin «Imposible que dejemos la casa cerrada más de una quincena, podría pasar cualquier cosa». En vez de eso, las luces brillantes de una verbena rural en una aldea cuyo nombre ni siquiera se había molestado en averiguar, el campanilleo de la música, risas de niños y niñas; y, tras una botella de vino de la tierra, con una reverencia, había sacado a una joven con un pañuelo alegre en la cabeza a bailar bajo la calurosa carpa. No importaba que sus pasos no fuesen al compás de los de él —hacía años que no bailaba—, ahí estaba la gracia, justo ahí. Cuando paró la música la dejó ir, y allá que fue, corriendo sonriente de regreso con sus amigas, que sin duda se reían de él. ¿Y qué? Se lo había pasado bien.

Se marchó de Italia cuando cambió el tiempo, a finales de septiembre, y la primera semana de octubre estaba de nuevo en casa. Ningún problema. Bastaba con un telegrama a la sirvienta con la posible fecha de llegada. Incluso una escapada con Midge y el regreso suponían un problema. Instrucciones por escrito con respecto a las compras, leche, pan; ventilar las habitaciones, encender las estufas, recordatorios con respecto al reparto de la prensa diaria. Toda la historia se convertía en un engorro.

Entró por el vado un suave atardecer de octubre: salía humo de las chimeneas, la puerta delantera estaba abierta, el placer del hogar lo esperaba. No había que salir corriendo a averiguar si se habían producido desastres en la fontanería, destrozos, cortes de agua ni dificultades con la comida; la asistenta sabía que no debía importunarlo con aquellas cosas. Solo «Buenas tardes, señor. Espero que haya tenido unas vacaciones agradables. ¿La cena a la hora de siempre?». Y luego el silencio. Podría tomarse su copa, encender la pipa y relajarse; la pequeña pila de cartas podía esperar. Nada de abrirlas de un modo febril y luego empezar a llamar por teléfono, oír aquellas interminables conversaciones unilaterales entre amigas. «Bueno, ¿qué tal todo? ¿En serio? Ay, madre... ¿Y tú qué le dijiste?... ¿Eso hizo? El miércoles me es imposible...»

Se desperezó satisfecho, agarrotado después de tanto coche, y desahogado echó una mirada a la salita, apacible y vacía. Tenía hambre, después del viaje desde Dover, y la chuleta le había sabido a poco después de la comida extranjera. Una tosta de sardinas siguió a la chuleta, y luego se procuró un postre.

En la mesita había un plato con manzanas. Lo cogió y lo puso sobre la mesa de la salita. Qué mala pinta. Pequeñas y arrugadas, de color marrón apagado. Mordió una, pero en cuanto notó el sabor en la lengua la escupió. Estaba podrida. Probó otra. Estaba igual. Miró la pila de manzanas más de cerca. Tenían la piel correosa y áspera y dura; era de esperar que por dentro estuviesen amargas. Si no, tendrían la pulpa blanda y el corazón amarillo. Qué asquerosidad. Se le había quedado un trozo entre los dientes, y se lo quitó. Fibroso, un horror…

Hizo sonar la campanilla, y la asistenta vino de la cocina.

—¿Tenemos otra cosa de postre? —dijo.

—Me temo que no, señor. Me acordé de cuánto le gustan las manzanas, y Willis trajo estas del jardín. Dijo que estaban especialmente buenas, en su punto justo.

—Vaya, pues se equivoca. Son incomibles.

—Lo lamento, señor. No las habría puesto aquí si lo hubiera sabido. Además, fuera hay muchas más. Willis trajo una cesta enorme.

—¿Todas iguales?

—Sí, señor. De las marrones pequeñas. No hay otras, de hecho.

—Da igual, no hay solución. Me ocuparé por la mañana.

Se levantó de la mesa y fue a la salita. Se sirvió un vaso de oporto para quitarse el sabor a manzana, pero no notó la diferencia, ni siquiera con una galleta. El regusto pulposo a podrido no se le iba de la lengua ni del paladar, y al final se vio obligado a ir al baño a cepillarse los dientes. Lo crispante era que se habría conformado con una manzana en condiciones, después de aquella cena bastante normalita: una con la piel lisa y limpia, la carne no demasiado dulce, con un sabor un poquitín ácido. Sabía bien cuáles. Buena textura al morderlas. Pero claro, tenías que cogerlas en el momento justo.

Esa noche soñó que estaba de nuevo en Italia, bailando bajo la carpa en la plazuela adoquinada. Despertó con el campanilleo de la música en los oídos, pero no recordaba el rostro de la campesina ni tampoco su tacto cuando tropezaba con sus pies. Intentó recuperar el recuerdo, tumbado despierto con su primera taza de té, pero el recuerdo lo eludía.

Se levantó de la cama y fue hasta la ventana a ver qué tiempo hacía. Bastante bueno, y un poquitín de fresco.

Entonces vio el árbol. Su aparición fue impactante, demasiado inesperada. De repente se dio cuenta de cuál era la procedencia de las manzanas de la noche anterior. El árbol estaba cargado, combado bajo el peso de la fruta. Se arracimaban, pequeñas y marrones, en cada rama, y su tamaño disminuía conforme alcanzaban la copa, de tal forma que las de las ramas más altas, crecidas pero todavía inmaduras, parecían nueces. Para el árbol eran un peso enorme, y a causa de ello parecía encorvado, retorcido y deformado; las ramas más bajas casi rozaban el suelo; y en la hierba, en la cepa del árbol, había más y más manzanas que el viento había tirado, las primeras en crecer, apartadas de sus vociferantes hermanos y hermanas. El suelo estaba cubierto de ellas, muchas abiertas por la mitad y putrefactas donde antes hubo avispas. Nunca había visto un árbol tan cargado de fruta. Era un milagro que el peso no lo hubiese tronchado.

Salió antes de desayunar —la curiosidad era demasiado grande— y se detuvo al lado del árbol, a mirarlo. Inconfundibles, eran las mismas manzanas que habían puesto en la salita la pasada noche. Poco más grandes que mandarinas, y muchas de ellas aún más pequeñas, crecían tan juntas en las ramas que para coger una te veías obligado a coger una docena.

La visión tenía algo de monstruoso, algo desagradable; con todo, era también una pena que tantos meses hubiesen acabado, para el árbol, en agonía, pues no podía llamarse de otra manera. La fruta estaba torturando al árbol, que gruñía bajo su peso, y para colmo la fruta era incomible. Todas las manzanas estaban completamente podridas. Las aplastaba con el pie, las caídas en la hierba, no había forma de evitarlo; y al poco quedaron reducidas a puré y limo, pegadas a sus talones, y tuvo que limpiarse el estropicio con briznas de hierba.

Habría sido muchísimo mejor que el árbol hubiese muerto, deshojado del todo, antes de llegar a esto. ¿De qué servía toda aquella fruta podrida, desperdigada por el jardín, ensuciando el suelo? Y el árbol mismo encorvado, por así decirlo, de dolor, y sin embargo, casi lo habría jurado, triunfante, presuntuoso.

Al igual que en primavera, cuando aquella masa de flores esponjosas, incoloras y mojadas obligaba a desviar la mirada de los demás árboles, ahora pasaba lo mismo. Imposible no ver el árbol, con su cargamento de fruta. Todas las ventanas de la parte delantera de la casa daban a él. Sabía lo que iba a pasar. La fruta se quedaría ahí hasta que la recogieran, balanceándose en las ramas todo octubre y noviembre, y nadie iba a recogerla, porque no había quien se la comiera. Aquel árbol sería capaz de fastidiarle el otoño. Cada vez que saliera a la terraza, ahí estaría, combado y repugnante.

El odio que le había cogido al árbol era extraordinario. Era un recordatorio perpetuo del hecho de…, en fin, que lo asparan si sabía de qué… Un recordatorio perpetuo de todas las cosas que detestaba y siempre había detestado, no era capaz de decir cuáles. En ese mismo instante decidió que Willis debía recoger la fruta y llevársela, venderla, deshacerse de ella, lo que fuese, con tal de no tener que comérsela y con tal de no verse obligado a contemplar aquel árbol ladeado, día tras día, durante todo el otoño.

Le dio la espalda y fue un alivio ver que ninguno de los demás árboles se había rebajado a tales excesos. Cargaban una cosecha estupenda, nada desmedido, y tal y como había supuesto, el arbolito, el que estaba a la derecha del viejo, daba su propio espectáculo de valentía, con un ligero cargamento de manzanas de talla media y aspecto rosado, color no demasiado oscuro, sino de un rojizo reciente por la maduración a pleno sol. Cogería una y se la llevaría dentro, para comérsela con el desayuno. La eligió y con solo tocarla la manzana cayó en su mano. Tenía tan buena pinta que le dio un mordisco con apetito. Así sí, jugosa, de olor dulce, nítido, aún cubierta de rocío. Ni siquiera se volvió a mirar el árbol viejo. Entró, hambriento, a desayunar.

El jardinero tardó casi una semana en dejar desnudo el árbol, y fue evidente que lo hizo a regañadientes.

—Me trae sin cuidado lo que hagas con ellas —dijo su jefe—. Puedes venderlas y quedarte con el dinero, o llevártelas a casa y echárselas a los cerdos. No soporto verlas, y no hay más que hablar. Búscate una escalera alta y ponte a trabajar ahora mismo.

Le pareció que Willis, por pura terquedad, se demoraba en su tarea. Lo observó desde las ventanas y parecía que el jardinero se movía a cámara lenta. Primero colocaba la escalera. Entonces subía trabajosamente, y bajaba para recolocarla. Más tarde, el numerito de arrancar la fruta y echarla, una a una, en la cesta. Lo mismo un día tras otro. Willis subido a la escalera en el jardín en pendiente bajo el árbol, las ramas crujían y se quejaban, y debajo, en la hierba, cestas, cubos, baldes, todo tipo de receptáculos capaces de contener manzanas.

Por fin terminó el trabajo. Se llevó la escalera, también las cestas y los cubos, y el árbol quedó desnudo. Él lo observó, esa misma tarde, con satisfacción. Se acabó la fruta podrida, era un insulto a la vista. No quedaba ni una sola manzana.

Sin embargo, el árbol, en vez de parecer más liviano al haberse librado de su carga, parecía, si era posible, más abatido que nunca. Las ramas seguían combadas y las hojas, marchitas ya con el frío de las tardes de otoño, tiritaban abarquilladas. «¿Esta es mi recompensa?», parecía decir. «¿Después de lo que he hecho por ti?»

Conforme la luz declinaba, la sombra del árbol proyectaba infortunio en la noche fría y húmeda. El invierno no tardaría en llegar. Y los días cortos, grises.

※ ※ ※

El otoño nunca le había atraído demasiado. En los viejos tiempos, había significado salir temprano en tren, una mañana gélida. Y luego, antes de las tres de la tarde, los auxiliares ya estaban encendiendo las luces, y la mayoría de las veces había niebla en el ambiente, húmedo y lóbrego, y el lento y traqueteante trayecto a casa, personas que como él volvían del trabajo sentadas en el vagón en fila de a cinco, algunas con constipados. Luego venían las largas últimas horas de la tarde con Midge, frente a él delante del fuego de la salita, escuchando, o fingiendo que escuchaba, cómo le había ido el día y qué cosas no habían salido como deberían.

Si no había tenido que apechugar con algún desastre doméstico, escogía cualquier circunstancia actual para ensombrecerlo todo. «He visto que las tarifas han vuelto a subir, ¿te has sacado el abono?», o «El lío ese de Sudáfrica pinta fatal, han dado un reportaje en las noticias de las seis», o quizá: «Otros tres casos de polio en el lazareto. Te juro que no sé qué cree que está haciendo la comunidad médica...».

Al menos ahora se libraba del papel de público, pero el recuerdo de aquellas largas tardes no lo había abandonado, y cuando se encendían las luces y se corrían las cortinas, recordaba el golpeteo de las agujas de tejer, la charla insustancial y el «Aay-o» de los bostezos. Empezó a pasarse, a veces antes de la cena, a veces después, por el Green Man, el viejo pub que quedaba como a quinientos metros por la carretera principal. Allí nadie lo importunaba. Se sentaba en un rincón después de dar las buenas noches a la señora Hill, la propietaria, y luego, con un cigarrillo y un whisky con soda, observaba a los lugareños que entraban a tomarse una pinta, a jugar a los dardos, a cotillear.

En cierto modo, aquello servía de continuación de sus vacaciones de verano. Se parecía, ligeramente, eso sí, a la atmósfera desenfadada de los cafés y los restaurantes; una especie de calidez rodeaba la barra reluciente y llena de humo, abarrotada de obreros que no lo molestaban, que le resultaban agradables, reconfortantes.

Aquellas salidas acortaban las oscuras noches de invierno, las hacían más tolerables.

Un constipado, que cogió a mediados de diciembre, lo tuvo más de una semana alejado del pub. Se vio obligado a quedarse en casa. Y era raro, pensó, cuánto echaba de menos el Green Man, y cómo lo asqueaba estar sentado en la salita o en el estudio, sin nada que hacer salvo leer o escuchar la radio. El constipado y el aburrimiento lo irritaban y lo ponían de mal humor, y la inactividad forzosa le trastocó el hígado. Tenía que hacer ejercicio. Daba igual el tiempo que hiciera, decidió al concluir otra fría y lúgubre jornada: al día siguiente saldría. El cielo llevaba encapotado desde media tarde y amenazaba nieve, pero le dio igual, no podía quedarse en casa otras veinticuatro horas sin darse un respiro.

El toque final a su irritación lo puso la tarta de frutas en la cena. Estaba en esos últimos compases de un mal resfriado en los que el gusto no se ha recuperado del todo, se tiene poco apetito, pero se nota dentro cierto vacío que requiere un tratamiento muy concreto. Un ave habría sido lo suyo. Media perdiz, asada en su punto justo, seguida de un suflé de queso. Como pedir peras al olmo. La cocinera, falta de imaginación, preparó platija, un pescado insípido y seco donde los haya. Después de retirar las sobras —había dejado la mayoría en el plato—, regresó con una tarta, y como todavía tenía hambre, se sirvió un trozo generoso.

Bastó con probarla. Tosiendo, farfullando, escupió la cucharada en el plato. Se levantó e hizo sonar la campanilla.

La mujer apareció, con gesto confuso ante la llamada inesperada.

—¿Qué demonios es esto?

—Tarta de compota, señor.

—¿Compota de qué?

—Compota de manzana. La he preparado con frascos míos.

Estampó la servilleta contra la mesa.

—Me lo temía. Has usado las manzanas esas de las que me quejé hace meses. Tanto a ti como a Willis os dejé claro que no quería esas manzanas en esta casa.

El gesto de la mujer se endureció y se contrajo.

—Señor, dijo que ni cocinara las manzanas ni las pusiera de postre. Pero no dijo que no hiciera compota. Pensé que en compota estarían buenas. E hice un poco, por probarlas. Me supieron estupendamente. Así que hice varios frascos de compota con las manzanas que me dio Willis. Aquí siempre hemos hecho compota, la señora y yo.

—Pues siento que te hayas tomado la molestia, pero no puedo comérmela. Esas manzanas ya me desagradaron en otoño, y me van a desagradar las hagas en compota o como te dé la gana. Llévate la tarta, no quiero volver a verla, la compota tampoco. Me tomaré un café en la salita.

Salió del cuarto, temblando. Era fascinante que un incidente tan pequeño le provocara un enfado semejante. ¡Dios! Qué tonta era la gente. La asistenta sabía, y también Willis, que no le gustaban esas manzanas, odiaba el sabor y el olor, pero, como eran unos roñosos, decidieron que ahorrarían dinero si le servían compota casera, compota hecha justo con las manzanas que detestaba.

Se bebió de golpe un whisky y encendió un cigarrillo.

Unos segundos después, la cocinera apareció con el café. Pero ni se retiró enseguida ni soltó la bandeja.

—¿Puedo hablar con usted, señor?

—Qué pasa ahora.

—Creo que lo mejor sería que le presentara mi renuncia.

—¿Por? ¿Porque soy incapaz de comerme la tarta de manzana?

—No es solo por eso, señor. Por algún motivo, tengo la sensación de que las cosas ya no son como antes. Varias veces he estado a punto de decírselo.

—Tampoco le doy tanto que hacer, ¿no?

—No, señor. Es solo que antes, con la señora en vida, sentía que mi trabajo se apreciaba. Ahora parece que da igual lo que haga. Nunca se dice nada, y aunque hago cuanto está en mi mano, siempre estoy insegura. Creo que estaría más feliz si me fuese a una casa en la que hubiera una señora que se diera cuenta de lo que hago.

—Nadie mejor que tú para juzgarlo, desde luego. Lamento que últimamente la cosa no haya sido de tu agrado.

—Ha estado fuera mucho tiempo, señor, este verano. Con la señora en vida nunca pasaba de la quincena. Me resulta todo tan distinto... No sé dónde estoy, ni tampoco Willis.

—O sea que Willis también está harto...

—No soy quién para decirlo, por supuesto. Sé que le molestó lo de las manzanas, pero de eso hace tiempo. Quizá quiera hablarlo él mismo con usted.

—Quizá. No tenía ni idea de que os estaba causando tantos quebraderos de cabeza. En fin, me queda claro. Buenas noches.

La mujer salió del cuarto. Él miró malhumorado a su alrededor. Que se fueran con viento fresco, si así se sentían los dos. Todo tan distinto. Puñeteras pamplinas. Que Willis se había molestado por lo de las manzanas, habrase visto semejante insolencia. ¿No tenía derecho a hacer lo que le diera la gana con su propio árbol? Al cuerno el resfriado y el mal tiempo. No soportaba quedarse sentado frente al fuego pensando en Willis y en la cocinera. Iría al Green Man a olvidarse de toda la historia.

Se puso el abrigo, una bufanda y su vieja boina, bajó la carretera a paso ligero y en veinte minutos estuvo en el Green Man, sentado en el rincón de siempre, y la señora Hill le puso su whisky y expresó su alegría por tenerlo de vuelta. Uno o dos de los habituales le sonrieron, le preguntaron por la salud.

—¿Un constipado, señor? En todas partes lo mismo. Está todo el mundo igual.

—Así es.

—Bueno, propio de esta época del año, ¿no?

—Es lo que toca. Pero cuando se te baja al pecho es un horror.

—Igual de desagradable que cuando se te mete en la cabeza, vaya.

—Así es. Los dos igual de malos. No hay más que hablar.

Tipos agradables. Amistosos. Ni te machacaban ni te importunaban.

—Otro whisky, por favor.
—Aquí tiene. Le sentará bien. Quita el frío.
La señora Hill sonreía detrás de la barra. Qué corazón más grande y amable. A través de una nube de humo oía las charlas, las carcajadas, el clic de los dardos, el bramido jocoso cuando hacían diana.
—… no sé cómo vamos a apañarnos si se pone a nevar —decía la señora Hill—, están repartiendo el carbón con mucho retraso. Si tuviésemos un cargamento de leña saldríamos del paso, pero ¿sabes lo que piden? Dos libras por viaje. En serio lo digo…
Se inclinó hacia delante y su voz sonó muy lejana, incluso para sí mismo.
—Yo le regalo leña —dijo.
—¿Disculpe? —dijo ella.
—Yo le regalo leña —repitió—. Tengo un árbol viejo en casa, tendría que haberse talado hace meses. Mañana me ocupo.
Asintió, sonriendo.
—Ay no, señor. Ni se me ocurriría ponerle en el apuro. Ya traerán el carbón, no tema.
—No es ningún apuro. Es un placer. Encantado de hacerlo por ustedes, y el ejercicio, ya sabe, me vendrá bien. Estoy cogiendo peso. Cuente con ello. —Se levantó del asiento y, con mucho cuidado, echó mano del abrigo—. Es leña de manzano —dijo—. ¿Le importa que sea manzano?
—Caray, no —respondió ella—, cualquier leña es bienvenida. Pero ¿de verdad le sobra, señor?
Asintió con cierto misterio. Era un chollo, un secreto.
—Mañana por la noche se la traigo en el remolque —dijo.
—Cuidado, señor —dijo ella—, ojo con el escalón…
Caminó hasta su casa, en la noche de frío seco, sonriendo para sí. No recordaba haberse desvestido ni acostado, pero cuando despertó la mañana siguiente el primer pensamiento que le vino a la cabeza fue la promesa que había hecho con respecto al árbol.

Cayó satisfecho en la cuenta de que aquel día Willis libraba. Nada se interpondría en sus planes. El cielo estaba bajo y había nevado durante la noche. Y aún caería más. Pero por ahora nada preocupante, nada que lo estorbara.

Después de desayunar, cruzó el huerto hacia el cuarto de las herramientas. Descolgó el serrucho, las cuñas y el hacha. Pasó el pulgar por los filos. Perfectos. Mientras se echaba al hombro las herramientas y caminaba hacia el jardín delantero rio para sí, pensando que tenía las pintas de un verdugo de los de antes, de camino a decapitar a alguna desgraciada víctima en la Torre.

Soltó las herramientas debajo del manzano. En realidad iba a ser un acto de clemencia. Nunca había visto cosa más lamentable, más desolada, que aquel manzano. Qué vida iba a quedar en él. Estaba deshojado del todo. Retorcido, feo, combado, arruinaba el aspecto del jardín. En cuanto lo quitara de en medio, cambiaría todo el paisaje.

Un copo de nieve le cayó en la mano, luego otro. Miró más allá de la terraza, hacia la ventana del salón. Vio que la asistenta estaba sirviéndole el almuerzo. Bajó los escalones y entró en la casa.

—Mira —dijo—, si quieres déjame el almuerzo listo en el horno, creo que hoy me apaño solo. Estaré ocupado, y no quiero que me pille el tren. Además, va a nevar. Será mejor que hoy te vayas pronto a casa, no sea que la cosa se ponga fea. Sé arreglármelas perfectamente solo. Y lo prefiero.

Quizá pensaba que aquella decisión venía motivada por haberle presentado su renuncia la noche previa. Daba igual lo que pensara, no le importaba. Quería estar solo. No quería ver ninguna cara vigilándolo desde la ventana.

Se fue a eso de las doce y media, y en cuanto se marchó, él fue al horno a por su almuerzo. Su intención era acabárselo enseguida para dedicar la escasa tarde a talar el árbol.

Aparte de unos copos que no cuajaron, no había nevado más. Se quitó el abrigo, se remangó la camisa y cogió el serrucho. Con la zurda arrancó el alambre en la cepa del árbol. Luego plantó el serrucho como a medio metro del suelo y se puso manos a la obra, adelante, atrás.

Durante la primera docena de pasadas todo fue como la seda. El serrucho había entrado bastante en la madera, los dientes agarraron bien. Luego, transcurridos unos segundos, el serrucho empezó a atascarse. Ya se lo había temido.

Intentó sacarlo, pero la abertura que le había hecho no era aún lo suficientemente ancha, el árbol atenazaba el serrucho y no aflojaba. Hincó la primera cuña, sin resultados. Hincó la segunda, y la abertura se ensanchó un poco más, pero no lo bastante como para liberar el serrucho.

Tiró del serrucho, empujó, en vano. Empezó a perder la paciencia. Cogió el hacha y se puso a darle hachazos al árbol, trozos del tronco salían disparados y se desperdigaban por la hierba.

Así mejor. Esa era la solución.

La pesada hacha iba y venía, cortando y hendiendo el árbol. Allá que iban los jirones de corteza, las grandes tiras blancas de madera, fresca y fibrosa. Hacha va, golpe va, rasga el tejido correoso, retira el hacha, arranca la carne gomosa con tus propias manos. Todavía falta, venga, venga.

Ahí está el serrucho al fin, y la cuña, recuperada. Ahora otra vez con el hacha. Justo ahí, fuerte, donde tan resueltos cuelgan esos hilos fibrosos. Ya empieza a crujir, ya empieza a romperse, ya empieza a moverse y a balancearse, a colgar de una única tira sangrante. Un patadón, pues. Ahí está, dale, dale otra vez, una última patada y listo, ahí cae…, ahí va… Puñetero, dale… Y cayó, con un ruido que cortó el aire, y todas las ramas se extendieron por el suelo.

Se apartó, limpiándose el sudor de la frente, de la barbilla. Tenía restos a su alrededor, y debajo, a sus pies, se abría el tocón desgarrado, blanco e irregular del árbol talado.

Empezó a nevar.

❋ ❋ ❋

Su primera tarea, después de talar el árbol, era cortar las ramas, las grandes y las pequeñas, y luego separarlas en pilas para que fuese más fácil arrastrarlas.

Los trozos pequeños, amontonados y atados, servirían de chasca; la señora Hill también lo iba a agradecer, sin duda. Acercó el coche, con el remolque enganchado, a la verja del jardín, pegado a la terraza. Trocear las ramas era tarea fácil; la mayor parte podía hacerse con un hocino. Lo fatigoso era doblar y atar los fardos, y luego sacarlos a rastras por la terraza, cruzar la verja y subirlos al remolque. De las ramas más frondosas se ocupó con el hacha y las cortó en tres o cuatro trozos, que también ató y arrastró, uno a uno, hasta el remolque.

El tiempo corría inexorablemente en su contra. La luz, la poca que había, duraría hasta las cuatro y media, y la nieve seguía cayendo. El suelo ya estaba cubierto y, cuando hizo una breve pausa en la tarea y se secó el sudor de la cara, copos finos y gélidos le cayeron en los labios y se abrieron paso, insidiosos y blandos, por el cuello de la camisa y el cuerpo. Miró al cielo y enseguida quedó cegado. Los copos caían más gruesos, más rápidos, arremolinándose alrededor de su cabeza, y parecía que el cielo se hubiese convertido en un dosel de nieve, cada vez más bajo, cada vez más cercano, asfixiando la tierra. La nieve caía sobre las ramas arrancadas y troceadas, entorpeciéndole el trabajo. Si descansaba un instante para coger aire y recuperar las fuerzas, parecía que una capa protectora, blanda y blanca, se tendía sobre la pila de madera.

No podía usar guantes. Si lo hacía, se le resbalaba el hocino o el hacha y no era capaz de atar la cuerda para arrastrar las ramas. Tenía los dedos entumecidos por el frío, y pronto los tendría tan rígidos que no podría doblarlos. Notaba una punzada, debajo del corazón, por el esfuerzo de arrastrar la madera hasta el remolque; y la tarea no parecía disminuir. Cada vez que regresaba al árbol caído, la pila de leña parecía más alta que nunca, ramas largas, ramas cortas, un montón de chasca allá, casi cubierta de nieve, de la que se había olvidado: había que atarlo todo y llevárselo a cuestas o a rastras.

Eran pasadas las cuatro y media, casi de noche, cuando hubo retirado todas las ramas, y solo quedaba arrastrar el tronco, cortado ya en tres trozos, hasta la terraza y el remolque que esperaba.

Estaba casi al límite de sus fuerzas. Tan solo la voluntad de deshacerse del árbol le hizo seguir con su tarea. Su respiración era lenta y dolorosa, y la nieve no dejaba de entrarle en la boca y los ojos; apenas veía nada.

Cogió la cuerda, la deslizó por debajo del capó frío y resbaladizo y la ató con rabia. Qué dura e inmanejable era la madera viva, y la corteza era rasposa, le hacía daño en las manos entumecidas.

—Se te acabó el cuento —murmuró—, este es tu final.

Se levantó tambaleándose tras echarse a los hombros el pesado tronco y empezó a arrastrarlo despacio pendiente abajo hacia la terraza y la verja del jardín. El tronco lo siguió, pum…, pum…, por los escalones de la terraza. Pesadas e inertes, las últimas ramas desmochadas del manzano se arrastraban tras él por la nieve aguada.

Se acabó. Había completado su tarea. Se quedó un rato jadeando, con una mano sobre el remolque. Ya solo quedaba llevar la madera al Green Man antes de que la nieve dejara impracticable el camino de entrada. Tenía cadenas para el coche, ya había pensado en eso.

Entró en la casa para cambiarse de ropa, que llevaba pegada al cuerpo, y tomarse una copa. Nada de preocuparse por el fuego, ni por correr las cortinas o ver qué había de cena, todas las tareas de las que solía ocuparse la asistenta: eso vendría más tarde. Tenía que tomarse una copa y llevar la madera.

Notaba la cabeza entumecida y agotada, al igual que las manos y todo el cuerpo. Por unos instantes, pensó en dejar el trabajo para el día siguiente, derrumbarse en la butaca y cerrar los ojos. No, sería peor. Mañana habría más nieve, mañana habría en el camino de entrada más de medio metro de nieve. Reconocía aquellas señales. Y el remolque se quedaría al otro lado de la verja del jardín, con la pila de leña dentro, blanca y congelada. Tenía que hacer el esfuerzo y acabar el trabajo esa noche.

Se terminó la copa, se cambió y salió a arrancar el coche. Seguía nevando, pero ahora que la oscuridad se había cerrado daba la sensación de que el aire era más frío, más limpio, y helaba. El mareante remolino de copos caía ahora más despacio, con precisión.

Arrancó el motor y empezó a bajar la colina, con el remolque detrás. Conducía despacio y con mucho cuidado debido al peso de la carga. Y suponía un esfuerzo añadido, después del trabajo duro de la tarde, ver a través de la nieve, que seguía cayendo y cubría el parabrisas. Las luces del Green Man nunca habían brillado más alegres que cuando entró en el pequeño aparcamiento.

Parpadeó al plantarse en el umbral, sonriendo para sí.

—Bueno, aquí traigo la leña —dijo.

La señora Hill lo miró fijamente desde detrás de la barra, uno o dos tipos se volvieron para mirarlo, y entre los jugadores de dardos se hizo el silencio.

—No será… —empezó la señora Hill, pero él hizo hacia la puerta un gesto con la cabeza y rio.

—Salga a ver —dijo—, pero no me pida que la descargue esta noche.

Se fue a su rincón favorito, riendo para sí, y ahí estaban todos, exclamando y hablando y riendo junto a la puerta; era todo un héroe, los hombres se arracimaban y hacían preguntas, y la señora Hill le sirvió su whisky y le dio las gracias, y reía y meneaba la cabeza.

—Esta noche invita la casa —dijo.

—De eso nada —dijo él—, esta es mi fiesta. La primera y la segunda ronda corren de mi cuenta. Venga, muchachos.

Había un ambiente festivo, alegre y cálido, y que haya suerte, decía una y otra vez, que haya suerte, a la señora Hill, y a sí mismo, y al mundo entero. ¿Cuándo era Navidad? ¿La semana que viene, la otra? Bueno, brindo por ello, y feliz Navidad. Qué más daba la nieve, qué más daba el mal tiempo. Por primera vez era uno de ellos, no estaba aislado en su rincón. Por primera vez bebió con ellos, rio con ellos, incluso jugó a los dardos con ellos, y ahí estaban todos en aquella barra cálida, abarrotada y llena de humo, y sentía que les caía bien a todos, se sentía uno más, ya no era «el caballero» de la casa de la colina.

Pasaron las horas, algunos se fueron a casa y otros tomaron asiento, y él seguía allí sentado, abrumado, cómodo, la calidez y el humo se mezclaban. Nada de cuanto había oído o visto tenía mucho sentido, pero, por algún motivo, parecía no importar, pues ahí estaba la señora Hill, jovial, gorda, bonachona, para satisfacer sus necesidades, mirándolo radiante desde la barra.

Otro rostro apareció en su campo de visión: era uno de los jornaleros de la granja, con quien, en la época de la guerra, había alternado al volante del tractor. Se inclinó hacia delante y tocó al tipo en el hombro.

—¿Qué fue de la muchacha? —dijo.

El hombre bajó su jarra de cerveza.

—¿Disculpe, señor? —dijo.

—Te acuerdas. Aquella muchacha granjera. Solía ordeñar las vacas, daba de comer a los cerdos en la granja. Guapa, el pelo moreno y rizado, siempre con una sonrisa.

La señora Hill giró en redondo tras atender a otro cliente.

—¿El caballero se refiere a May, quizá? —preguntó.

—Sí, eso, así se llamaba, la joven May —dijo él.

—Vaya, ¿no se enteró de lo que pasó, señor? —dijo la señora Hill mientras le llenaba el vaso—. En su momento nos dejó a todos muy impactados, todo el mundo lo comentaba, ¿verdad, Fred?

—Cierto, señora Hill.

El hombre se limpió la boca con el dorso de la mano.

—Se mató —dijo—, se cayó de la moto de un chaval. Iba a casarse al poco. Hará como cuatro años ya. Una cosa espantosa, ¿eh? Una niña encantadora, además.

—Enviamos una corona de flores entre todos —dijo la señora Hill—. La madre nos escribió, muy emocionada, y mandó un recorte del periódico, ¿verdad, Fred? Tuvo un funeral bastante concurrido, con muchísimas coronas de flores.

—Cierto —dijo Fred.

—¡Qué raro que no se enterara usted, señor! —dijo la señora Hill.

—Pues no —dijo—, no, nadie me lo contó. Lo lamento. Lo lamento mucho.

Clavó la mirada en el vaso medio lleno que tenía delante.

La conversación prosiguió a su alrededor, pero él ya no formaba parte del grupo. Volvía a estar solo, callado, en su rincón. Muerta. Aquella pobre muchacha estaba muerta. Se cayó de una moto. Llevaba muerta tres o cuatro años. Un niñato irresponsable que cogió una curva a demasiada velocidad, la chica de paquete, sujeta a su cinturón, seguramente riéndole al oído, luego el accidente… y se acabó. Fin del pelo rizado que le azotaba la cara, fin de las risas.

May, así se llamaba; ahora lo recordaba con claridad. Podía ver cómo sonreía por encima del hombro cuando la llamaban. «Ya voy», decía cantarina, y tras soltar ruidosamente un cubo en el patio allá que iba, silbando, con sus botas embarradas. La había rodeado con un brazo y la había besado un breve instante, fugaz. May, la chica de la granja, con sus ojos sonrientes.

—¿Ya se va, señor? —dijo la señora Hill.

—Sí. Sí, creo que voy a ir tirando.

Fue hacia la entrada dando tumbos y abrió la puerta. Durante la última hora había helado mucho, pero ya no nevaba. El cielo ya no era un palio vencido y brillaban las estrellas.

—¿Le echo una mano con el coche, señor? —dijo alguien.

—No, gracias —dijo—, ya me apaño.

Desenganchó el remolque y lo dejó caer. Parte de la leña se desmoronó con fuerza hacia delante. Eso para mañana. Mañana, si le apetecía, vendría otra vez para ayudar a descargar la leña. Esa noche no. Ya había hecho suficiente. Estaba cansadísimo; estaba reventado.

Tardó un rato en arrancar el coche, y apenas había recorrido la mitad de la carretera secundaria que llevaba hasta su casa cuando se dio cuenta de que había sido un error cogerlo. Había grandes acumulaciones de nieve a su alrededor, y las rodaduras que había dejado a última hora de la tarde se habían borrado. El coche bandeaba y patinaba, y de repente la rueda derecha derrapó y el vehículo quedó de costado. Se había metido en un montículo de nieve.

Salió y miró a su alrededor. El coche se había hundido en la nieve, era imposible moverlo sin la ayuda de dos o tres hombres, y aun si fuese a pedir asistencia, ¿qué sentido tenía continuar, si más adelante la nieve estaba igual de espesa? Mejor dejarlo ahí. Volvería a intentarlo por la mañana, cuando estuviese descansado. No tenía sentido quedarse allí, pasarse la mitad de la noche empujando el coche era un despropósito. En aquella carretera secundaria no iba a ocurrirle nada; nadie más pasaría por allí de noche.

Echó a andar carretera arriba hacia su casa. Ya era mala suerte haber metido el coche en la nieve. El centro de la carretera no estaba tan mal, la nieve apenas le llegaba a los tobillos. Enterró las manos en los bolsillos del abrigo y avanzó a duras penas, colina arriba. El campo era una enorme extensión blanca a cada lado.

Recordó que le había dado permiso a la asistenta para marcharse a mediodía y que la casa estaría triste y fría cuando llegara. El fuego se habría apagado, y seguramente también la caldera. Las ventanas, con las cortinas descorridas, lo mirarían sombrías desde lo alto mientras dejaban entrar la noche. La cena sin servir, para rematar. En fin, era culpa suya. De nadie más. En momentos como este debería haber alguien esperándolo, alguien que corriera desde la salita al recibidor, abriera la puerta principal, llenara la entrada de luz. «¿Te encuentras bien, cielo? Estaba preocupada.»

En la cima de la colina hizo una pausa para coger aire y vio su casa, velada por los árboles, al final del corto camino de entrada. Parecía oscura e inhóspita, sin luz en ninguna de las ventanas. Había más cordialidad en la intemperie, bajo las estrellas brillantes, de pie en la nieve blanca y quebradiza, que en aquella casa sombría.

Había dejado abierta la verja lateral; por ella entró en la terraza, y la cerró tras de sí. Qué silencio había caído sobre el jardín, no se oía nada en absoluto. Parecía que un espectro hubiese aparecido y embrujado la casa, dejándola blanca y quieta.

Caminó despacio por la nieve hacia los manzanos.

El joven se alzaba ahora solo, por encima de los escalones, nunca más empequeñecido. Con las ramas extendidas, de un blanco reluciente, pertenecía al mundo de los espíritus, a un mundo de fantasía y fantasmas. Quiso quedarse junto al árbol y tocar las ramas, asegurarse de que estaba vivo, de que la nieve no lo había dañado, para que en primavera volviera a florecer.

Casi lo tenía a su alcance cuando tropezó y cayó, y con la caída se torció el pie, atrapado en algún obstáculo oculto por la nieve. Intentó moverlo, pero lo tenía inmovilizado, y de repente supo, por la agudeza del dolor que le atravesaba el tobillo, que se le había quedado enganchado en el tocón hendido e irregular del viejo manzano que había talado esa tarde.

Se apoyó sobre los codos en un intento de arrastrarse por el suelo, pero tal era la postura tras la caída que tenía la pierna doblada hacia atrás, el pie le quedaba lejos, y con cada esfuerzo tan solo lograba aprisionar más aún el pie en el hueco del tronco. Buscó a tientas el suelo, bajo la nieve, pero no hallaba más que ramitas rotas del manzano que habían quedado desperdigadas cuando cayó el árbol y que la nevada había cubierto más tarde. Gritó para pedir ayuda, sabiendo de sobra que nadie podía oírlo. «¡Suéltame! —gritó—, ¡suéltame!», como si aquello que lo retenía allí, en su misericordia, tuviese el poder de liberarlo, y mientras gritaba, lágrimas de frustración y miedo le cayeron por la cara. Se quedaría allí tirado toda la noche, atrapado en el cepo del viejo manzano. No había esperanza, ni escapatoria, hasta que fueran a buscarlo por la mañana, pero ¿y si fuese demasiado tarde, y cuando llegaran estuviese muerto, tirado y rígido en la nieve helada?

Una vez más, se esforzó por liberar el pie, entre insultos y sollozos. De nada sirvió. No se podía mover. Agotado, apoyó la cabeza en los brazos y lloró. Se hundió más, cada vez más en la nieve, y cuando una brizna suelta de matorral, fría y mojada, le rozó los labios, le pareció una mano que, dubitativa y tímida, lo buscaba a tientas en la oscuridad.

La Habitación Azul
Lettice Galbraith

Publicado por primera vez en
Macmillan's Magazine
· 1897 ·

Lettice Galbraith

La vida de Lettice Galbraith es tan misteriosa como las pocas historias que se cree que escribió. Ignoramos cuándo nació y cuándo murió, y ni siquiera sabemos si Lettice Galbraith era su verdadero nombre. Se le atribuyen ocho relatos de misterio, seis de los cuales aparecieron en su colección New Ghost Stories *(1893). Esta historia, «La Habitación Azul», seguida en 1897 por otro cuento, «Alter Idem», apareció en 1901 en la antología* Strange Happenings. *Después de eso, el rastro de la autora desaparece.*

En principio, esta historia se basa en un motivo bastante común, el de una habitación embrujada, pero la narración cobra valor gracias a una heroína enérgica y valiente.

—Tanya Kirk

Ocurrió dos veces durante el tiempo que yo estuve en la casa. Pero dicen que no volverá a suceder, desde que la señorita Erristoun (que ahora es la señora Arthur) y el señor Calder-Maxwell descubrieron entre los dos el secreto de la habitación encantada y se deshicieron del fantasma; pues sin duda era un fantasma, aunque en ese momento el señor Maxwell le diera otro nombre, supongo que en latín. Todo lo que recuerdo ahora es que esa palabra me trajo a la mente algo relacionado con la cría de gallinas. Soy el ama de llaves de Mertoun Towers, como lo fue mi tía antes que yo, y su tía antes que ella; y, antes que ninguna, mi bisabuela, que era prima lejana del propietario de la hacienda y se había casado con el capellán, pero que se quedó sin un penique a la muerte de su marido, de modo que aceptó agradecida ese puesto que, desde entonces, desempeña una de sus descendientes. Eso nos confiere un cierto prestigio entre los sirvientes, ya que estamos, por así decirlo, emparentadas con la familia. Además, sir Archibald y la señora siempre han reconocido ese vínculo y nos han concedido más libertad de la que se permite habitualmente a los subalternos.

Mertoun ha sido mi hogar desde que tenía dieciocho años. A esa edad me ocurrió algo de lo cual, como no guarda ninguna relación con la presente historia, solo necesito decir que me quitó para siempre la intención de contraer matrimonio. De modo que vine a la casa para entrenarme bajo el ojo vigilante de mi tía, siempre atenta a los deberes de ese puesto, en el que, en el futuro, yo la sucedería.

Por supuesto, yo ya sabía que había una historia relacionada con la habitación tapizada de azul. Todo el mundo sabía que el propietario había dado órdenes estrictas de que los sirvientes no mencionaran aquel asunto, y desaconsejaba cualquier alusión por parte de la familia y de los huéspedes. Pero existe una extraña fascinación por todo lo relacionado con lo sobrenatural y, con órdenes o sin ellas, tanto nobles como plebeyos tratan de satisfacer su curiosidad. Así que no faltaban las conversaciones furtivas sobre el tema, tanto en el salón principal como en la estancia de los sirvientes y, en cuanto un invitado llegaba a la casa, visitaba la Habitación Azul y hacía todo tipo de preguntas sobre el fantasma. Lo extraño del caso era que nadie sabía cómo se suponía que era aquel fantasma, ni siquiera si existía de verdad. Intenté que mi tía me diera algunos detalles sobre la leyenda, pero ella siempre me recordaba las órdenes de sir Archibald y añadía que la historia probablemente comenzó como la fantasía supersticiosa de gente muy ignorante que vivió hacía mucho tiempo, a raíz de que una tal lady Barbara Mertoun falleciera en esa habitación.

Le recordé que debían de haber fallecido más personas, tarde o temprano, en casi todas las habitaciones de la casa, y nadie pensaba que estuvieran embrujadas, ni se insinuaba que no fuera seguro dormir allí.

Ella me respondió que el mismo sir Archibald había usado la Habitación Azul, y que uno o dos caballeros más habían pasado la noche en ella por una apuesta y no habían visto ni oído nada inusual. Por su parte, añadió, no soportaba que la gente perdiera el tiempo pensando en semejantes locuras, cuando lo que tendrían que hacer era ocuparse de sus propios asuntos.

Por alguna razón, su pretendida incredulidad no me pareció sincera, pero, aunque no me quedé satisfecha, dejé de hacer preguntas. Con todo, aun sin mencionar el tema, cada vez pensaba más en ello y, a menudo, cuando mis obligaciones me llevaban a la Habitación

Azul, me preguntaba por qué nadie la usaba nunca, si de verdad no había ocurrido nada allí y el lugar no encerraba ningún misterio. Ni siquiera había un colchón en aquella cama delicadamente tallada, que solo estaba cubierta por una sábana para protegerla del polvo. Y luego me introducía sigilosamente en la galería de retratos para ver el gran cuadro de lady Barbara, que había muerto en la flor de la juventud sin que nadie supiera la causa: una mañana, la encontraron rígida y fría, tumbada en aquella preciosa cama de dosel azul tapizado.

Debía de ser una mujer hermosa, de grandes ojos negros y un espléndido cabello castaño rojizo, aunque dudo que su belleza estuviera limitada a su apariencia externa, porque había pertenecido al grupo más vistoso de la Corte, que no era muy respetable en aquellos tiempos, si la mitad de los rumores que corren son ciertos. De hecho, una dama recatada no habría permitido que la retrataran con un vestido como aquel, que le dejaba los hombros al descubierto, y tan ligero que podía verse lo que había por debajo de la tela. También debió de ser algo extraña, porque se dice que su suegro, al que llamaban «el perverso» lord Mertoun, no quiso que la enterraran junto al resto de la familia. Aunque quizá eso fuera por rencor: estaba enojado porque ella no había tenido hijos, y su marido, que era un hombre enfermizo, había muerto de tisis un mes después sin dejar un heredero directo. De modo que el título se extinguió con el viejo lord y las propiedades pasaron a la rama protestante del linaje, cuyo cabeza de familia es el actual sir Archibald Mertoun. Sea como fuere, lady Barbara está enterrada sola en el cementerio, cerca del pórtico; bajo una gran tumba de mármol, cierto, pero completamente sola, mientras el ataúd de su marido ocupa su lugar junto a los de sus hermanos, que fallecieron antes que él, entre sus ascendientes y descendientes, en una gran cripta bajo el presbiterio de la iglesia.

Yo pensaba en ella con frecuencia, y me preguntaba cómo y por qué murió. Pero entonces sucedió aquello, y el misterio se complicó aún más.

Recuerdo que esa Navidad hubo una reunión familiar. Era la primera Navidad que se celebraba en Mertoun desde hacía muchos años. Habíamos estado muy ocupados preparando las habitaciones para los diferentes invitados, porque en Nochevieja había un baile al que acudiría gente de todas las tierras vecinas y con motivo del cual lady Mertoun celebraría una gran fiesta. Esa noche, al menos, la casa estaría llena por completo.

Yo estaba en el cuarto de la ropa, ayudando a ordenar las sábanas y las fundas de las almohadas para las diferentes camas, cuando la señora entró con una carta abierta en la mano.

Empezó a hablar con mi tía en voz baja, explicándole algo que parecía indignarla porque, cuando yo volví de entregar un montón de ropa de cama a la criada principal, la oí decir:

—Es tremendamente irritante que nos descomponga el reparto en el último momento. ¿Por qué no podía dejar a esa muchacha en casa y traerse a otra sirvienta, a la que podríamos haber metido sin problemas en cualquier sitio?

Deduje que una de las visitantes, lady Grayburn, había escrito para decir que traía consigo a una acompañante y que, como había dejado en casa a su criada, que estaba enferma, quería que la joven tuviera un dormitorio contiguo al que ella ocupaba, y así tenerla a mano para cualquier cosa que pudiera necesitar. La solicitud era bastante trivial en sí misma, pero daba la casualidad de que no había ningún cuarto disponible. Todos los dormitorios del primer pasillo estaban ocupados a excepción de la Habitación Azul, que, por desgracia, quedaba al lado del aposento preparado para lady Grayburn.

Mi tía hizo varias sugerencias, pero ninguna parecía viable y, finalmente, la señora estalló:

—Pues no hay forma de evitarlo. Tendrás que instalar a la señorita Wood en la Habitación Azul. Solo será una noche, y ella no sabe nada de esa estúpida historia.

—¡Ay, señora! —exclamó mi tía. Por su tono, comprendí que no había dicho la verdad cuando afirmó que no creía en el fantasma.

—No queda más remedio —respondió la señora—. Además, no creo que haya ningún problema con la habitación. Sir Archibald durmió allí y no tuvo queja.

—Pero se trata de una mujer, una mujer joven —insistió mi tía—. Yo no correría ese riesgo, señora; déjeme alojar allí a alguno de los caballeros, y a la señorita Wood en la primera habitación del pasillo oeste.

—¿Y de qué le serviría a Lady Grayburn tenerla allí? —respondió su señoría—. No seas boba, mi buena Marris. Quítale el seguro a la puerta que comunica las dos habitaciones; la señorita Wood puede dejarla abierta si se siente nerviosa, pero no diré una sola palabra sobre esa estúpida superstición, y me enfadaré mucho si alguien la menciona.

Habló como si eso zanjara la cuestión, pero mi tía no estaba dispuesta a darse por vencida.

—¿Y el señor? —murmuró— ¿Qué dirá cuando sepa que hay una dama alojada en esa habitación?

—Sir Archibald no interfiere en los asuntos domésticos. Prepara de inmediato la Habitación Azul para la señorita Wood. *Yo* asumo la responsabilidad de lo que ocurra…, si es que ocurre algo.

Dicho esto, la señora se fue sin admitir réplica. Preparamos la Habitación Azul, encendimos la chimenea y, cuando le di el último repaso para asegurarme de que todo estaba listo para recibir a la visitante, no pude evitar pensar en lo hermosa y cómoda que parecía la estancia. Las velas brillaban sobre el tocador y la repisa de la chimenea, en cuyo interior los leños resplandecían con suavidad. Comprobé que no se nos había pasado nada por alto, y ya estaba cerrando la puerta cuando mis ojos se posaron en la cama. Estaba arrugada, como si alguien se hubiera acostado en ella, y me molestó que las criadas hubieran sido tan descuidadas, sobre todo con ese elegante edredón nuevo. Me dirigí hasta allí, nivelé las plumas y alisé la colcha, justo cuando los carruajes pasaban por debajo de la ventana.

Al rato, lady Grayburn y la señorita Wood subieron las escaleras. Como sabía que no habían traído a ninguna criada, fui a ayudarlas a deshacer el equipaje. Estuve mucho tiempo en la habitación de la señora, y una vez que estuvo acomodada, llamé a la puerta de al lado y me ofrecí a ayudar a la señorita Wood. Lady Grayburn me siguió casi de inmediato para preguntarle por unas llaves. Pensé que se dirigía con mucha brusquedad a su acompañante, que parecía una muchacha tímida y delicada. No había nada notable en ella, excepto su cabello, que era precioso, de color dorado pálido, y que enmarcaba con apretados bucles su pequeña cabeza.

—Seguro que llegas tarde —dijo lady Grayburn—. Llevas aquí una eternidad, y no has deshecho todavía ni la mitad del equipaje.

La muchacha murmuró algo como que no había tenido mucho tiempo.

—Has tenido tiempo suficiente para tumbarte en la cama, en lugar de arreglarte —fue la réplica.

Mientras la señorita Wood negaba débilmente aquella acusación, miré hacia la cama por encima del hombro, y comprobé que tenía las mismas arrugas extrañas que yo había visto antes. Se me aceleró el corazón: sin ninguna razón concreta, tuve la convicción de que aquello tenía algo que ver con lady Barbara.

La señorita Wood no fue al baile. Cenó en la sala de clases junto a la institutriz de las señoritas. Cuando, alrededor de las doce, oí decir a una de las criadas que la joven iba a quedarse despierta esperando a que lady Grayburn regresara, le llevé un poco de vino y unos sándwiches. La señorita permaneció en el salón de clases, leyendo un libro, hasta que el primer grupo regresó a la casa, poco después de las dos. Yo estuve revisando las habitaciones junto a una criada para comprobar que las chimeneas seguían encendidas, y no me sorprendió volver a encontrar esas extrañas arrugas sobre la cama; de hecho, me lo esperaba. No le dije ni una palabra a la criada, que no parecía haber notado nada fuera de lo normal, pero sí se lo mencioné a mi tía y, aunque ella respondió con brusquedad que aquello era una bobada, se puso bastante pálida, y la oí murmurar en voz baja algo que sonaba como: «¡Que Dios la ayude!».

Aquella noche dormí mal: hiciera lo que hiciese, la idea de que aquella pobre muchacha estaba sola en la Habitación Azul me mantenía despierta e inquieta. Supongo que estaba nerviosa, y una vez, justo cuando me estaba quedando dormida, me incorporé creyendo haber oído un grito. Abrí la puerta de mi habitación y me quedé escuchando, pero no oí ningún ruido y, después de esperar un poco, volví a la cama y me quedé temblando hasta que me dormí.

La casa no se puso en movimiento tan temprano como de costumbre. Todo el mundo estaba cansado después de trasnochar, y a las señoras no se les envió el té hasta las nueve. Mi tía no comentó nada sobre el fantasma, pero noté que estaba inquieta, y una de las primeras cosas que hizo fue preguntar si alguien había ido a la habitación de la señorita Wood. Le contestaron que Martha, una de las criadas, le estaba llevando la bandeja del desayuno, y justo entonces la aludida entró corriendo, pálida y con expresión aterrada.

—Por el amor de Dios, señora Marris —gritó—, venga a la Habitación Azul. ¡Ha sucedido algo horrible!

Mi tía no se entretuvo en preguntar nada. Corrió directamente escaleras arriba y, mientras la seguía, oí que murmuraba para sí misma:

—Lo sabía, lo sabía. ¡Ay, Señor! Y ahora, ¿cómo se sentirá mi señora?

Aunque viva hasta los cien años, nunca olvidaré la cara de esa pobre muchacha. Parecía que se hubiera quedado paralizada de terror. Tenía los ojos muy abiertos, con la mirada fija, y las manitas agarradas con fuerza a cada lado de la colcha. Estaba tumbada en el mismo sitio en el que habían aparecido las arrugas.

Por supuesto, toda la casa estaba conmocionada. Sir Archibald envió corriendo a uno de los mozos a buscar al médico, pero este no pudo hacer nada cuando llegó; la señorita Wood llevaba muerta al menos cinco horas.

Fue un asunto triste. Todos los visitantes se marcharon lo antes posible, excepto lady Grayburn, que tuvo que quedarse para el interrogatorio.

En su informe, el médico afirmó que la muerte se había debido a un fallo cardíaco, posiblemente ocasionado por una conmoción repentina. Aunque el jurado no lo expresó abiertamente en el veredicto, era un secreto a voces que culpaban a mi señora por permitir que la señorita Wood durmiera en la habitación embrujada. Pero nadie se lo reprochaba más amargamente que ella misma, pobre señora; si se había equivocado, sin duda pagó por ello, porque nunca se recuperó de la impresión de aquella espantosa mañana, y se quedó prácticamente inválida hasta que murió cinco años después.

Todo eso sucedió en el año 184*. Tendrían que pasar cincuenta años para que otra mujer durmiera en la Habitación Azul, y en esos cincuenta años se habían producido muchos cambios. El viejo señor se reunió con sus ancestros y su hijo, el actual sir Archibald, dirigía la hacienda en su lugar; sus hijos eran ya adultos y el mayor, el señor Charles, estaba casado y tenía un niño pequeño. Mi tía había fallecido hacía mucho, y yo era una anciana, aunque activa y tan capaz como siempre de garantizar que las sirvientas hicieran su trabajo. Creo que hoy en día hay que estar más pendiente de ellas; en los viejos tiempos, antes de que se hablara tanto de educación, las muchachas que entraban a servir se preocupaban menos por su ropa y más por limpiar el polvo. Aunque no niego que la educación sea buena en los ambientes apropiados, es decir, entre los nobles. Porque, si la señorita Erristoun no hubiera sido la joven inteligente y decidida que es, nunca habría descubierto el terrible secreto de la Habitación Azul, ni habría sobrevivido para hacer al señorito Arthur el hombre más feliz del mundo.

El señorito ya se había fijado en ella cuando la joven vino por primera vez, en verano, para visitar a la señora Charles, y no me sorprendió encontrarla entre los invitados a la inauguración de la temporada de caza. No se trataba de una fiesta familiar propiamente dicha (pues sir Archibald y lady Mertoun estaban fuera), sino solo de una reunión de media docena de señoritas, amigas de la señora Charles, que tampoco era más que una chiquilla, y de otros tantos caballeros, a los que el señor Charles y el señorito Arthur habían invitado. Fueron unas jornadas muy alegres, durante las cuales los asistentes almorzaban en la zona cubierta del jardín, jugaban partidos de tenis, preparaban bailes con pocas horas de antelación y, a veces, por la noche, jugaban al escondite por toda la casa, como si fueran niños.

Al principio me sorprendió ver que la señorita Erristoun, que tenía fama de ser tan instruida y de poder mantener un debate con cualquier caballero de Cambridge, jugaba con los demás, como lo haría cualquier joven dama; parecía disfrutar de la diversión tanto como el resto, y siempre era la primera en apuntarse a cualquier tipo de actividad que se planeara. No me extrañó que al señorito Arthur le gustara tanto, porque era guapa, alta y de proporciones delicadas, y se comportaba como una princesa. También tenía una maravillosa melena, tan larga que, según me dijo su doncella, le llegaba al suelo cuando se sentaba en una silla para que se la cepillaran. Todo el mundo parecía encariñado con la joven, pero pronto me di cuenta de que a ella le gustaba, sobre todo, estar en compañía del señorito Arthur o del señor Calder-Maxwell.

Hoy en día, el señor Maxwell es profesor, una gran personalidad en Oxford; pero por aquel entonces no era más que un estudiante universitario, al igual que el señorito Arthur, aunque más aplicado, porque se pasaba horas en la biblioteca repasando con detenimiento esos viejos libros llenos de extraños caracteres negros que, según dicen, el perverso lord Mertoun coleccionaba en época del rey Carlos II. De vez en cuando, la señorita Erristoun se quedaba con él para ayudarlo. Y, durante estas sesiones de estudio, descubrieron algo que los puso sobre la pista del secreto de la Habitación Azul.

Tras la muerte de la señorita Wood, durante mucho tiempo estuvo estrictamente prohibido mencionar al fantasma. Ni el señor ni mi señora toleraban la mínima alusión al tema, y la Habitación Azul se mantenía cerrada con llave, excepto cuando había que limpiarla y airearla. Pero, con el paso de los años, la conmoción que había causado aquella tragedia fue mitigándose poco a poco, hasta que se convirtió en una historia que la gente comentaba igual que cuando yo llegué a Mertoun Towers; y, aunque muchos creían en el misterio y especulaban sobre la identidad del fantasma, había otros que no dudaban en declarar que la muerte de la señorita Wood en esa habitación era una mera coincidencia y no tenía nada que ver con ninguna entidad sobrenatural. La señorita Erristoun era una de las que se aferraban con más fuerza a esta teoría. Ella no creía en fantasmas, y declaraba abiertamente que todas las historias que se contaban sobre las casas embrujadas podrían explicarse por causas naturales si la gente tuviera el valor y la ciencia suficientes para investigarlas con minuciosidad.

Aquel había sido un día muy húmedo, los caballeros se habían quedado en casa, y la señora Charles se había empeñado en que todos tomaran un té a la antigua usanza en mi habitación para «hablar del fantasma», como dijo ella. Me pidieron que les contara todo lo que sabía sobre la Habitación Azul. Mientras todos comentaban la historia y especulaban sobre la identidad del fantasma, la señorita Erristoun dio su opinión.

—Esa pobre joven estaba enferma del corazón —terminó diciendo— y habría muerto igual en cualquier otra habitación.

—Pero ¿qué hay de las otras personas que durmieron allí? —objetó alguien.

—No murieron. El viejo sir Archibald no sufrió ningún daño, ni el señor Hawksworth, ni el otro caballero. Estaban sanos y eran muy valientes, así que no vieron nada.

—No eran mujeres —intervino la señora Charles—; se ve que el fantasma solo se aparece ante el sexo débil.

—Eso demuestra que la historia no es más que una leyenda —dijo la señorita Erristoun con decisión—. Primero se decía que todos los que durmieran en esa habitación morirían. Luego, uno o dos hombres durmieron allí y siguieron vivos, de modo que hubo que modificar la historia, y como sí estaba probado que una mujer había muerto repentinamente, se interpretó que la desgracia solo afectaba a las mujeres. Si una joven valerosa y de buena constitución pasara una noche en esa habitación, vuestro querido espectro familiar quedaría desacreditado para siempre.

Hubo un coro unánime de disconformidad. Ninguna de las damas estaba de acuerdo, y la mayoría de los caballeros dudaban que el valor de cualquier mujer pudiera resistir aquella prueba. Cuanto más discutían, más insistía la señorita Erristoun en su punto de vista, hasta que, al fin, la señora Charles se enojó y exclamó:

—Bueno, una cosa es decirlo y otra, hacerlo. Admítelo, Edith: tú misma no te atreverías a dormir en esa habitación.

—Me atrevo, y lo haré —respondió ella, directa—. No creo en fantasmas, y estoy dispuesta a afrontar esa prueba. Esta noche voy a dormir en la Habitación Azul, si os parece bien, y mañana por la mañana tendréis que admitir que, sea lo que sea lo que causa la impresión de que esa habitación está encantada, no es un fantasma.

Creo que la señora Charles se arrepintió de haber hablado, porque todos apoyaron a la señorita Erristoun, y los caballeros empezaron a hacer apuestas sobre si vería algo o no. Demasiado tarde, la señora Charles intentó reírse de su propio desafío aduciendo que era una tontería, pero la señorita Erristoun no estaba dispuesta a echarse atrás. Aseguró que tenía la intención de llegar al fondo del asunto y que, si no le preparaban la cama, llevaría sus sábanas y sus almohadas y acamparía en el suelo.

Mientras los demás se reían y comentaban la situación, vi que el señor Maxwell la miraba con mucha curiosidad. Luego se llevó aparte al señorito Arthur y se puso a hablar en voz baja. No pude escuchar lo que decía, pero el señorito Arthur respondió de forma taxativa.

—Es la mayor locura que he oído nunca, y no lo permitiré de ningún modo.

—Tal vez ella no te pida permiso —replicó el señor Maxwell.

Luego se volvió hacia la señora Charles y le preguntó cuánto tiempo hacía desde que la Habitación Azul se usó por última vez, y si se mantenía ventilada. Yo podía responder a eso, y cuando oyó que allí no había ropa de cama pero que las chimeneas se mantenían con regularidad, dijo que tenía la intención de tantear él primero al fantasma y que, si no veía nada, entonces le llegaría el turno a la señorita Erristoun.

El señor Maxwell tenía una habilidad especial para solventar las situaciones y, con su actitud tranquila, siempre parecía salirse con la suya. Justo antes de la cena vino a verme acompañado por la señora Charles y me dijo que no pasaba nada, que podía preparar la habitación con discreción, de forma que no todos los sirvientes estuvieran al corriente, y que él dormiría allí.

A la mañana siguiente, oí decir que había bajado a desayunar como de costumbre. Dijo que había pasado una noche excelente, y que había dormido mejor que nunca.

Aquella mañana también llovía, «a cántaros», como suele decirse; pero, aun así, el señorito Arthur salió de casa. Casi se había peleado con la señorita Erristoun, y estaba furioso con el señor Maxwell por alentarla en su idea de comprobar la «teoría del fantasma», como ellos la llamaban. Los dos pasaron la mayor parte del día juntos en la biblioteca y, mientras subían a vestirse para la cena, la señora Charles le preguntó de broma a la señorita Erristoun si le estaban pareciendo interesantes los demonios. Ella respondió que sí, pero que faltaba una página en la parte más emocionante del libro. Durante un tiempo, no fueron capaces de dar sentido al contexto, hasta que el señor Maxwell descubrió que alguien había arrancado una hoja. El mayordomo me dijo que durante la cena no se habló de otra cosa. La señorita Erristoun parecía tan absorta en sus estudios que albergué la esperanza de que se hubiera olvidado de la habitación encantada. Pero ella no era de las que olvidan. Más tarde aquella misma noche, me la encontré con el señorito Arthur en el pasillo. Él le estaba diciendo algo con mucha seriedad, y vi que ella se encogía de hombros y se limitaba a mirarlo y a sonreír, como indicándole que no estaba dispuesta a ceder. Avancé sigilosamente, porque no quería molestarlos, y entonces el señor Maxwell salió de la sala de billar.

—Nos toca jugar —dijo—; ¿no quiere usted participar en esta ronda?

—Sí, estoy lista —respondió la señorita Erristoun. Cuando se estaba girando, el señorito Arthur le puso la mano en el brazo.

—Pero antes, prométamelo —la instó—. Por lo menos, prométame eso.

—¡Qué pesado es usted! —replicó ella, bastante malhumorada—. Muy bien. Lo prometo; y ahora, por favor, déjeme tranquila.

El señorito Arthur se quedó mirando cómo ella volvía a la sala de billar con su amigo, y soltó un gemido. Entonces me vio y recorrió el pasillo para dirigirse a mí.

—No logro convencerla de que desista —dijo. Tenía la cara pálida—. He hecho todo lo posible; hasta habría mandado un telegrama a mi padre, a París, pero no sé dónde se aloja y, de todos modos, su respuesta no llegaría a tiempo. Señora Marris, ella está decidida a dormir en esa maldita habitación, y, si algo le pasa…, yo… —Se interrumpió en seco y se dejó caer en el asiento que había bajo la ventana, enterrando la cara en los brazos cruzados.

Yo misma podría haberme echado a llorar ante su aflicción. El señorito Arthur siempre ha sido uno de mis favoritos, y me sentía francamente enojada con la señorita Erristoun por hacerlo sufrir tanto por una simple bravata.

—Creo que todos han perdido la cabeza —prosiguió—. Charley debería haberlo parado todo en seco, pero Kate y los demás lo han convencido de que no lo haga. Dice que está seguro de que no hay peligro, y Maxwell tiene la cabeza llena de la basura que ha encontrado en esos horribles libros de demonología y la está secundando. La señorita Erristoun se niega a escuchar lo que le digo. Me ha amenazado categóricamente con que no volverá a dirigirme la palabra si interfiero. No le importo un comino, ahora ya lo sé, pero no puedo evitarlo; yo… daría mi vida por ella.

Hice lo que pude para consolarlo, asegurándole que la señorita Erristoun no sufriría ningún daño; pero no sirvió de nada, porque ni yo misma creía en mis afirmaciones. Pensaba que tentar así a la Providencia no podía traer nada bueno, y recordaba la terrible expresión que tenía aquella otra muchacha cuando la encontramos muerta en esa habitación maligna. Sin embargo, no le falta razón a ese refrán que afirma que «una mujer obstinada siempre se sale con la suya». Nada podíamos hacer para evitar que la señorita Erristoun arriesgara su vida, pero tomé una decisión: hicieran lo que hicieran los demás, yo, por mi parte, no iba a acostarme esa noche.

Yo había estado ordenando las cortinas de invierno, y la tapicera había aprovechado la pequeña recámara que había al final del largo pasillo para hacer su trabajo. Encendí el fuego, traje una lámpara nueva y, cuando la casa se quedó tranquila, bajé sigilosamente y me instalé allí para observar. Estaba a unos diez metros de la puerta de la Habitación Azul, y podía caminar sin hacer ruido sobre la gruesa alfombra y quedarme escuchando junto al ojo de cerradura. La señorita Erristoun le había prometido al señorito Arthur que no cerraría la puerta con llave; era la única concesión que había podido obtener de ella. Las damas se retiraron a sus habitaciones a eso de las once, pero la señorita Erristoun se quedó hablando con la señora Charles durante casi una hora, mientras su criada le cepillaba el pelo. La vi entrar en la Habitación Azul, y al fin Louise la dejó y todo quedó en silencio. Debía de ser sobre la una y media cuando me pareció oír que algo se movía ahí fuera. Abrí la puerta y miré: allí estaba el señorito Arthur, en el pasillo. Dio un respingo al verme.

—Está usted despierta —me dijo, entrando en la estancia—. Entonces ¿cree que esta noche va a pasar algo malo? Los demás se han ido a la cama, pero yo no puedo; de nada sirve que intente dormir. Pensaba quedarme en el salón de fumadores, pero está demasiado lejos; desde allí no podría oírla, ni siquiera si gritara pidiendo ayuda. Me he quedado escuchando junto a la puerta; no se oye nada. ¿No podría entrar y asegurarse de que todo está bien? Ay, Marris, si ella...

Sabía a qué se refería, pero no estaba dispuesta a admitir *aquella* posibilidad… Aún no.

—No puedo entrar en el dormitorio de una dama sin ninguna razón —le dije—, pero llevo más de una hora acercándome a la puerta cada pocos minutos. Hasta las doce y media la señorita Erristoun no dejó de moverse por la habitación. Y no creo, señorito Arthur, que Dios permita que le suceda algo malo sin avisar antes a los que estamos velando por ella. Mi intención es seguir escuchando y, si noto el menor indicio de que algo va mal, acudiré de inmediato, y usted está aquí para ayudar.

Hablé un poco más con él, hasta que pareció entrar en razón. Luego nos quedamos allí sentados, esperando, sin intercambiar apenas una palabra, excepto cuando yo salía alguna que otra vez a escuchar. La casa estaba silenciosa como una tumba; había algo terrible en aquella quietud. No se advertían señales de vida en ningún sitio, excepto en la pequeña recámara. El señorito Arthur paseaba arriba y abajo, o se quedaba sentado con expresión tensa, observando la puerta.

Cuando dieron las tres, salí de nuevo. Hay una ventana en el pasillo que hace ángulo con la puerta de la recámara. Cuando pasé, alguien salió de detrás de las cortinas y susurró:

—No se asuste, señora Marris; soy yo, Calder-Maxwell. Arthur está ahí, ¿verdad? —Empujó la puerta de la estancia—. ¿Puedo pasar? —dijo en voz baja—. Ya me imaginaba que andarías por aquí, Mertoun. No es que tenga miedo, nada de eso, pero si hay algo de cierto en esa leyenda, es preferible que algunos de nosotros estemos cerca, por si acaso. Ha sido una buena idea que la señora Marris te acompañe en la vigilancia.

El señorito Arthur lo miró con expresión sombría.

—Si no *supieras* que pasa algo —dijo—, no estarías aquí ahora mismo; y, si lo sabes, eres un verdadero canalla por incitar a esa joven a arriesgar su vida solo para intentar demostrar tus absurdas teorías. Después de esto, dejo de considerarte amigo mío, y no volveré a verte ni a hablar contigo por propia voluntad.

Me asusté mucho al oír aquellas frases, temiendo cómo se las tomaría el señor Maxwell; pero él se limitó a sonreír y encendió un cigarrillo, con toda tranquilidad.

—No voy a pelearme contigo, muchacho —dijo—. Esta noche estás un poco tenso, y cuando un hombre está nervioso no hay que tomarse a pecho todo lo que dice. —Luego se volvió hacia mí—. Es usted una mujer sensata, señora Marris, y me parece que también valiente. Si me quedo aquí con Arthur, ¿se apostará usted junto a la puerta de la señorita Erristoun? Puede que murmure en sueños, eso no tiene importancia; pero, si grita, entre usted *de inmediato*, ¿me entiende? Nosotros la oiremos y la seguiremos al momento.

Al escuchar eso, el señorito Arthur se puso de pie.

—Tú sabes más que de lo que dices —gritó—. Anoche dormiste en esa habitación. Por el amor del cielo, si le has jugado a Edith una mala pasada, yo...

Maxwell mantuvo la puerta abierta.

—¿Sería tan amable de ir, señora Marris? —dijo, con su tono tranquilo—. Mertoun, deja de comportarte como un maldito idiota.

Fui adonde me había indicado, y juro que presté toda la atención posible, porque estaba segura de que el señor Maxwell sabía más que nosotros y esperaba que sucediera algo.

Me pareció que habían transcurrido horas, aunque ahora sé que no habría pasado más de una cuarta parte de ese tiempo, cuando noté que alguien se movía detrás de la puerta cerrada.

Al principio pensé que era el sonido de mi propio corazón, que me latía contra las costillas con la fuerza de un martillo; pero enseguida distinguí ruido de pasos y una especie de murmullo, como si alguien estuviera hablando, pero en tono muy bajo. Entonces una voz (esta vez, era la de la señorita Erristoun) dijo:

—No, es imposible; estoy soñando, debo de estar soñando.

Oí unos crujidos, como si se estuviera moviendo rápidamente por el suelo. Yo tenía la mano en el tirador de la puerta, pero me sentía incapaz de moverme; solo podía quedarme a la espera de lo que viniera a continuación.

De repente, la señorita Erristoun empezó a decir algo en voz alta. No lo entendí, porque no parecía inglés, pero casi al momento se detuvo abruptamente.

—No me acuerdo del resto —exclamó, con tono preocupado—. ¿Y ahora qué hago? No puedo… —Hubo una pausa. Entonces gritó—: ¡No, no! ¡Ay, Arthur, Arthur!

Al oír aquello, recuperé las fuerzas y abrí la puerta de golpe.

Sobre la mesa había una lámpara de noche encendida y la habitación estaba bastante iluminada. La señorita Erristoun se hallaba de pie junto a la cama; parecía haber retrocedido hasta toparse con ella, tenía las manos a los costados y se aferraba a la colcha con los dedos. Estaba blanca como una sábana, y sus ojos, muy abiertos, revelaban un terror inmenso, con razón… Nunca he sentido una conmoción igual en toda mi vida, porque juro, y juraré hasta mi último aliento, que había un hombre junto a ella. Él se giró y me miró cuando abrí la puerta, y pude ver su rostro, tan claramente como el de la señorita Erristoun. Era joven y muy guapo, y sus ojos brillaban como los de un animal en la oscuridad.

—¡Arthur! —volvió a jadear la señorita Erristoun, y vi que estaba a punto de desmayarse.

Salté hacia adelante y la agarré por los hombros, justo antes de que cayera sobre la cama.

Todo terminó en un momento. El señorito Arthur la tomó en sus brazos y, cuando levanté la vista, tan solo estábamos nosotros cuatro en la habitación, porque el señor Maxwell había llegado pisándole los talones al señorito Arthur y estaba arrodillado a mi lado, tomándole el pulso a la señorita Erristoun.

—Solo es un desmayo —dijo—, se recuperará enseguida. Será mejor sacarla de aquí ahora mismo; aquí tiene usted una bata.

La cubrió con aquella prenda, y yo intenté ayudar a transportar a la joven dama, pero el señorito Arthur no necesitaba asistencia. Levantó a la señorita Erristoun como si fuera un bebé y la llevó en brazos directamente a la recámara. La acostó en el sofá y se arrodilló junto a ella, frotándole las manos.

—Trae el brandy del salón de fumadores, Maxwell —dijo—. Señora Marris, ¿tiene usted sales a mano?

Siempre llevo un frasco en el bolsillo, así que se lo di, antes de echar a correr tras el señor Maxwell, que había encendido una vela e iba en busca del brandy.

—¿Despierto al señor Charles y a los sirvientes? —exclamé—. Ese hombre debe de estar escondido en algún sitio, pero aún no ha tenido tiempo de salir de la casa.

Por su expresión, Maxwell parecía pensar que me había vuelto loca.

—¿Ese hombre…? ¿Quién? —preguntó.

—El hombre —respondí—. Había un hombre en la habitación de la señorita Erristoun. Voy a llamar a Soames y a Robert.

—No hará usted nada de eso —dijo, bruscamente—. No había ningún hombre en esa habitación.

—Sí lo había —repliqué—, yo lo vi; era muy corpulento, de hecho. Alguien debería ir a avisar a la policía antes de que tenga tiempo de escapar.

El señor Maxwell siempre ha sido un caballero muy extraño, pero me quedé de una pieza al presenciar su reacción. Se apoyó en la pared y se echó a reír hasta que se le llenaron los ojos de lágrimas.

—No me parece que esto sea cosa de risa —le dije en voz muy baja, porque me disgustó que tratara el asunto con tanta ligereza—, y considero que es mi deber avisar al señor Charles de que hay un ladrón en la finca.

Recuperó la formalidad de inmediato.

—Le ruego que me disculpe, señora Marris —dijo muy serio—, pero no he podido evitar que me haga gracia su mención a la policía. El vicario sería más apropiado, dadas las circunstancias. Pero no es buena idea despertar a la familia; la historia podría dañar la reputación de la señorita Erristoun, y en ningún caso ayudaría a resolver el problema. ¿No lo entiende? Lo que usted vio no era un hombre, sino…, bueno, la criatura de la Habitación Azul.

Luego corrió escaleras abajo, dejándome bastante aturdida, porque yo estaba tan segura de que lo que había visto era un hombre de carne y hueso que se me había olvidado todo lo referente al fantasma.

La señorita Erristoun tardó poco en recuperar la consciencia. Se bebió el brandy que le dimos, tan mansa como un cordero, y después se incorporó con actitud valiente, aunque cualquier sonido la sobresaltaba, y se aferraba a la mano del señorito Arthur como una niña asustada. Era un cambio extraño, teniendo en cuenta lo independiente y distante que antes se había mostrado, pero la hacía parecer aún más encantadora. Era como si ambos hubieran llegado a un acuerdo tácito; el señorito debía de haber comprendido que ella siempre le había tenido afecto cuando, aterrorizada, había gritado su nombre.

En cuanto la joven se recuperó un poco, el señor Maxwell empezó a hacerle preguntas. El señorito Arthur intentó impedírselo, pero él insistió en que era de suma importancia conocer todos los detalles mientras la impresión fuera aún reciente; y, superado el primer esfuerzo, la señorita Erristoun pareció aliviada al narrar su experiencia. Se quedó sentada, agarrando la mano del señorito Arthur mientras hablaba, y el señor Maxwell anotó en su libreta todo lo que ella iba diciendo.

Nos contó que se había acostado muy tranquila, sin rastro de nervios, y que, como estaba cansada, pronto se quedó dormida. Suponía que lo siguiente fue una especie de sueño, porque le parecía encontrarse en la misma habitación, aunque estaba amueblada de forma diferente, a excepción de la cama. Nos describió con exactitud la decoración. Tuvo, además, una sensación de lo más extraña: le parecía que no era ella misma, sino otra persona, y que estaba a punto de hacer algo…, algo que debía hacer, aunque estaba muerta de miedo, y se quedaba quieta junto a la puerta de comunicación entre los dormitorios, escuchando con atención por si alguien la oía moverse y la llamaba. Eso en sí ya era extraño, pues no había nadie en la habitación contigua. Siguió contando que, en aquel sueño, veía un pequeño y curioso brasero de plata, el que está en un gabinete de la galería de cuadros (creo haber oído a mi señora referirse a esa pieza como un hermoso ejemplo de artesanía del *cinquecento*), y que recordaba haberlo tenido en las manos durante largo tiempo antes de dejarlo en una mesita junto a la cama. Hay que decir que la cama de la Habitación Azul es muy hermosa, con el cabecero y el armazón ricamente tallados (sobre todo los postes, que tienen una base cuadrada y están cubiertos de relieves con diseños de frutas y flores). La señorita Erristoun dijo que se había dirigido al pie del poste izquierdo y que, tras pasar la mano por el relieve, había accionado un resorte en una de las flores del centro, y el panel había caído hacia fuera como una tapa, revelando un compartimento secreto del que sacó unos papeles y una caja. Parecía saber lo que tenía que hacer con los papeles, aunque no pudo decirnos qué había escrito en ellos, y recordaba con claridad haber sacado una pastilla de la caja, y haberla encendido en el brasero de plata. El humo se arremolinó y pareció llenar toda la habitación con su fuerte perfume. Lo siguiente que recordaba era despertarse de pie en medio de la habitación, y... lo que yo había visto al abrir la puerta estaba allí.

Se puso muy pálida al llegar a esa parte del relato, y se estremeció.

—No podía creerlo —dijo—; pensé que todavía estaba soñando, pero no... Esa cosa era real, y estaba allí, y... ¡Ay, fue horrible!

Enterró el rostro en el hombro del señorito Arthur. El señor Maxwell seguía sentado, lápiz en mano, mirándola fijamente.

—Entonces, yo estaba en lo cierto —dijo—. Estaba seguro, pero me parecía increíble.

—Es increíble —convino la señorita Erristoun—; pero es cierto, espantosamente cierto. Cuando me di cuenta de que estaba despierta, de que en verdad aquello era real, intenté recordar la fórmula, ya sabe usted, la del exorcismo, pero no pude. Las palabras se me borraron de la cabeza; sentí que mi voluntad flaqueaba; estaba paralizada, incapaz de moverme por mí misma, y entonces… yo… —miró al señorito Arthur y se sonrojó. El rubor le cubrió toda la cara y el cuello—… pensé en ti, y te llamé, tenía el presentimiento de que tú me salvarías.

Como si el señor Maxwell y yo no fuéramos más que un par de maniquíes, el señorito Arthur la rodeó con sus brazos y la besó, mientras nosotros desviábamos la mirada.

Al rato, Maxwell dijo:

—Una última pregunta, por favor: esa aparición… ¿cómo era?

La señorita Erristoun se quedó pensativa unos instantes antes de responder.

—Parecía un hombre alto y muy guapo. Creo recordar que sus ojos eran azules y muy brillantes.

El señor Maxwell me miró inquisitivamente y yo asentí.

—¿Y cómo iba vestido? —preguntó.

Ella se echó a reír, de forma casi histérica.

—Suena demasiado absurdo, pero creo… Estoy casi segura de que llevaba un traje de chaqueta corriente.

—Eso es imposible —exclamó el señor Arthur—. Has debido de soñarlo todo, eso lo demuestra.

—No —lo contradijo el señor Maxwell—. Ese tipo de apariciones suelen mostrarse con el traje correspondiente al día en cuestión. Tanto Scott como Glanvil lo señalan específicamente; y Sprenger también da un ejemplo. Además, la señora Marris pensó que era un ladrón, lo que prueba que…, que se trata de una manifestación objetiva, y que no presentaba ninguna peculiaridad llamativa en cuanto a la vestimenta.

—¿Qué? —exclamó la señorita Erristoun—. ¿Usted también lo ha visto?

Le expliqué exactamente lo que había presenciado. Mi descripción coincidía con la suya en todo, excepto en los detalles relativos a la camisa blanca y la corbata, que, desde mi posición en la puerta, naturalmente, yo no había podido ver.

El señor Maxwell cerró su libreta con la goma elástica. Durante largo rato, se quedó en silencio, mirando el fuego.

—Resulta casi increíble —dijo, como hablando para sí mismo— que algo así pueda suceder a finales del siglo XIX, en estos tiempos científicos y racionalistas en los que pensamos tanto; en los que miramos las supersticiones ignorantes de la Edad Media con la condescendencia de nuestra superioridad intelectual. —Lanzó una extraña risa—. Me gustaría llegar al fondo de este asunto. Tengo una teoría, y en aras de la investigación psíquica y de la humanidad en su conjunto, me gustaría resolver el enigma. Señorita Erristoun, ya sé que debe usted descansar con tranquilidad y que está a punto de amanecer, pero ¿accedería a una petición mía? Antes de que la abrumen con preguntas, antes de que la obliguen a relatar su experiencia hasta que tenga la impresión de que la aventura de esta noche pierde fuerza y claridad, ¿iría usted con Mertoun y conmigo a la Habitación Azul, para tratar de encontrar ese panel secreto?

—Edith no volverá a poner un pie más allá de esa puerta —exclamó acaloradamente el señorito Arthur. Pero la señorita Erristoun le puso una mano en el brazo para calmarlo.

—Espera un momento, querido —dijo con suavidad—; escuchemos los argumentos del señor Maxwell. —Luego prosiguió, dirigiéndose a este último—: ¿Cree usted que mi sueño podría tener un fundamento de verdad y que en la habitación puede ocultarse algo relacionado con esa criatura espantosa?

—Creo —respondió él— que tiene usted la clave de este misterio y que, si pudiera repetir el gesto de su sueño y abrir ese panel secreto, podría eliminar para siempre el legado surgido de la locura y la imprudencia de una mujer. Pero, si lo va a hacer, tiene que ser pronto, antes de que el recuerdo se desvanezca.

—Hay que hacerlo ahora mismo —replicó ella—; ya me he recuperado. Tómeme el pulso: es perfectamente estable.

El señorito Arthur estalló en airadas protestas. Repitió que la joven ya había tenido más que suficiente para una noche, y que no sacrificaría su salud a los caprichos de Maxwell.

Siempre he pensado que la señorita Erristoun es hermosa; pero nunca, ni siquiera el día de su boda, me pareció tan bella como entonces, cuando se incorporó, envuelta en su gruesa bata blanca y con su espléndido cabello suelto sobre los hombros.

—Escucha —dijo—: si Dios nos indica claramente un camino, tenemos que seguirlo a toda costa. Anoche no creía en nada que no pudiera entender. Estaba tan orgullosa de mi valentía y mi sentido común que no tenía miedo de dormir en esa habitación y demostrar que lo del fantasma no era más que una bobada supersticiosa. He aprendido que hay fuerzas de las que no sé nada y frente a las cuales mi fortaleza se convertía en una absoluta debilidad. Dios cuidó de mí y me envió ayuda a tiempo; y, si Él ha abierto un camino a través del cual puedo salvar a otras mujeres del peligro del que yo he escapado, sería de una ingratitud abominable rehuir esa tarea. Traiga la lámpara, señor Maxwell, y haremos lo que podamos. —Puso ambas manos sobre los hombros del señorito Arthur—. ¿Por qué estás preocupado? —le dijo con dulzura—. Tú estarás conmigo, así que ¿cómo voy a tener miedo?

No me parece extraño que de noche puedan producirse robos y cosas similares en una casa grande sin que lo advierta ni un alma. Había cinco personas durmiendo en las habitaciones de ese mismo pasillo mientras nosotros íbamos de un lado a otro sin molestar a ninguna de ellas. Eso sí, nos movíamos tan silenciosamente como podíamos, porque el señor Maxwell había dejado claro que cuanto menos se supiera sobre aquellos sucesos, mejor. Él abrió la marcha, lámpara en mano, y nosotros lo seguimos. La señorita Erristoun se estremeció cuando sus ojos se posaron sobre la cama, en la cual se advertían claramente aquellas horribles arrugas, y supe que estaba pensando en lo que le habría ocurrido si no hubiéramos estado tan cerca para acudir en su auxilio.

Vaciló un instante, pero enseguida se adelantó con valentía y empezó a palpar la madera tallada en busca del mecanismo del panel secreto. El señor Maxwell acercó la lámpara, pero no había nada que sugiriera ninguna diferencia entre esa sección de la talla y las de los otros tres postes. Lo intentó durante más de diez minutos, al igual que los caballeros y, cuando ya parecía que el sueño iba a revelarse como una mera ilusión, la señorita Erristoun exclamó de repente:

—Lo he encontrado.

Con un pequeño tirón, el panel cuadrado de madera cayó hacia delante, y allí estaba el compartimento, tal y como ella nos lo había descrito.

El señor Maxwell sacó los objetos del interior, porque el señorito Arthur no estaba dispuesto a permitir que la señorita Erristoun los tocara. Había un rollo de papeles y una cajita de plata. Al ver este último objeto, la joven lanzó un grito.

—Es esa —dijo, y se cubrió la cara con las manos.

El señor Maxwell levantó la tapa y sacó dos o tres pastillas. Luego desenrolló los papeles y, apenas echó un vistazo a la hoja de pergamino cubierta de extraños caracteres negros, exclamó:

—¡Lo sabía, lo sabía! Es la hoja que faltaba. —Parecía presa de una emoción salvaje—. Vamos —dijo—, y trae la luz, Mertoun; siempre he dicho que esta aparición no era un fantasma, y ahora todo está claro como el agua. Verán —prosiguió, mientras nos congregábamos alrededor de la mesa, en la recámara—, muchas cosas dependían de que hubiera un heredero. Esa era la causa principal de las interminables disputas entre el viejo lord Mertoun y Barbara. Él nunca quiso que su hijo se casara con ella, y no dejaba de reprochar a la pobre mujer haber fallado en su principal obligación como esposa de su único hijo. Su testamento indica que ella no debía heredar ni un penique en caso de que su marido muriera sin descendencia. Mantenía una grave disputa con la rama protestante de la familia y, en ese momento, sir Archibald ya tenía tres hijos, tras haberse casado (casi al mismo tiempo que su primo) con lady Mary Sarum, que había sido rival de Barbara en la corte y a la que Barbara, naturalmente, odiaba. Así que, cuando los médicos declararon que Dennis Mertoun se estaba muriendo de tisis, su mujer se desesperó y recurrió a la magia negra. Es bien sabido que la colección de obras sobre demonología del viejo lord era la más completa de Europa. La señora Barbara debía de tener acceso a esos libros, y fue ella quien arrancó esta página. Probablemente lord Mertoun descubrió el robo y sacó sus propias conclusiones. Eso explicaría su negativa a admitir el cuerpo de su nuera en el panteón familiar. Los Mertoun eran católicos acérrimos, y, como ustedes saben, practicar brujería es un pecado mortal. Pues bien, Barbara se las arregló para conseguir las pastillas, lanzó el hechizo de acuerdo con estas instrucciones, y entonces... ¡Dios mío! Mertoun, ¿qué has hecho?

Porque antes de que nadie pudiera impedírselo, el señorito Arthur había cogido papeles, cajas, pastillas y todo lo que había sobre la mesa y lo había arrojado al fuego. El grueso pergamino se arqueó y se arrugó sobre las brasas calientes, y un olor extraño y leve, parecido al del incienso, se extendió por todo el cuarto. El señorito Arthur se acercó a la ventana y abrió el batiente de par en par. Estaba amaneciendo, y un viento dulce y fresco soplaba desde el este, rosado gracias al resplandor del sol naciente.

—Es una historia horrible —declaró—; y, sea verdadera o no, será mejor condenarla para siempre al olvido, por el buen nombre de la familia y la reputación de la mujer que falleció. Mantendremos entre nosotros lo ocurrido esta noche. Es suficiente con que los demás sepan que el hechizo de la Habitación Azul se ha roto porque una joven valiente y de mente pura se ha atrevido a enfrentarse a un misterio desconocido y ha expulsado al fantasma.

El señor Calder-Maxwell consideró aquellas palabras durante unos instantes.

—Creo que tienes razón —dijo al cabo de un rato, con aire resignado—. Estoy de acuerdo con tu propuesta, y renuncio a mi oportunidad de convertirme en una celebridad mundial entre los devotos de la Investigación Psíquica; pero *sí* quiero, Mertoun, que llames a las cosas por su nombre. No era un fantasma, sino un ******.

Pero, como ya he dicho, lo único que recuerdo de la palabra que usó es que me trajo a la mente algo relacionado con la cría de gallinas.

❈ ❈ ❈

Nota: El lector observará que la digna señora Marris, aunque no era una estudiosa de Sprenger, percibió de forma inconsciente la afinidad de la raíz de dos palabras distintas: *incubar,* como hacen las gallinas, y el *íncubo* del MALLEUS MALEFICARUM.

En los hielos boreales
Elia Wilkinson Peattie

Publicado por primera vez en
The Shape of Fear and Other Ghostly Tales
· 1898 ·

Elia Wilkinson Peattie

1862-1935

Elia Wilkinson (1862-1935) nació en Kalamazoo, Míchigan, y aún era joven cuando se mudó a Chicago con su familia. Empezó su carrera literaria publicando relatos cortos, y más tarde fue reportera para el Chicago Tribune. *Como muchos de los escritores que se incluyen en esta colección, fue una autora muy prolífica. Entre otras obras, elaboró una historia de Estados Unidos para niños y una guía de Alaska. En los ocho años que estuvo trabajando en el* Omaha World-Herald *escribió ochocientos editoriales, noticias y columnas, así como muchas obras de ficción, incluidas dos novelas por fascículos. Fue una periodista reconocida y respetada que promovió la independencia de las mujeres.*

Con su fantasmagórico relato «En los hielos boreales», Peattie logra un efecto escalofriante sin rastro del consuelo de una cálida chimenea navideña que aligere la historia. Este cuento desolado y evocador sobre un fantasma benévolo nos sigue resultando inquietante hoy en día.

—Lucy Evans

Las noches de invierno en Sault Ste. Marie son tan blancas y luminosas como la Vía Láctea. El silencio que reposa sobre la soledad del paisaje también parece blanco. Ni siquiera el sonido escapa a la parálisis de la Naturaleza: a excepción de la blanca e inmóvil escarcha, todo desaparece. Las estrellas deslumbran con su brillo, pero ellas pertenecen al cielo, no a la tierra, y entre su inconmensurable altura y la quietud del hielo media un vasto vacío de ébano, absorto en su líquido vaivén.

En un lugar así es difícil creer que de verdad el mundo esté habitado. La oscuridad es tan espesa como el día después de que Caín matara a Abel, y podría parecer que lo que queda de la humanidad ha buscado refugio, temerosa, ante la terrible inmensidad de la Creación.

La noche en que Ralph Hagardon partió en dirección a Echo Bay, con una feliz misión por delante, se rio para sí y se dijo que no tendría ningún inconveniente en ser el único hombre del planeta, siempre que el planeta siguiera siendo tan indescriptiblemente hermoso como cuando se anudó sus patines y salió disparado hacia la soledad.

Su objetivo era reunirse con su mejor amigo para ser el padrino de su boda, pero unos asuntos lo habían retrasado y ya no tenía tiempo que perder. De modo que emprendió el viaje de noche, solo, y cuando el frío le estremeció la sangre se sintió como un caballo salvaje que logra liberarse de la brida. ¡El hielo parecía de cristal, sus patines eran veloces, estaba en forma y viajaba por placer! Se echó a reír y surcó el aire como una piedra afilada atraviesa el agua. Oía el viento silbar a su paso.

Mientras avanzaba por la silenciosa oscuridad, comenzó a fantasear. Se imaginó que era enormemente alto, un vikingo gigantesco de las tierras del norte que surcaba fiordos helados a toda velocidad para reunirse con su amada. Eso le recordó que tenía una amada, aunque era un pensamiento que, en realidad, lo acompañaba siempre como telón de fondo de sus otros pensamientos. Naturalmente, no le había dicho que la amaba, pues solo la había visto un par de veces y la ocasión propicia no se había presentado. Ella vivía también en Echo Bay, e iba a ser dama de honor de la novia de su amigo, lo cual, entre otras cosas, explicaba que él fuera patinando casi a la velocidad del viento, y que de vez en cuando dejara escapar un aullido de júbilo.

Lo único que nublaba el sol de su entusiasmo era saber que el padre de Marie Beaujeu tenía dinero, y que Marie vivía en una casa de dos plantas, y cuando iba en trineo se abrigaba el cuello con piel de nutria y los pies con pequeñas botas de visón con forro de satén. Además, el colgante en el que atesoraba un mechón de pelo de su difunta madre tenía incrustada una perla negra del tamaño de un guisante. En vista de todo lo cual era difícil —quizá imposible— que Ralph Hagadorn pudiera llegar a decirle más que «Te quiero». Pero al menos eso pensaba decírselo, aunque fuera sometido a la más abyecta humillación por su osadía.

Esta determinación fue creciendo en su interior mientras se deslizaba por el hielo bajo la luz de las estrellas. Venus iluminaba el camino hacia el oeste y parecía que quisiera darle ánimos. Lamentó no poder seguir la estela de luz que vertía la estrella del amor, pero tuvo que darle la espalda y adentrarse en el negro noreste.

De repente se percató de que no estaba solo. Tenía las pestañas congeladas y la vista borrosa por el frío, así que al principio pensó que sería una ilusión. Pero, cuando se frotó bien los ojos, vio a no mucha distancia una alta figura de blanco, que patinaba rauda cual hombre lobo con sus ropas ondeando al viento.

Llamó, pero no hubo respuesta. Ahuecó las manos a modo de trompeta y lo intentó de nuevo, pero el silencio volvía a ser como antes: absoluto. Así que se lanzó a perseguirla, apretando los dientes y tensando sus firmes y jóvenes músculos. Sin embargo, por mucho que avanzara, la figura de blanco patinaba más rápida. Después de un rato percibió el brillo frío de la Estrella Polar y se dio cuenta de que se estaba desviando de la ruta directa. Titubeó un segundo, pensando si no sería mejor seguir por su camino, pero su misteriosa compañía parecía ejercer sobre él una atracción irresistible y, puesto que le complacía seguirla, la siguió.

Por supuesto, más de una vez durante esa extraña persecución se le ocurrió que la figura de blanco no era un guía terrenal. En esas latitudes los hombres ven cosas muy curiosas cuando la tierra se recubre de escarcha. El padre de Hagadorn —¡no hace falta ir más lejos en busca de un ejemplo!— vivía con los indios del Lago Superior, donde trabajaba en las minas de cobre, y una gélida noche recibió en su cabaña a una mujer que al alba había desaparecido, ¡dejando un rastro de huellas de lobo! Sí, así fue, y John Fontanelle, el mestizo, podría dar fé de ello... si siguiera con vida. (¡Por desgracia, la nieve con las huellas de lobo se derritió!)

Pues bien, Hagadorn siguió a la figura de blanco toda la noche y, cuando el hielo se tiñó de rosa al amanecer lanzando flechas de hermosa luz al cielo frío, ella había desaparecido y Hagadorn había llegado a su destino. El sol ocupó con arrogancia su lugar sobre todas las cosas y, mientras se quitaba los patines mirando distraído hacia el lago, Hagadorn observó una enorme grieta en el hielo y vio las olas que asomaban, azules y hambrientas, entre los bloques blancos. Si se hubiera lanzado por el camino que tenía previsto, con un impulso formidable y la mirada puesta en las estrellas para guiarse, sin duda habría terminado en aquella tumba helada.

¡Había sido una inmensa fortuna que le complaciera seguir a la figura de blanco, que decidiera seguirla!

El corazón le latía con fuerza mientras se apresuraba a casa de su amigo. Pero no lo recibió el furor de una boda. Su amigo lo saludó como se saludan los hombres en las casas de luto.

—¿Esta es tu cara de boda? —exclamó Hagadorn—. ¡Pero si vengo muerto de hambre y más bien parece que soy yo el novio!

—¡Hoy no habrá boda!

—¡No habrá boda! Pero cómo no va a…

—Marie Beaujeu murió anoche…

—Marie…

—Murió anoche. Había salido a patinar por la tarde, y llegó a casa helada y divagando, como si el frío se le hubiera metido en la cabeza. Empeoró y empeoró, y todo el tiempo hablaba de ti.

—¿De mí?

—No entendíamos lo que quería decir. Nadie sabía que erais amantes.

—No lo sabía ni yo, desgraciadamente. Al menos, no sabía…

—Dijo que ibas por el hielo y que no sabías lo de la grieta, y exclamó que soplaba viento terral y que la brecha se estaba ensanchando. No dejaba de gritar que podrías venir por el viejo arroyo si tan solo supieras…

—Por ahí he venido.

—Pero ¿cómo has decidido hacer eso? Es un desvío. Pensamos que quizá…

Pero Hagadorn lo interrumpió y le contó la historia tal y como había sucedido.

Ese día velaron a la doncella, que yacía con velas a sus pies y junto a su cabeza, y la novia que había acudido a la pequeña iglesia para casarse rezó allí por su amiga. Enterraron a Marie Beaujeu con su vestido blanco de dama de honor, y Hagadorn estuvo a su lado en el altar, ¡como había pretendido desde el principio! Después, a medianoche, los amantes que aún tenían que casarse susurraron sus votos en aquella iglesia fría y desolada, y caminaron juntos por la nieve para depositar sus ramos de boda en una tumba.

Tres noches después, Hagadorn patinó de vuelta a casa. Le pidieron que saliera de día, pero él no hizo caso y partió cuando Venus trazaba ya su brillante camino sobre el hielo.

Lo cierto era que albergaba la esperanza de que la figura de blanco lo acompañara. Pero no apareció. El viento fue su única compañía. La única voz que oyó fue el aullido de un lobo en la orilla norte. El mundo estaba tan blanco y tan vacío como si Dios acabara de crearlo y aún no lo hubiera coloreado el sol ni mancillado el hombre.

El gato negro
W. J. Wintle

Publicado por primera vez en
Ghost Gleams: Tales of the Uncanny
· 1921 ·

W. J. Wintle

1861-1934

William James Wintle (1861-1934) nació en Gloucestershire, pero se mudó a Londres cuando era niño y vivió allí casi toda su vida. Ejerció en primer lugar como maestro de escuela, y su obituario (en el Journal of Molluscan Studies) señala que «era tan joven la primera vez que lo nombraron director que tuvo que dejarse barba para ocultar su aspecto juvenil». Después trabajó como periodista y por último fue director editorial y asesor literario. Asimismo, logró compaginar su diversa y ajetreada carrera profesional con actividades de voluntariado en su iglesia católica de Chiswick, al oeste de Londres, y con su interés por las ciencias naturales (fue miembro de la Royal Zoological Society y secretario de la Malacological Society of London), además de escribir una cantidad inusitada de cuentos de fantasmas.

«El gato negro», protagonizado por un hombre cuyo miedo a los gatos adquiere un cariz verdaderamente siniestro, fue publicado en la única antología de Wintle, Ghost Gleams: Tales of the Uncanny. La escribió durante su estancia como hermano lego en la abadía de Caldey Island en Gales, con la intención de que las historias sirvieran de entretenimiento a los ocho jóvenes que estudiaban allí. En su prólogo a la colección, Wintle describe en detalle el origen del libro y explica que los relatos «se los contaba los domingos por la noche al pequeño grupo, reunido en torno a una hoguera en aquella inhóspita isla de la costa oeste... A decir verdad, eran los más desagradables los que recibían la mejor acogida».

—Tanya Kirk

Si había un animal que a Sydney le resultaba más repelente que cualquier otro, ese era el gato. No es que no le gustaran los animales en general —de hecho, le había tenido mucho cariño a un viejo *retriever* suyo—, pero los gatos, por algún motivo, sacaban todo lo peor de él. Siempre había pensado que, en una hipotética vida pasada, debía de haber sido un ratón o un pájaro, y haber heredado, por así decirlo, un miedo instintivo al que fuera su enemigo en aquellos tiempos.

La presencia de un gato le afectaba de un modo muy curioso. Primero sentía cierta repulsión. Pensar en los ojos del animal fijos en él, intentar escuchar pisadas silenciosas, imaginarse el suave roce de su piel; todo ello le hacía encogerse con un escalofrío. Pero ese sentimiento pronto daba paso a una fascinación aún más extraña. Se sentía atraído por la criatura que temía, al igual que se piensa —aunque no es cierto— que los pájaros se dejan embelesar por las serpientes. Quería acariciar al animal y sentir su cabeza en la mano; sin embargo, la idea de que eso mismo sucediera le producía un terror indescriptible. Era como ese fenómeno mórbido que hace que una persona sienta un placer físico real al herirse a sí misma. Y luego venía el miedo, puro y sin paliativos. Por más que fingiera, Sydney se moría de miedo en presencia de un gato. Había intentado superarlo una y otra vez, sin éxito. Había esgrimido como argumento la conocida afabilidad del gato doméstico, su famosa timidez, su pura incapacidad de causar verdadero daño a un hombre fuerte y activo. Pero todo era en vano. Le daban miedo los gatos y de nada servía negarlo.

No obstante, Sydney no era enemigo de los gatos. Era el último hombre en el mundo dispuesto a hacerle daño a un gato. Por mucho que las serenatas de un merodeador enamorado interrumpieran su descanso a altas horas de la madrugada, nunca se le ocurriría lanzarle un proyectil al culpable. Si veía un gato medio muerto de hambre, abandonado en casa mientras su dueño estaba de vacaciones, lo embargaba una lástima cercana al dolor. Hacía generosas donaciones al refugio para gatos extraviados. Su actitud, de hecho, resultaba del todo incoherente y contradictoria. Pero la realidad era irrefutable: le repelían y le daban miedo los gatos.

Probablemente esta obsesión se veía en cierto modo reforzada porque Sydney era un hombre ocioso. De haber tenido cuestiones más urgentes con las que distraer sus pensamientos, quizá habría superado este capricho a medida que se adentraba en la mediana edad. Pero contaba con amplios recursos, un rechazo heredado hacia cualquier tipo de trabajo que requiriese energía, y dos o tres pasatiempos interesantes que ocupaban sus horas de un modo sencillo y tranquilo, todo lo cual le dejaba libertad para prestar atención a sus caprichos. Y los caprichos, cuando se les presta atención, pueden acabar por dominarnos; así fue en el caso de Sydney.

Estaba escribiendo un libro sobre alguna fase de la vida en el antiguo Egipto, lo cual requería un estudio considerable de las colecciones del Museo Británico, entre otras, así como la búsqueda de libros raros en librerías de segunda mano. Cuando no estaba entregado a estas labores, residía en una casa antigua que, como la mayoría de las mansiones viejas y destartaladas de ese estilo, protagonizaba varias historias extrañas que circulaban entre los cotilleos del vecindario. Se decía que, en algún momento indefinido, en la casa se había producido una tragedia, y que a consecuencia de ello había quedado embrujada: algo se manifestaba allí de cuando en cuando. Para los cotillas locales, la vaguedad de ese «algo» era muy valiosa, porque abarcaba una multitud de recuerdos imprecisos y tradiciones obnubiladas. Es probable que Sydney nunca hubiera oído hablar de la reputación de su casa, ya que llevaba una vida solitaria y apenas se relacionaba con sus vecinos. Pero, si las historias habían llegado a sus oídos, no dio muestras de ello, ni era probable que las fuera a dar. Con la salvedad de su obsesión por los gatos, gozaba de un intachable equilibrio mental. Era prácticamente la última persona de la que cabría esperar que se imaginara cosas o se dejara influenciar por nada que no fueran hechos probados.

El misterio que rodeó su final prematuro fue, por lo tanto, una enorme sorpresa para sus amigos, y el horror que marcó sus últimos días solo ha salido parcialmente a la luz gracias al descubrimiento de un diario y otros documentos, que han proporcionado el material para esta historia. Hay mucho que desconocemos y ya nunca lo podremos esclarecer, porque el único hombre que quizá podría haber arrojado algo de luz sobre ello ya no está con nosotros. De modo que debemos conformarnos con los registros fragmentados que tenemos a nuestra disposición.

Parece ser que, algunos meses antes de su muerte, Sydney estaba leyendo en el jardín cuando posó la vista sin querer sobre un pequeño montón de tierra que el jardinero había dejado junto al camino. No tenía nada de llamativo, pero por algún motivo le resultaba fascinante. Retomó su lectura, pero el montón de tierra reclamaba con insistencia su atención. No podía apartar de él sus pensamientos, y también le resultaba difícil apartar la mirada. Sydney no era un hombre que se prestara a este tipo de disipación mental, y resolvió mantener la vista fija en su libro. Pero era difícil, y terminó por ceder. Volvió a mirar el montón, esta vez con cierta curiosidad respecto a la causa de tan absurda atracción.

No había causa aparente, y sonrió ante el sinsentido de todo aquello. Pero al instante se incorporó de golpe, pues había dado con el motivo. ¡El montón de tierra era exactamente igual que un gato negro! Y el gato parecía al acecho, a punto de abalanzarse sobre él.

El parecido era casi ridículo, porque había un par de guijarros amarillos justo donde estarían los ojos. Por un momento, Sydney sintió toda la repulsión y el miedo que la presencia de un gato real le habría causado. Entonces se levantó de la silla y de una patada acabó con cualquier parecido que aquel montón de tierra pudiera guardar con el odiado felino. Se volvió a sentar y se rio de semejante sinsentido; sin embargo, aún notaba cierta inquietud y un temor impreciso. No le hacía ni pizca de gracia.

Debió de ser dos semanas después cuando se encontraba examinando unas reliquias egipcias que hacía poco habían caído en manos de un comerciante de Londres. La mayoría eran bastante comunes y no le interesaron. Pero había algunas dignas de su atención, y se sentó a examinarlas detenidamente. Se fijó sobre todo en unas tablas de marfil en las que le pareció distinguir leves trazos de escritura. Si estaba en lo cierto, sería un descubrimiento singular, pues las reliquias privadas de este tipo son muy poco frecuentes y arrojan luz sobre algunos de los detalles más íntimos de la vida cotidiana de la época, que no suelen quedar documentados en los monumentos. Mientras se hallaba absorto en sus pesquisas, un terror indefinido se fue apoderando de él, y de repente estaba soñando despierto, sumido en algo que compartía muchos de los rasgos incomprensibles de una pesadilla. Se imaginó a sí mismo acariciando a un inmenso gato negro que crecía y crecía hasta alcanzar dimensiones inmensas. Su suave pelaje se espesaba entre sus manos, se le enredaba en los dedos como un nido de sedosas serpientes; sentía en la piel el pellizco de una multitud de diminutos mordiscos causados por colmillos venenosos, y el ronroneo de la criatura crecía hasta convertirse en un auténtico rugido como el de una catarata, que nublaba todos sus sentidos. Su mente estaba naufragando en un mar de catástrofe inminente cuando, con un esfuerzo extenuante, se liberó de la obsesión y se puso en pie de un salto. Entonces descubrió que su mano había estado acariciando mecánicamente una pequeña momia animal cerrada que, al fijarse mejor, resultó ser la de un gato.

El siguiente episodio que al parecer consideró digno de mención ocurrió un par de noches después. Gozaba de buena salud cuando se retiró a sus aposentos, y durmió profundamente. Pero de madrugada su descanso se vio interrumpido por un sueño similar a los terrores nocturnos de la infancia. Dos estrellas lejanas empezaban a aumentar en tamaño y luminosidad, hasta que se daba cuenta de que estaban avanzando hacia él a través del espacio a una velocidad inusitada. En breves momentos sin duda lo envolverían en un mar de fuego y llamas. Seguían acercándose, palpitando y desplegándose como enormes flores flamígeras, cada vez más resplandecientes y cegadoras; entonces, cuando las tenía justo encima, se convirtieron en dos enormes ojos de gato, con un brillo verde amarillento. Se incorporó de golpe dando un grito, ya totalmente despierto. Y en el alféizar de la ventana vio tumbado un enorme gato negro que lo fulminó con sus radiantes ojos amarillos. Un instante después el gato desapareció.

Pero lo más misterioso de todo aquello era que ninguna criatura no alada podría haber accedido a ese alféizar. No había forma de que un gato pudiera trepar hasta allí. Ni se veía rastro de ningún gato abajo en el jardín.

La fecha del siguiente suceso no está clara, porque no parece que lo documentara en su momento. Pero se diría que ocurrió algunos días después de aquel extraño sueño. Sydney tenía que acceder a un armario que siempre dejaba cerrado con candado. En su interior guardaba manuscritos y otros documentos de valor, y llevaba la llave consigo en todo momento. Que él supiera, el armario no se abría desde hacía al menos un mes. Ese día necesitaba consultar unos apuntes relacionados con su tema de estudio favorito. Al abrir el armario, recibió el impacto de un extraño hedor. No era almizcle exactamente, aunque solo podía tratarse de un hedor animal; recordaba ligeramente al de un gato. Pero lo que llamó de inmediato la atención de Sydney y le molestó sobremanera fue encontrarse los documentos desordenados. Las hojas sueltas que guardaba en las casillas del fondo estaban apiladas al frente sin orden ni concierto. Parecían, sin duda alguna, un nido: estaban dispuestas más o menos en círculo, con una depresión en el centro. Era como si algún animal se hubiera enroscado allí a dormir, y el tamaño de la depresión coincidía exactamente con el de un gato.

Sydney estaba demasiado molesto por el desorden de sus documentos como para percatarse en ese momento de su curiosa disposición, pero le causó una enorme impresión cuando comenzó a recoger y ordenar los papeles. Algunos parecían haberse ensuciado un poco, y al fijarse mejor descubrió que estaban recubiertos de pelos negros y cortos como los de un gato.

Aproximadamente una semana después, regresó a casa más tarde de lo habitual tras una reunión de una sociedad científica a la que pertenecía. Estaba sacando del bolsillo la llave de la puerta principal cuando sintió que algo se frotaba contra su pierna. Miró hacia abajo y no vio nada, pero inmediatamente lo volvió a sentir, y esta vez le pareció ver una sombra negra junto a su pie derecho. Al fijarse mejor ya no había nada, pero mientras entraba en la casa sintió con claridad que algo suave le rozaba la pierna. Cuando se detuvo en el recibidor para quitarse el abrigo, vio una leve sombra que parecía moverse escaleras arriba. Era evidente que se trataba tan solo de una sombra, nada sólido, porque había buena luz y la vio con claridad. Sin embargo, no había nada en movimiento que explicara el paso de la sombra. Y la forma en que la sombra se movía recordaba curiosamente a la de un gato.

Lo siguiente que Sydney anotó en el cuaderno que dedicó a este curioso asunto no es más que una retahíla de coincidencias, y el hecho de que las considerara dignas de mención demuestra con total claridad hasta qué punto su mente ya estaba obsesionada. Había tomado el valor numérico de las letras C, A, T en el alfabeto —3, 1 y 20 respectivamente— y al sumarlas había obtenido el total de 24. Procedió entonces a anotar las muchas formas en las que dicho número había aparecido en el transcurso de su vida. Nació un día 24, en una casa cuyo número era el 24, y su madre tenía entonces 24 años. Cuando él cumplió los 24 su padre murió y lo dejó a cargo de una fortuna considerable. De eso hacía 24 años. La última vez que hizo balance de sus propiedades, descubrió que el valor de sus inversiones —sin contar los bienes inmuebles— era de aproximadamente 24 000 libras. En tres periodos diferentes, en tres pueblos diferentes, había terminado viviendo en casas cuyo número era el 24, y ese era también el número de su residencia actual. Además, su código de entrada a la sala de lectura del British Museum terminaba en 24, y tanto su médico como su abogado tenían despachos con aquel persistente número. Anotó varias coincidencias más, pero eran tan forzadas que no merece la pena recogerlas aquí. No obstante, los apuntes concluían con la siniestra pregunta: «¿Acabará todo el día 24?».

Poco después de escribir estas notas, Sydney tuvo que dejar constancia de un asunto mucho más serio. Estaba bajando las escaleras una tarde cuando observó, en un rincón mal iluminado, algo que tomó por un gato. Reculó debido a su rechazo natural, pero al fijarse bien se dio cuenta de que no era más que una sombra que arrojaba una escultura del rellano. Soltó una risa y se dio la vuelta, pero mientras se giraba le pareció ver que, efectivamente, ¡la sombra se movía! Al bajar las escaleras tropezó dos veces intentando esquivar algo que tomó por un gato en peligro de ser pisoteado, y un instante después pisó algo blando que cedió bajo su peso y le hizo perder el equilibrio. Cayó a plomo y se llevó un buen susto.

Cuando se levantó, con la ayuda de su sirviente, fue cojeando a la biblioteca y allí se percató de que tenía los pantalones rasgados desde un poco más arriba del tobillo. Pero lo más curioso era que se trataba de tres rasguños verticales paralelos: justo los que habrían dejado las garras de un gato. Un dolor agudo lo obligó a emprender un examen detallado de la zona, y se descubrió tres profundos arañazos a un lado de la pierna, que correspondían exactamente con los rasguños de sus pantalones.

En un margen de la página donde tomó nota de este accidente, añadió las palabras «Este gato no trama nada bueno». El tono de todas las demás entradas del diario y de las pocas cartas que datan de esta época ponen de manifiesto que su estado mental estaba teñido y enturbiado por oscuros presentimientos.

Parece ser que al día siguiente tuvo lugar otra de aquellas inquietantes pequeñeces. A Sydney todavía le dolía la pierna, y se pasó el día en un sofá con uno o dos de sus libros favoritos. Poco después de las dos de la tarde oyó un leve golpe sordo, como el que podría causar un gato al saltar desde una altura moderada. Alzó la vista, y agazapado en el alféizar encontró un gato negro con ojos relucientes; un momento después, el animal saltó a la habitación. Pero nunca llegó a tocar el suelo; o, si lo hizo, ¡debió de atravesarlo! Sydney lo vio saltar, lo vio suspendido un instante en el aire, lo vio a punto de aterrizar, y entonces... ¡ya no estaba!

Le habría gustado creer que se trataba de una mera ilusión óptica, pero frente a esta teoría se alzaba el incómodo hecho de que el gato, al saltar, había derribado una maceta, y los pedazos rotos seguían allí como prueba de lo ocurrido.

Ya sí que tenía miedo de verdad. Bastante terrible era darse cuenta de que las cosas que veía carecían de existencia objetiva, pero peor era enfrentarse a sucesos indudablemente reales que no se podían explicar mediante las leyes conocidas de la naturaleza. En este caso la maceta rota indicaba que, si el gato negro no era más que lo que conocemos como fantasma a falta de un término más adecuado, se trataba de un fantasma capaz de producir efectos físicos. Si podía derribar una maceta, quizá pudiera arañar y morder... Y la posibilidad de que te ataque un gato procedente de otro plano de la realidad es una idea grotesca, inconcebible.

Es evidente que Sydney tenía motivos serios para alarmarse. El gato fantasma, o como queramos llamarlo, estaba ganando poder de algún modo: ya era capaz de manifestar su presencia y su hostilidad de una forma más práctica y patente. Aquella misma noche quedó demostrado. Sydney soñó que, mientras paseaba por el zoológico, un leopardo negro de aspecto feroz escapaba de su jaula y se abalanzaba sobre él. El enorme animal lo lanzaba de espaldas al suelo y lo mantenía allí atrapado. Medio aplastado bajo su peso, sentía sus garras en el cuello y sus fieros ojos amarillos mirándolo a la cara, hasta que el puro terror de la situación puso un abrupto fin al sueño, y se despertó. A medida que recobraba la consciencia se percató de un peso real sobre su pecho, y al abrir los ojos miró directamente a las profundidades de dos relucientes llamas amarillas recortadas contra un rostro negro aterciopelado. El gato bajó de la cama de un brinco y saltó por la ventana. Sin embargo, la ventana estaba cerrada y no se oyó el cristal romperse.

Sydney no durmió mucho más esa noche. Pero otra conmoción lo estaba esperando cuando se levantó. Encontró pequeñas manchas de sangre en la almohada, y al examinarse en el espejo vio que tenía dos grupos de pequeñas heridas en el cuello. Eran poco más que pinchazos, pero estaban dispuestas en sendos grupos semicirculares, uno a cada lado del cuello; justo como las que habría dejado un gato que estuviera intentando estrangularlo con sus patas delanteras.

Este fue el último incidente que Sydney registró en su diario, y la seriedad con la que se tomaba el asunto se aprecia en algunas cartas que escribió a lo largo del día. En ellas daba las últimas instrucciones a sus herederos y zanjaba negocios varios; en previsión, sin duda, de su muerte inminente.

Cómo se desarrolló la escena final de esta tragedia solo podemos sospecharlo a partir de las pistas que nos han llegado, pero existen pruebas suficientes para saber que fue de una atrocidad inenarrable.

Al parecer, al ama de llaves la despertó en un momento de la noche un ruido extraño que solo pudo describir como el gruñido de un gato furioso, y la criada, cuya alcoba quedaba justo encima de la de Sydney, dijo haber soñado que oía a su amo gritar un par de veces de un modo horripilante.

Por la mañana, Sydney no respondió cuando lo llamaron a la hora a la que solía levantarse y, como la puerta estaba cerrada, el ama de llaves se apresuró a buscar ayuda para abrirla por la fuerza.

Lo encontraron agazapado en el suelo, apoyado contra la pared opuesta a la ventana. La alfombra estaba empapada de sangre, y la causa no tardó en revelarse. El cuello del pobre hombre estaba desgarrado de un extremo al otro, con ambas yugulares cercenadas. Hasta donde cabe imaginar, se había ido a la cama y lo habían atacado mientras dormía, porque las sábanas estaban salpicadas de sangre. Parecía que se había levantado en un intento de defenderse de la Criatura que lo tenía atrapado en sus temibles garras. Según los testigos, la mirada de horror en su cara desencajada superaba cualquier posibilidad de descripción.

Tanto la ventana como la puerta estaban cerradas, y no vieron nada que indicara cómo había entrado el atacante. Pero sí un indicio de cómo había salido. Las manchas de sangre en el suelo delataban las huellas de un gigantesco gato. Cruzaban la habitación desde el cadáver hasta la pared opuesta… Y ahí terminaban. El gato no volvió; nadie sabe si atravesó la pared o si se desvaneció en el aire. De un modo misterioso vino y se fue, y al pasar perpetró esta terrible infamia.

Fue una curiosa coincidencia que la tragedia sucediera en Nochebuena… ¡El día 24 del mes!

La mujer de Ganthony
E. Temple Thurston

Publicado por primera vez en
The Rosetti and Other Tales
· 1926 ·

Ernest Temple Thurston

1879-1933

En los inicios de su carrera, antes de convertirse en un prolífico autor de ficción, Ernest Temple Thurston (1879-1933) era conocido como poeta y dramaturgo. Su novela más famosa fue The City of Beautiful Nonsense *(«La ciudad del hermoso sinsentido», 1909), que inspiró dos adaptaciones cinematográficas. Su vida privada no estuvo exenta de complicaciones —se casó tres veces—, algo que, al parecer, no entorpeció la producción de una bibliografía abrumadoramente extensa.*

«La mujer de Ganthony» es un cuento relatado a la antigua usanza, una reunión familiar alrededor de la chimenea, en el que Thurston coloca al narrador en el centro de la historia. Sin embargo, la acción nos traslada a las plantaciones de Sri Lanka y luego de regreso a Londres, a una Navidad en la que la nieve cae como «una cortina de muselina». Las evocativas descripciones de la capital en la década de los veinte del siglo pasado son el telón de fondo de una aparición inesperada y escalofriante.

—Lucy Evans

La costumbre de contar historias en Nochebuena alrededor de la chimenea se está perdiendo, como la de escribir cartas y todas las manualidades domésticas del pasado siglo. Las historias nos las cuentan profesionales y gracias a la imprenta se publican a miles. Cedemos nuestras cartas a dictáfonos y estenógrafos. El toque personal está desapareciendo de la vida, si no ha desaparecido ya. En una época en la que se inventa toda máquina imaginable para ahorrar tiempo y trabajo, no nos queda tiempo que destinar a cosas como estas. El manejo de nuestras máquinas nos deja demasiado exhaustos como para dedicarles atención.

De todo esto hablábamos el año pasado, sentados junto al fuego cegador de una chimenea en la fiestecita que los Stenning organizan cada Navidad en esa casa estilo Tudor que tienen en la frontera entre Kent y Sussex.

Los niños se habían ido a la cama. Éramos cinco adultos en torno a la amplia chimenea abierta en la que grandes leños de roble ardían sobre el centro resplandeciente de una pila de ceniza plateada que llevaba al rojo una semana o más.

La señorita Valerie Brett, la actriz, estaba sentada en el rincón de la chimenea, calentándose un dedo del pie primero, luego otro. Viene todas las navidades. Los niños la adoran. Sabe hacer ruidos graciosos con la boca. Y con solo retorcer el gesto es capaz de imitar a la reina Victoria en todas las monedas de penique que se hayan acuñado. Los demás estábamos sentados delante, en semicírculo: Stenning y su mujer, Northanger y yo, fumando y dando sorbitos al ponche, cuyo secreto Stenning aprendió de un viejo vinatero de la calle Winthrop, en Cork. Creo que se sirve del ponche para asegurarse el selecto grupo de invitados que siempre acude a sus fiestas navideñas.

«Venid por Navidad. Ponche.»

Esa es una fórmula habitual en sus invitaciones.

Habíamos estado jugando con los niños, y el escondite había triunfado. Todos estábamos un poco cansados. Fue la señora Stenning quien abrió la conversación al quejarse de que hoy en día no había nadie que supiera contar historias de miedo a los niños.

—El año pasado tuvimos aquí a un hombre —dijo— que empezó una, pero cuando iba por la mitad los niños adivinaron el final.

—Qué listos son —dijo la señorita Brett.

—De todas formas, la historia era malísima —dijo Stenning—. Hoy para generar suspense no basta con agitar unas cadenas y dar un portazo y que se apague la vela. Cuando la vela se apagó, el pequeño John dijo: «¿Y por qué no cerró la ventana?». Nuestro amable narrador le aseguró a John que sí la había cerrado, pero no sonó muy convincente, porque Emily dijo: «Será como la ventana de mi cuarto. Que cuando está cerrada el viento entra y agita las cortinas».

La señora Stenning suspiró.

—Supongo que saben demasiado —dijo—, y no sabéis la de cosas que he hecho con tal de mantenerlos en la inocencia.

—No es que sepan demasiado —dijo Northanger—. Nosotros sabemos demasiado poco, más bien. Tampoco creemos en ruidos de cadenas y en la vela que se apaga. Llevamos los últimos veinte años riéndonos de todo eso, y los niños ya se han dado cuenta.

—¿Insinúa que la civilización se acerca al final de su evolución? —pregunté.

—O eso —dijo—, o estamos en un compás de espera, como el tren de una montaña rusa cuando llega a lo alto de una cresta y rueda sin más hasta que reúne el impulso suficiente para ascender hasta una cresta más alta. Solo los pesimistas dicen que estamos acabados. Mudar la piel en sí mismo es un proceso natural. Y hay indicios de que la piel vieja está empezando a desprenderse.

Northanger es un tipo extravagante. Habla poquísimo. Viniendo de él, aquello era locuacidad. Como suele suceder con un hombre así, escuchamos.

—¿Qué clase de indicios? —preguntó la señorita Brett.

—De todo tipo —dijo él—. Incluso hay fantasmas nuevos. La pasada Navidad vi uno.

—¿Vio uno?

Dos o tres hablamos a la vez.

—Vi uno —repitió.

Si un hombre como Northanger confesaba haber visto un fantasma, algo debía de haber, esa fue nuestra sensación. Y no sería una simple calabaza con una vela dentro.

—¿Por qué no lo ha contado cuando estaban aquí los niños? —preguntó enseguida la señora Stenning.

—No es una historia para niños —contestó—. Aunque no sé por qué no habría de serla. No la entenderían, y ese es el primer requisito para toda historia de fantasmas.

—Cuéntenosla.

Lo dijimos todos, prácticamente al unísono. La señorita Brett subió los pies a la silla del rincón de la chimenea. Stenning se deslizó hasta la mesa y acercó el cuenco del ponche para rellenarnos los vasos. Digo «se deslizó» porque se movió como un hombre que no desea perturbar una atmósfera. De algún modo, el bueno de Northanger nos había atrapado. Tuvimos la sensación de que sabía que lo que iba a contarnos era inescrutable. Había creado una atmósfera, en efecto, la atmósfera que Stenning tuvo el cuidado de no perturbar. Mientras rellenaba nuestros vasos, se hizo en el salón el más apropiado de los silencios. Como habíamos estado jugando al escondite, nadie había encendido las luces. Estábamos todos agrupados a la luz de la lumbre. Entonces, Northanger empezó.

—¿Alguno de ustedes conoce a Ganthony…? Ganthony, el plantador de té de Ceilán…

No, nadie.

—Bien, mejor me lo ponen —dijo. Luego miró a la señorita Brett—. Usted y yo nunca habíamos coincidido, señorita Brett —dijo—, hasta que nuestros queridos amigos nos han traído aquí esta Navidad. La he visto en escena, pero como no soy uno de esos admiradores que tienen el arrojo de ofrecerle sus felicitaciones sin presentarse siquiera, usted no me había visto hasta ahora.

Aquel preludio me dio una idea de la mano que Northanger tenía para las mujeres, una mano extraña y sardónica, demasiado sutil para la mayoría de ellas, pero con la que transmitía la impresión de que no era un insensible.

Ella sonrió mientras él proseguía:

—Por si nuestros queridos amigos no se lo han dicho —continuó—, se impone decir que vivo solo. Tengo una casa en la calle Stretton, en Picadilly. Llevo allí diecisiete años. Cuando echen abajo Devonshire House,[1] me bajarán de mi pedestal. Ese será el fin de la calle Stretton. Eso no logrará que me marche. Pero sin la influencia de la baronesa Burdett-Coutts y el duque de Devonshire, la calle Stretton se convertirá en una calle de cualquieras. Un cine en alguno de los edificios nuevos que van a levantar en el solar de Devonshire House echará la calle Stretton a los perros. Es lo que pasa con la gente. El noventa por ciento nos dejamos llevar por los demás. En cualquier caso, mi historia trata sobre Ganthony.

»Fue la pasada Navidad. O sea, en 1923. Estaba en la ciudad. Como suelo hacer. Me gusta Londres el día de Navidad.

La señorita Brett dio un respingo.

—Sí, lo sé —dijo Northanger—. A mucha gente le parece que Londres está muerta cuando las tiendas están cerradas, y también los teatros. No es mi caso. A mí me parece que rebosa vida.

---

1. Antigua residencia de los duques de Devonshire, quedó abandonada tras la Primera Guerra Mundial y fue demolida en 1924. *(Todas las notas son de los traductores.)*

—¿Qué clase de vida? —Fue la señora Stenning quien lo preguntó.

—La de los espíritus de la gente. Estamos hablando de fantasmas. En fin, ¿cabe esperar que un fantasma agite sus cadenas cuando el traqueteo del motor de los autobuses ahogaría el ruido hasta hacerlo desaparecer? ¿Qué sentido tiene que se apaguen unas velas cuando los letreros nocturnos de las calles hacen que parezca de día? Hay una cosa que siempre hago cuando estoy en Londres el día de Navidad. Ir a mi club. Antes de la Regencia,[2] era una de las antiguas casas de juegos. El interior moderno lo ha ocultado todo, pero el día de Navidad, cuando algunas de las salas están completamente vacías, los viejos jugadores regresan. Puedes sentirlos a tu alrededor. Son imaginaciones, lo sé, pero ¿alguien ha definido satisfactoriamente la imaginación? Con el instinto de asociación de la memoria no basta. ¿De dónde proviene dicho instinto?

»Siempre voy al club. Aquella tarde fui y, para mi sorpresa, encontré a Ganthony en la sala de fumadores, escribiendo cartas. Ganthony es uno de esos hombres que pertenecen a un club londinense pero, más o menos como los cometas, aparece a escasos intervalos. Entra de repente, el portero le entrega su correspondencia, llena una papelera con la basura acumulada y escribe una pila de respuestas. Durante una semana o así, puedes encontrártelo en el edificio prácticamente a cualquier hora. Entonces un día, preguntas al portero: "¿Está el señor Ganthony en el club?". "¿El señor Ganthony, señor? Se ha ido."

»Pasan como mínimo tres años hasta que vuelves a verlo. Antes de aquel día de Navidad, llevaba sin verlo al menos cuatro años. Estaba rodeado de cartas y escribiendo como si le fuera la vida en ello. Creo que se alegró de verme tanto como yo de verlo a él. Acababa de volver de Ceilán, no sabía cuánto tiempo iba a quedarse. Nunca lo sabe. Me senté en una silla cómoda y charlamos. Al poco le pregunté por su mujer, si había venido con él, cómo

---

2. Esto es, antes de 1811 (la Regencia duró hasta 1820).

estaba. Sus ojos se volvieron como guijarros cuando se secan fuera del agua.

»"Mi mujer murió hace casi un año", dijo.

»Debo hablaros de la mujer de Ganthony. La conoció y se casaron durante la guerra. Pero la guerra no tuvo nada que ver. Nos hemos acostumbrado a achacar a la guerra los matrimonios precipitados. Ganthony se habría casado con ella independientemente de la época en la que se hubiesen conocido. Estamos ante un hombre que se encuentra con su destino y se precipita hacia él como un trocito de acero hacia un imán. Nunca seré capaz de entender del todo bien lo que él significó para ella. En la relación entre individuos que las circunstancias forjan ha de existir algún tipo de plan. Pero que me aspen si es posible alcanzar a imaginar de qué se trata o cómo se regula.

»Ganthony la conoció en un restaurante. Él acababa de salir del hospital. Un obús lo había dejado sin sentido en la batalla de Vimy. Tenía cortes en la cara y aún la llevaba vendada. Un lado del rostro lo tenía bastante intacto, pero en el otro el ojo le asomaba por entre un amasijo de gasas. Su aspecto le traía sin cuidado; de hecho, creo que le hizo bastante gracia salir a cenar fuera. Iba solo.

»Ella estaba cenando con un hombre en una mesa a pocos metros. Como todo el mundo, sintió curiosidad cuando vio la cara vendada de Ganthony. Se lo comentó a su acompañante. Sé todo esto porque Ganthony me lo contó poco antes de que se casaran. Pareció que decía: "Le han dado una buena, ¿no?".

»El hombre lo miró unos instantes. Los hombres con vendas eran bastante habituales en aquellos días. Él también era soldado. Iba de uniforme. No le prestó mayor atención. Pero la mujer siguió mirándolo. Cada pocos segundos, Ganthony le sostenía la mirada. Más aún, vio que no quería que su acompañante se diera cuenta. Algo en Ganthony la intrigaba. El plan, sea cual sea, se puso en funcionamiento. El destino empezaba a tirar de él. Ganthony sonrió, tanto como le fue posible con media cara vendada. Ella le devolvió la sonrisa, una de esas sonrisas que una mujer es capaz de ocultar a todos salvo a la persona a la que va destinada. Minutos después, se hablaban el uno al otro con la mirada, una de esas conversaciones que no obstaculizan los gestos ni el significado de las meras palabras.

»Ganthony se saltó un plato y terminó de cenar antes que ellos. Pidió la cuenta mientras ella lo observaba. Pagó, miró hacia la puerta, luego a ella, y después se levantó y salió. No tuvo que esperar ni dos segundos y ella ya estaba en la calle a su lado. Había puesto alguna excusa a su acompañante. En aras de la decencia, debía regresar dentro y terminar de cenar. Quedaron en reunirse más tarde.

»Se casaron una semana después. No hace falta que os cuente nada más. Pueden achacarlo a la guerra, si quieren. Pero Ganthony no era uno de esos hombres que se casan con una de esas mujeres porque estábamos en guerra. Pese a llevar el rostro vendado, lo hizo con los ojos bien abiertos. Sabía cómo era ella. Sabía que él no era el primero, pero supongo que debió de pensar que, cuando lo licenciaran y se la llevara a Ceilán, sería el último. Yo no pensaba lo mismo. Pero de nada servía decírselo. Cuando, como fue su caso, un hombre se topa con su destino, las perogrulladas y las especulaciones morales no lo detienen. Tiene que descubrirlo por sí mismo. A veces, Dios dispone, me parece, antes y después de que el hombre proponga.

»En cualquier caso, poco más al respecto guarda relación con esta historia. Ganthony se había casado y ahora su mujer estaba muerta. Era una mujer hermosa, sin duda, intensamente atractiva. Yo nunca la vi, pero Ganthony me envió desde Ceilán una foto con ella después de marcharse allí. Sin embargo, el atractivo no lo es todo. Invita, pero no siempre acoge.

—No me suena a historia de fantasmas ni por asomo —dijo la señora Stenning.

Northanger se disculpó.

—Os he advertido de que no era una historia de fantasmas para niños —añadió—. Os he dicho que no la entenderían. Dudo de que yo mismo la entienda.

—Echa un tronco, Valerie —dijo Stenning—, y no lo interrumpas, Grace. En lo que a mí respecta, este hombre se está ganando el ponche. Continúe, Northanger. Cuéntelo como le plazca. Las mujeres siempre quieren mirar la última página. La mujer de Ganthony estaba muerta.

—Sí..., muerta —prosiguió Northanger—. Durante los primeros seis u ocho meses vivieron en Colombo y, al parecer, en aquel breve periodo llegó a saber cuán atractiva era ella. Y aun así, lo que atraía a los hombres como lo había atraído a él no era tanto su físico como una suerte de fatalidad.

»Al parecer, Ganthony no sabía a qué atenerse. Ella no se mostraba reservada al respecto, más bien misteriosa. Hasta donde alcanzo a dilucidar, era como si para ella aquel tipo de vida fuese vocacional, como las mujeres sagradas del templo de Osiris en Tebas. Imagino lo extraordinariamente misteriosa que debió de parecerle a aquel hombre en el restaurante cuando conoció a Ganthony. Debió de desaparecer sin más al acabar la cena. En determinado momento, él debió de creer que esa noche ella le pertenecía. Un segundo después, había desaparecido.

»Fue entonces cuando Ganthony empezó a sentir que podría perderla en cualquier momento, una sensación que lo empujó a abandonar Colombo para llevársela al interior, a un lugar próximo a sus plantaciones. Ella no se quejó. No era una mujer alegre a la que estuvieran arrebatándole la alegría, no era eso. Lo siguió sin rechistar. Él le tenía un cariño terrible. Hasta un tonto se habría dado cuenta. Pese a la manera en que la había conocido, con él no iba a seguir siendo promiscua. Para él, era sin duda una mujer sagrada. Me habló de su muerte, de ese modo lento y moderado en que caminan los hombres al final de un viaje. Daba igual cómo hubiese sido ella, su muerte le había dejado una herida vital que tardaría en curar.

—¿Va a contarnos cómo murió? —dijo la señorita Brett.

—Justo a eso iba —dijo Northanger—. Ganthony sentía que estaba segura tierra adentro. Salvo en las plantaciones, no había ingleses a la vista. Pasados unos meses, cuando daba la sensación de que estaba bastante contenida, Ganthony tuvo que viajar a Colombo por negocios. Estuvo fuera tres días. Cuando regresó, ella no estaba. El pánico había cundido entre los sirvientes nativos. Ganthony peinó la zona durante dos días. En las plantaciones no sabían nada de ella. Se había desvanecido..., había desaparecido. Al tercer día, de regreso tras una búsqueda infructuosa, Ganthony encontró a un monje budista esperándolo en su bungaló. Lo único que aquel hombre decía era: "He venido para llevarlo a ver a la *mensahib*". Ganthony lo siguió. Una y otra vez preguntó a aquel tipo qué pasaba, lo amenazó, intentó atemorizarlo, pero no decía nada salvo: "Tiene que ver a la *mensahib*".

»En la loma de una colina, a unos cinco kilómetros del bungaló de Ganthony, había un monasterio budista. Allí lo condujo, y allí, tendida en una suerte de cama rudimentaria en una de las habitaciones (era un lugar de reposo), encontró a su mujer... muerta. Carecía de sentido avisar a un médico. No había ninguno en kilómetros a la redonda.

»Le pregunté si se había asegurado de que estaba muerta, y clavó en mí una mirada pétrea.

»"Allí uno tiene que ser su propio médico", dijo, "y hay una o dos cosas que uno reconoce sin posibilidad de errar. La muerte es una de ellas. Llevaba tiempo muerta. Estaba bastante fría. Cuando el espíritu abandona el cuerpo, no cabe equivocación alguna. El suyo se había ido. Pude sentirlo. Estaba allí tumbada, no era más que un cadáver, y me sentí incapaz de tocarla... Sin su espíritu, me parecía repulsiva."

»Le pregunté cómo había acabado allí, de qué pensaba que había muerto, cuánto tiempo llevaba muerta, a su parecer. Ninguna de sus respuestas fue muy elaborada. Suponía que de fiebre. Había llegado a pie al monasterio, sola. Debía de llevar muerta dos días. Fue su conclusión, al margen de lo que los monjes le contaron.

»Entonces dijo algo extraordinario, algo que hizo que me diera cuenta de la repulsión que había sentido ante aquel cuerpo privado de espíritu.

»"La dejé allí", dijo, "la enterraron ellos."

»En fin, esa fue la historia que Ganthony me contó aquella tarde de Navidad en el club. Nos tomamos un té mientras hablábamos. Después volvió al resto de sus cartas. Yo fui a la sala de lectura y estuve allí hasta más o menos las siete menos cuarto. Había empezado a nevar, los copos caían como una niebla blanca sobre la oscuridad de fuera. En la calle apenas se movía un taxi. Pedí que me sirvieran la cena a las ocho en mis aposentos. Salí de la sala de lectura para dirigirme a la calle Stretton y entonces pensé en Ganthony, que seguramente iba a cenar solo en el club. Me pasé por la sala de fumadores y le pregunté si quería venir. Hizo con la mano un gesto hacia el fajo de cartas.

»"Solo voy por la mitad."

»"Termina mañana."

»"No", dijo, "ya que estoy prefiero terminar. Si acabo antes de las diez me acercaré a tomar algo contigo. Pero nada de resurrecciones. Ese asunto está enterrado."

»Asentí. Estaba claro que no iba a venir. Cuando un hombre quiere hacer algo, lo hace sin peros que valgan. Eso son prerrogativas femeninas. Lo dejé con su correspondencia. Salí del club, me abrí paso por la tormenta blanca a través del agujero oscuro de Trafalgar Square, subí por Haymarket y giré por la calle Jermyn.

»La calle Jermyn siempre me ha parecido una calle rara. He conocido a hombres extraños que vivían allí, en habitaciones pequeñas encima de tiendecitas. La rodea una atmósfera que en el resto de Londres se está perdiendo con la velocidad con que una mujer pierde el respeto por sí misma en cuanto se da a la bebida. Tiene portales oscuros, en el subsuelo. Las casas están tan pegadas que uno apenas levanta la vista hacia las ventanas mientras recorre su estrecho trazado. Yo no había reparado en la existencia de dichas ventanas hasta que un tipo raro al que conocí me invitó a la habitación en la que vivía. Había en ellas algo tan extraño que después de aquello me pasé una mañana entera recorriendo el lado norte de la calle Jermyn mirando las casas del lado opuesto. Casi todas son curiosísimas. Son escondites. Y la calle en sí produce la misma sensación. Tanto es así que es uno de los lugares de paseo favoritos de ese grupo de señoritas que han dado el mundo más que por perdido... ¿Por qué no habrían de llamarlo amor?

»No contaba con ver a una aquella noche. No había un alma. La nieve caía como una cortina de muselina de un decorado mayor. Me crucé con un policía. Ni sus pasos ni los míos hacían ruido en la nieve. Le deseé feliz Navidad al pasar junto a él. Su respuesta sonó como la voz de un hombre con respirador. La nieve lo había cubierto de blanco. Apareció y desapareció sin más.

»Estaba casi en la esquina con St. James, prácticamente donde antes se alzaba el antiguo Cox's Hotel, cuando, a través de esa nívea cortina de muselina, igual que como a través de unas cortinas alcanzas vagamente a ver los movimientos de alguien en una habitación, vi que una figura venía hacia mí. Por un instante sentí sorpresa. Era una mujer.

»Estábamos apenas a unos pasos el uno del otro. Con tanta nieve, todo Londres se había reducido hasta las dimensiones de una habitación pequeña y estrecha. Al cruzarnos, fue como si hubiese descorrido las cortinas un instante para mirarme a través de la ventana. Luego, como el policía, desapareció.

Puede que fuese el instinto del cuentacuentos para aumentar el suspense, pero aquí Northanger se detuvo y miró a Valerie Brett.

—Continúe —dijimos.

—Bueno —dijo—, estoy considerando los sentimientos de esta joven dama. Para proporcionaros la impresión adecuada de lo que sucedió, debo recurrir aquí a eso que los novelistas llaman psicología. ¿Le importa?

—No me sea ridículo —dijo Stenning—. Sabe perfectamente que solo pretende mortificarnos. Adelante con su psicología. Se dedica a la actuación. Tienen psicología de sobra.

—Solo me ha parecido necesario —dijo Northanger— describir la actitud de un hombre con respecto a un encuentro como aquel. Quizá sería más acertado decir la mía con respecto a aquel encuentro concreto. Porque, si bien, en lo que a la historia se refiere, ella había desaparecido, sí se dio esa brevísima pausa, ese instante, como he dicho, en el que pareció que descorría las cortinas de muselina para mirarme a través de la ventana. Aquella pausa fue indescriptible. Fue un encuentro. En la mayoría de las ocasiones, una mujer así dice algo, una fatua palabra de afecto, un desafío, un saludo como si fueseis viejos amigos. Aquella mujer no dijo nada. Se limitó a mirarme durante aquella pausa, y aunque no sería capaz de describirla ni aunque me fuese la vida en ello, fui plenamente consciente de su personalidad.

»Desconozco qué sentimientos despiertan las mujeres de esa clase en el resto de personas de su sexo. Supongo que la mayoría de hombres habrían percibido lo que yo percibí, una exigencia de consideración más que incompatible con la conciencia o los estándares morales de cualquier concejal. ¡En Navidad y con aquella ventisca, cuando la mayoría de las personas estaban sentadas junto al calor del fuego a la espera de que se anunciara una buena comida! Sentí bastante lástima por ella. Supongo que fue eso y la consciencia de su personalidad lo que me hizo dar media vuelta. Si me hubiese dicho algo, habría seguido mi camino. Había pasado junto a mí en silencio, y me di la vuelta.

»No solo se había dado la vuelta también ella. Se había detenido. Con tanta nieve en el suelo, no la había oído. Nos quedamos mirándonos y entonces retrocedió.

»"¿Va usted a su club?", dijo.

»"Vengo de allí", dije yo.

»"Se va a casa, supongo…"

»Asentí.

»"La familia entera le espera para cenar, ¿no?"

»Le dije que no había ninguna familia, solo la cena.

»"¿Usted solo?", preguntó.

»"Completamente", dije.

»Eso no la disuadió. Empezó a caminar hacia mí. Habría quedado como un tonto si me hubiese negado a acompañarla. Además, hablar con una completa desconocida del sexo opuesto despierta un interés considerablemente excitante. Hombres y mujeres se entregarían con mayor frecuencia a esa clase de aventuras si no temieran tanto las apariencias. La ventisca me envalentonó, seguramente. Entramos juntos en la calle St. James y subimos hasta Picadilly.

»"Vivo en la calle Stretton", dije. "Si sigue acompañándome, me veré obligado a invitarla a cenar por pura cuestión de cortesía."

»"Si lo hiciera", dijo ella, "me vería obligada a aceptar por pura cuestión de apetito e interés por comer a gusto."

»La voz humana es algo extraordinario. Es un indicador infalible del carácter y la personalidad. No puede fingirse, en realidad. El mejor actor o la mejor actriz del mundo —con un gesto de la mano exceptuó a Valerie Brett— pueden fingir el gesto. No pueden fingir la voz. Saben imitar. Pero no es lo mismo. En la voz de aquella mujer había algo que me protegía contra la sensación de vergüenza propia ante mi mayordomo, Charles. Charles es en esencia una persona diplomática, pero tiene gusto. No importaba mucho cómo fuese vestida. No podía ver cómo iba vestida, cubierta como estaba de la nieve que caía. No sé nada de ropa femenina, pero era consciente de la impresión de que iba, como cualquier hombre diría, bastante bien.

»"Permítame entonces que le invite", dije, y cuando aceptó tuve la impresión de que mi propuesta había sido una de esas cosas que se hacen no tanto porque te apetece como por una disposición que precisa de cierta acción por tu parte en un momento dado. Sentí que la negativa de Ganthony a venir a cenar conmigo era una parte crucial de dicha disposición. Que mi voluntad no tenía nada que ver con el asunto. Subí las escaleras y abrí la puerta de entrada, y me pareció un mero acto de obediencia por mi parte. Cuando me precedió al recibidor, fue como si el control de la situación lo tuviese ella, no yo.

»Estoy intentando expresarles mis impresiones a la luz de lo que ocurrió; aun así, no deseo exagerar dichas impresiones porque, hasta el último momento, no había motivo por el cual aquello no hubiera de parecer de lo más normal. Un poco inusual quizá, pero eso es todo.

»Mi casa de la calle Stretton tan solo tiene cuatro habitaciones: un salón, una salita y dos dormitorios. Charles la acompañó al cuarto de invitados para dejar su abrigo. Faltaban diez minutos para la cena. Y he aquí otra impresión que, estoy seguro, no exagero. Las maneras de Charles desde el instante en que la vio no fueron en modo alguno las del diplomático intachable. No fue tanto que objetara que la hubiese invitado a cenar al piso como que, de haber podido, habría evitado la situación. Cuando más tarde se lo eché en cara, me dijo:

»"Mis disculpas, señor, si se me notó."

»"¿Te pareció mal, Charles?", le pregunté.

»"No, señor…, ¿por qué iba a parecérmelo?"

»"¿Entonces?"

»"Me sentí raro, señor… Sentí que la dama sabía más que yo, y es una sensación incómoda, señor, cuando se trata de una mujer."

»En fin, ahí está. Charles no tenía motivos para exagerar sus impresiones, porque yo no le había contado nada. En cualquier caso, esto no va de nosotros. El centro del relato es ella. Entró en la salita unos cinco minutos después, sin abrigo y sin sombrero. Supongo que iba bien vestida. Solo puedo deciros que en su apariencia no había nada propio de la calle Jermyn. Y al mismo tiempo, ahí estaba, la cortesana inconfundible. No me refiero a que llevara coloretes y fuese teñida. Ni estoy diciendo que se me insinuara. Tampoco que su conversación fuese distinta de la que podría haber mantenido cualquier mujer que se hubiese visto cenando con un completo desconocido. Se comportaba de un modo perfectamente natural, y sin embargo algo en ella sugería de manera extraordinaria que no solo era única en su especie, sino que era la especie personificada.

»Sumado a aquello estaba la sensación que tuve en cuanto entró en la habitación: la había visto antes. Durante la cena, entre miradas, debido a mis reticencias a demostrar cuán interesado estaba, intenté una y otra vez relacionarla con algún episodio de mi vida.

Fracasé tan estrepitosamente que durante un tiempo abandoné. Hablamos de…, ah, todo tipo de cosas. Surgió el tema de las joyas. Ella lucía en un anillo un gran cabujón, un rubí. Era la única joya que llevaba. Mostré mi admiración y le pregunté de dónde procedía.

»"Me la regalaron en Ceilán", dijo.

»De repente, mi memoria se aceleró. Refrené la lengua hasta que pasamos al salón. Entonces, mientras nos servían el café, la miré a los ojos y le pregunté:

»"¿Conoció en Ceilán a un hombre llamado Ganthony?"

»Si esperaba un atisbo de sorpresa, quedé decepcionado. Con mucha serenidad, me miró y dijo:

»"¿Está tratando de ubicarme?"

»Reconozco que en ese momento estaba desconcertado. No sabía si disculparme… o conceder abiertamente que así era.

»"Mi curiosidad no es tan grosera como parece", dije. "Tengo motivos para preguntar."

»De un modo bastante plácido, me preguntó cuáles eran.

»Por respuesta, fui directo a mi escritorio. En uno de aquellos cajones estaba la fotografía que Ganthony me había enviado desde Ceilán. La encontré, me fijé bien para quedar convencido y luego se la tendí. En la medida en que puede decirse que una fotografía es un trasunto en sus dimensiones reducidas y su efecto espontáneo, aquel retrato de la mujer de Ganthony era el de la mujer que estaba sentada en mi salón. Lo juro.

»Me la quitó de la mano. Estuvo un buen rato allí sentada mirándola, una sonrisa se expandió despacio por su rostro mientras yo la observaba. Al sonar el timbre del piso, levantó la vista y me miró fijamente.

»"¿Ese tal Ganthony va a venir?", preguntó.

»Entonces caí de repente en la cuenta. Era Ganthony. No podía ser nadie más, y de alguna manera ella lo sabía. Salí corriendo del salón antes de que Charles abriera la puerta. Era Ganthony. Pese a sus peros, había venido. Y todo aquello me pareció parte de la disposición de las cosas, parte de un proyecto mayor que ninguno de nosotros podría haber impedido. Lo cogí del brazo cuando cruzaba el umbral.

»"¿Estás preparado para la conmoción?", dije en la voz más baja que pude.

»No sé por qué tardó tan poco en mostrar consternación, pero así fue.

»"¿Qué pasa?", preguntó.

»Señalé hacia mi salón.

»"Tu mujer está ahí dentro", dije.

»"Mi mujer está muerta", respondió, y había en su voz un tono brusco de enfado. "Te he dicho que está muerta. La vi muerta…", se zafó de mi brazo y antes de que pudiese detenerlo se dirigió a zancadas hacia la puerta, la abrió y entró.

»Durante unos segundos me pregunté si debía seguirlo o no. Existe el principio sensato de no interferir en cuestiones entre marido y mujer. Estaba a punto de entrar en el salón cuando me asaltó la conciencia de un silencio extraño. No se oían voces. Seguí a Ganthony. Estaba de pie en mitad del salón, mirando la pequeña fotografía de su mujer. No había nadie más.

»Sin mediar palabra, entré en el cuarto que daba a la salita. Su sombrero y su abrigo no estaban. Regresé y crucé el salón hasta la ventana. Mi piso es un bajo. Abrí la ventana. No había indicios de que hubiese salido por allí, aunque, desde luego, la nieve caía tan deprisa que, de haberlo hecho, habría cubierto sus pisadas.

»Me volví y miré a Ganthony.

»"Te juro que…", empecé.

»Me sonrió, una sonrisa leve, la sonrisa de un hombre que ha sondeado las profundidades del sufrimiento y sabe que ya nada puede hacerle daño.

»"No te preocupes", dijo. "Yo también la he visto. Hará como un año, en Montecarlo. El pasado septiembre estuve en Londres. Solo tres días. Y también la vi. Está muerta", añadió, "la vi muerta…, pero las mujeres como ella nunca mueren del todo."

Northanger pasó su vaso a Stenning para que se lo rellenara. Nuestras mentes batallaban con el silencio que siguió a fin de acribillarlo a preguntas.

—De nada sirve que me pregunten por aquello —dijo—. Es lo único que sé y no pienso fingir que lo comprendo.

Una nevada
James Turner

Publicado por primera vez en
Staircase to the Sea
· 1974 ·

James Turner

1909-1975

James Ernest Turner nació en Foots Cray (Kent) en 1909. Tras estudiar en la Universidad de Oxford, se formó como jardinero. En 1947 arrendó un pequeño terreno de cultivo en Norfolk. En aquel lugar se ubicaba la antigua rectoría de Borley, denominada «la casa más embrujada de Inglaterra», donde se habían producido múltiples avistamientos de fantasmas y episodios de actividad poltergeist. Mientras vivieron allí, Turner y su esposa Lucie vieron y escucharon varios fenómenos inexplicables, y Turner participó en unas excavaciones en la iglesia de Borley en las que se descubrieron huesos enterrados bajo el altar.

A principios de la década de 1940 Turner tuvo cierto éxito como poeta, y a lo largo de las décadas de 1950 y 1960 publicó una serie de novelas. También escribió un libro sobre Borley y editó The Fourth Ghost Book *como parte de una serie creada por Lady Cynthia Asquith en la década de 1920. El autor incluyó «Una nevada» en su colección de cuentos* Staircase to the Sea *(«Escalera al mar») un año antes de su muerte en 1975. A pesar de que se publicó mucho después de que hubiera acabado la edad de oro de los relatos de fantasmas —a finales del siglo XIX y principios del XX—, da la sensación de haber sido escrito en esta última época y es extremadamente efectivo.*

—Tanya Kirk

Ocurre todos los años, en Navidad. Siempre que voy a una tienda a comprar tarjetas navideñas, me encuentro con que alguna representa a un niño tirándose en trineo por la nieve. Supongo que es algo bastante anticuado, aunque no sé si las nevadas pueden pasar de moda. La cuestión es que esas tarjetas hacen que vuelva a recordarlo todo. Suele haber una granja de fondo, una puerta abierta, un petirrojo con su plumaje invernal de color carmesí y grandes copos de nieve sobre los setos. En el centro de la imagen, dos niños se deslizan a toda velocidad cuesta abajo, saludando, con las caras rojas como manzanas. Por supuesto, es algo idealizado, como salido de una historia de Dickens. Porque de una cosa estoy seguro: si de verdad los dos niños estuvieran deslizándose cuesta abajo a esa velocidad, no tendrían tiempo para saludar. Se aferrarían al trineo con todas sus fuerzas.

Además, es una imagen navideña idealizada, al menos en mi región, Cornualles, donde rara vez tenemos suficiente nieve como para hacer un muñeco, y mucho menos para montar en trineo. Desde que vivo en Cornualles solo ha habido un año en el que la nieve era tan espesa que pude ir a la playa, en la bahía cercana a mi casa, hacer una bola de nieve y arrojarla al mar. Fue en 1963, en un invierno especialmente malo, y creo que lo que hice debió de suponer un récord. Así que ese tipo de estampas navideñas son bonitas para enviárselas a un amigo, pero no se corresponden con la realidad.

Sin embargo, cuando veo una de estas tarjetas, recuerdo algo que me sucedió una vez; una vez en la que todo eso se volvió, de hecho, muy real. Y los dos niños de esa lejana imagen «real» somos mi primo David y yo. Por supuesto, lo que incluso hoy me provoca un leve escalofrío no es la imagen de esos dos niños en un trineo. Es la naturaleza del miedo en sí mismo. Porque el miedo es una cosa muy extraña. Quiero decir que, ahora que soy mucho mayor que entonces, no me da ningún miedo la nieve. Es solo algo molesto que hay que barrer de la puerta de casa, y que trae consigo un frío que no puedo soportar. Sin embargo, todavía tengo miedo de lo que sucedió hace tanto tiempo, durante esa nevada en East Anglia.

Claro que, en aquella Navidad de 1922, cuando mi tío me invitó a pasar las vacaciones en su casa, cerca de Orford, en Suffolk, la nieve era toda una novedad para mí. Es difícil de explicar, como la mayoría de los miedos de la infancia cuando se miran desde la mediana edad. Pero, cada año, cuando recuerdo ese miedo solo puedo expresarlo diciendo que algo me acechaba detrás de la tormenta de nieve. A menudo me he preguntado si sería porque tenía quince años y era poco maduro para mi edad, o bien porque la nieve era una gran novedad para mí, mientras que a David —que vivía todo el año en East Anglia y, por lo tanto, conocía bien el terreno y estaba acostumbrado a la nieve— no le afectaba en absoluto.

Todo comenzó cuando llegué a la casa de mi tío. Fui directo desde el colegio, en lugar de volver a Cornualles, ya que mis padres se habían ido a Nueva York por negocios. Al principio, se me hizo extraño ir a la estación de Liverpool Street en lugar de a Paddington. Al salir de Sussex el sol brillaba, pero, poco a poco, el cielo se nubló y, para cuando crucé Londres y el tren salió de Liverpool Street, una ligera capa de nieve cubría el techo de la estación. Estaba emocionado. Si nevaba en abundancia, aquella sería una Navidad inolvidable.

El coche de mi tío me estaba esperando en Ipswich. Me sentí muy importante al recorrer la ciudad y sus callejas a toda velocidad, a través de Woodbridge y más allá de las granjas solitarias en dirección a Orford. Aunque era la semana de Navidad, nadie parecía transitar por ese paisaje desolado, aparte del chófer y de mí, hasta que pasamos el viejo y recóndito bosque de Staverton, donde se dice que los daneses martirizaron a san Edmundo. Entonces una pareja, un hombre y una mujer, emergieron de entre los robles, nudosos y retorcidos, y los acebos, con grandes racimos de frutos rojos en las ramas. Era otra señal de que aquella sería una buena Navidad.

Cuando el coche aceleró, miré hacia atrás. El hombre y la mujer estaban andando por el centro de la carretera, detrás de nosotros. Tuve la extraña sensación, en la calidez del vehículo, de que ninguno de ellos era real. Luego desaparecieron tras un recodo del camino. Hasta ese momento no había caído nada de nieve por aquellos parajes. Pero las luces de la casa —todas las ventanas estaban iluminadas— se derramaban sobre el camino de grava. El césped relucía, cubierto de escarcha.

Mi tía, sin embargo, sabía lo que estaba por venir. Me dio la bienvenida en el pasillo, junto al osito de peluche que sostenía entre los brazos y las piernas una bandeja de plata para las tarjetas de visita. Sus primeras palabras me hicieron concebir esperanzas.

—Nicky, cariño, cómo me alegro de verte. David se va a poner muy contento. Y estoy convencida de que tendremos nieve el día de Navidad. La has traído contigo. ¡Qué listo eres! Ahora, ven, que vamos a hacerte entrar en calor. Debes de estar helado.

Apenas me acordaba de la casa de mi tío. Es cierto que ya había estado allí una vez, pero había sido en verano. Entonces, por supuesto, me había dedicado a corretear de acá para allá por las granjas, creyendo que estaba ayudando a cuidar a los animales. También había ido varias veces con David a la playa, en Orford y Bawdsey, y había oído la historia del tritón que, años atrás, salió del mar y pasó una temporada en Orford. Había sido una especie de mascota para los habitantes del lugar, hasta que, una noche, se escapó por los pantanos para volver al mar. Se decía que la razón de que se hubiera marchado era que el vicario local le exigía ir a la iglesia, y que no podía seguir soportando los largos sermones que se veía obligado a escuchar. Teniendo en cuenta mi propia experiencia en la iglesia, no lo culpaba. David y yo también habíamos explorado el antiguo torreón del castillo y los viejos fuertes de vigilancia costera, muy abundantes en esa zona.

Lo que sí recordaba era que la casa principal de la granja era alta e impresionante, construida en estilo Reina Ana, y que tenía muchas habitaciones, desde el enorme salón, el estudio y el comedor hasta los dormitorios y los áticos. Las criadas —recordemos que esto ocurrió en 1922, en esos «viejos tiempos» en los que aún se estilaba tener servicio— vivían en estos áticos y bajaban por la escalera trasera a la cocina, los lavaderos, las despensas y las lecherías.

La primera vez que fui, yo tenía diez años. Aun así, percibí la calidez y el confort de la verdadera riqueza. Ya entonces, los negocios agrícolas no iban bien, sobre todo en East Anglia, aunque la cosa empeoraría aún más con el paso del tiempo. Pero mi tío no dependía de sus fincas para mantener su estilo de vida. Sus ingresos provenían de sus empresas comerciales. En aquella época, yo no sabía cuáles eran. La verdad es que no me importaba. Todo lo que sabía era que ese lugar —se llamaba Scarletts—, con sus infinitas hectáreas, sus trabajadores y sus granjeros, era para mí un estupendo parque en el que jugar. Y que David era un compañero maravilloso, que cada día se inventaba nuevas aventuras y cada noche contaba las patrañas más absurdas cuando nos acostábamos en su dormitorio del primer piso, con vistas al bosque que se extendía hacia el corazón de Suffolk.

Aquella noche, cuatro días antes de la Navidad de 1922, lo que recordaba de la casa había cambiado mucho. El interior estaba lleno de luces para darme la bienvenida. Sin importar lo que ocurriese fuera, dentro de casa se respiraba seguridad y alegría. La escalera estaba adornada con verdes ramas de acebo y con hiedra, con cadenas de papel y farolillos que se alternaban con manojos de muérdago. El aparador crujía bajo el peso de las frutas y las nueces. Además, la casa parecía estar llena de sirvientes. Y no hacía falta ser muy listo para presentir todas las cosas buenas —budines de ciruelas, pasteles de carne picada, jamones de York— que la señora Horsely, la cocinera, reservaba para el día de Navidad.

Mientras me calentaba ante la enorme chimenea de leña del salón, entró mi tío. Era un hombre bajo, fornido, bastante dickensiano. Estaba fumando un puro y su primer comentario fue el que cabía esperar de él. Siempre hablaba de manera grandilocuente, sopesando sus palabras, como si todo lo que dijera fuera de vital importancia. Cuando lo recuerdo ahora, por supuesto, me lo imagino a la cabecera de una mesa de juntas, o decidiendo el destino de las compañías que dirige. Pero, por entonces, solo era una persona a la que no me convenía enfadar.

Después de que me levantara y le agradeciera que me hubiera invitado a quedarme en su casa, me estrechó la mano con gran formalidad y dijo:

—Es una pena, Nicholas. —Jamás se le ocurriría llamarme Nicky—. Es una verdadera pena que este año el acebo tenga tan pocas bayas. Casi podría decirse que no tiene ninguna. Y estarás de acuerdo conmigo en que la Navidad debe su efecto en gran medida a las bayas de acebo.

En realidad, yo creo —y ya lo creía entonces— que, para él, lo que realmente definía la Navidad era el brandi. Tampoco me atrevía a decirle que había visto salir a dos personas del bosque de Staverton, tan cerca de su propiedad, cargadas con bayas de acebo. Habría sido capaz de despedir a alguno de sus empleados por no saber dónde buscarlas.

—Y a la nieve, tío —exclamé, mientras veía a mi primo David bajar las escaleras—. En Londres estaba nevando un poco. Seguro que aquí llegará pronto, ¿verdad?

—Tu tía —me respondió—, que es la que lo sabe todo sobre los vientos y el clima, cree que sí. Y está haciendo los preparativos necesarios.

Dicho esto, salió de la habitación. Sin duda pensaba que ya había hecho todo lo debido por su sobrino de quince años, de modo que se encerró en su estudio.

Calculo que aquella primera noche nos acostamos poco después de las once. Yo dormía en la habitación de David. En cuanto nos desvestimos, me dijo emocionado:

—¿Estás preparado, Nick?

Yo no tenía ni idea de a qué se refería, pero no iba a parecer un cobardica delante de él.

—Sí, claro. Pero ¿para qué?

—Es la primera vez que estás aquí en Navidad, ¿no? Bueno, pues vamos a atacar a las criadas. Por lo menos, a las jóvenes.

Lo dijo riéndose, mientras hacía una bola con un largo calcetín de fútbol, que luego embutió en el otro calcetín para crear una especie de porra rudimentaria y bastante blanda.

—Pero con eso podrías hacerle daño a alguien —comenté.

—Qué bobada, Nick. —Arrojó la «porra» hasta mi lado de la cama—. Esto solo les dará un susto. No puede hacerles daño. —Sonrió, de una forma que me pareció bastante desagradable, y afianzó la bola del calcetín con un golpe sobre la cama—. Hacemos lo mismo todos los años —continuó—: es más, estarán esperando que lo hagamos. Normalmente algún compañero del colegio se queda con nosotros en estas fechas. Pero ninguno podía este año. —Sentí su desprecio por tener que usarme a mí como suplente. Golpeó otra vez el «bolín» (así lo llamaba) contra la cama. Volvió a reírse—. Habrá que tener cuidado para no hacernos daño nosotros mismos.

Aunque me parecía una bobada, lo seguí hasta el rellano oscuro. Encendió una linterna, subió corriendo en silencio las escaleras que llevaban al ático y se quedó junto a la segunda puerta, a la derecha del pasillo.

—No tenemos que preocuparnos por la cocinera. La vieja Horsely está roncando a pierna suelta en su cuarto, al final del pasillo. De todos modos, nunca se despierta. —Se volvió hacia mí y me susurró—: Vamos a entrar de golpe, cruzamos la habitación a toda velocidad, atacamos con nuestros bolines, y salimos de allí como un torbellino. No pierdas el tiempo una vez que estemos dentro.

Me quedé temblando fuera de la puerta, con mi pijama y mi bata, emocionado ante aquella aventura y contagiado por la agitación de David.

Abrió la puerta de repente, y la luz se encendió. En vez de cruzar la habitación corriendo, lanzar algún golpe certero y salir a toda prisa, nos encontramos con una sorpresa. Las sirvientas nos estaban esperando. Pero tal era nuestro ímpetu que nos vimos rodeados por las tres antes de poder detenernos. La risa y los gritos de guerra de David debieron de hacer un ruido tremendo. Sentí que me arrancaban la porra de la mano. Me tropecé y me caí sobre la cama. De repente, las luces se apagaron y noté que me sujetaban con fuerza. No tenía idea de lo que le había pasado a David ni de lo que iba a ocurrirme a mí.

Todo lo que soy capaz de recordar —porque fue la primera vez que me pasaba algo así— es que, cuando las luces volvieron a encenderse, Helen, una de las criadas, me había atrapado y se reía de mí. Era vagamente consciente de que mi tío nos estaba gritando desde el piso inferior que dejáramos de hacer ruido. Intenté levantarme de la cama de Helen. Pero me tenía sujeto con fuerza. De hecho, ese fue el error táctico de David. No tuvo en cuenta que lo único que las criadas tenían que hacer era agarrarnos los brazos. Con eso, seríamos incapaces de usar nuestras armas.

—Ah, no, señorito Nicholas —dijo Helen, mientras yo oía otro rugido de mi tío—. Ha perdido usted la batalla y tendrá que pagar. Así.

Sentí sus labios calientes sobre los míos. Me besó tres veces antes de soltarme, con besos dulces y tiernos.

—Ahora, váyase —me dijo, llevándose consigo la cautivadora calidez de sus brazos—. Y feliz Navidad.

Recuerdo que salí corriendo del dormitorio de las criadas mientras ellas se reían, pasando entre las otras dos camas con la cara encendida. Todo este episodio —que ilustra el tipo de travesuras tan propias de David— apenas duró unos diez minutos. Sin embargo, conservo en la memoria el rostro de Helen aquella noche, y la calidez de sus besos. Quizá lo habría olvidado si no hubiera llegado la nieve.

Llegó mientras dormíamos. Nadie la oyó, nadie se quedó despierto esperándola. Pero cuando miré por la ventana del dormitorio, antes de vestirme para bajar a desayunar, allí estaba. El milagro, que había comenzado en la estación de Liverpool Street, estaba ahora a la vista de todos. Me quedé anonadado ante aquella maravilla y apenas oí que David exclamaba:

—Date prisa, Nick, vístete. Padre nos va a llevar a la Granja de Orlik para elegir el pavo, y apuesto a que podremos montar en trineo. Hay una capa de nieve colosal.

Me vestí a toda velocidad. Sin duda, el olor a tocino y huevos proveniente del comedor me habría incitado a darme prisa de todos modos. Me senté entre David y mi tía, y Helen me trajo un estupendo desayuno. Me sonrió como si compartiéramos un secreto. Supongo que, de un modo bastante infantil, me había enamorado de ella.

La nieve seguía siendo una maravilla cuando nos montamos en el coche. El hecho de que hubiera caído de manera tan repentina sobre los campos y bosques que había detrás de la casa; la asombrosa diferencia que su llegada supuso en todas partes; la alegría de vivir dentro de una casa y de poder salir corriendo a un mundo de azúcar glas, hizo que su llegada se convirtiera en el regalo de Navidad supremo. Para mí, ese paisaje de un blanco reluciente incrementaba los misterios del campo. Y algo más. Ahora que de verdad me encontraba ahí fuera, sumergido en ella, sentía miedo.

Porque, mientras mi tío hablaba con Andrews, su arrendatario de la Granja de Orlik, y examinaba el techo caído de uno de los graneros, David y yo salimos por primera vez a aquella blancura. De repente, me sentí perdido. Ahora lo veo claro. Esa vasta extensión de blanco había borrado los límites de mi mundo familiar. Donde antes había un camino conocido, ahora todo —los campos, los árboles, la iglesia, hasta las casas de campo de la propiedad de mi tío— era extraño y aterrador. Todos los puntos de referencia habían cambiado.

David, por supuesto, ya había concebido uno de sus locos planes. La nieve no lo asustaba, para él no tenía nada de extraño, la veía solo como algo diseñado para su beneficio personal, un fenómeno natural contra el cual medir sus fuerzas. Se le ocurrió la idea de usar en la nieve virgen la mitad superior de la puerta de una pocilga, a modo de trineo. Lo ayudé a llevarla hasta el sitio en el que el campo empezaba a descender en pendiente hacia el valle inferior. Por nada del mundo iba a revelarle que tenía miedo. De hecho, estaba bastante orgulloso de que mi primo me considerara digno de ayudarlo. Ninguno de nosotros mencionó la batalla que habíamos perdido la noche anterior.

—Siéntate tú delante, Nick —dijo, tumbándose con actitud profesional en la parte de atrás—, yo conduzco. Soy un experto.

Aunque hice lo que me decía, recordé que, la noche anterior, mientras nos encontrábamos junto al cuarto de las criadas, su exceso de confianza lo había llevado a equivocarse.

Nuestro vehículo enseguida cobró vida propia y avanzó a saltos por la nieve, sin hacer ruido y a una velocidad creciente. Durante un momento se volvió loco, giró y se retorció como un trompo, hasta que, ya fuera por su propio peso o por los pies de David, enderezó su curso. Íbamos disparados cuesta abajo, a lo que me pareció una velocidad tremenda. Estábamos solos, navegando en un mar blanco, un vasto océano opalescente al fondo del cual se divisaba una puerta entre los dos extremos de un seto. El aire frío me desgarraba los pulmones. Todo mi cuerpo estaba extático, a causa del frío y el miedo a la velocidad. Agarré frenéticamente la anilla de hierro que se usaba para abrir la puerta cuando estaba colocada en su sitio. En un loco sueño de placer y terror oí la voz de David procedente, por así decirlo, del puente de mando.

—Voy a entrar por la puerta. No te muevas. Espera y no saques los pies.

El sol, que estaba saliendo justo por encima del seto al que nos acercábamos, me miraba como un gran ojo ardiente. Nuestra frágil embarcación a la deriva se abrió camino por la nieve y, con una fuerza inmensa, atravesó la abertura entre los enormes bancos de nieve de aquel seto. Siguió subiendo por la colina que había detrás, hasta detenerse. Fue entonces cuando sentí el dolor en la pierna y el terror en la mente. De esas dos cosas, la peor era el terror.

Reprimí un grito. David ya se había levantado de la puerta de madera y se estaba preparando para arrastrarla colina arriba y hacer un segundo viaje. Me miró. Yo seguía tirado en la nieve.

—Eh —dijo con desdén—, levántate, Nick. Ayúdame a arrastrar este trasto de nuevo hasta la cima. Voy a enseñarte algo todavía mejor.

Me asombró que pudiera estar tan tranquilo, que no hiciera ninguna referencia a lo que yo había visto, porque, sin duda, él lo había visto también.

—No puedo, David —le dije—. Me temo que no. Es por mi pierna. Ha pasado algo cuando hemos atravesado la puerta.

Durante un breve instante, detecté una expresión de ira en su rostro. Luego, ya fuera por ver tanta sangre en la nieve o por lo agudo del dolor, me desmayé. Según me contó David más tarde, exclamé:

—Ve a ayudar a Helen. Está junto a la puerta.

No recuerdo el viaje de vuelta a la casa de mi tío. David me dijo que su padre y Andrews, el arrendatario de la granja, me llevaron hasta el coche. Resultó que no me había roto la pierna, después de todo. La puerta debía de tener una punta de hierro oculta por la nieve, que me había abierto una herida larga y profunda en la pantorrilla mientras pasábamos disparados a través de ella. Sangraba profusamente. El doctor de mi tía vino y me dio doce puntos. Pero cuando desperté en la cama de una de las habitaciones de invitados —no en la de David—, caliente y a salvo, lo que me preocupaba no era mi pierna. Era saber qué le había pasado a Helen.

Estaba tirada contra el seto cuando atravesamos la puerta a toda velocidad. De su cabeza manaba un charco de sangre cada vez más grande, que le mojaba el pelo enmarañado. Sus ojos me miraban fijamente, como pidiendo ayuda. Llevaba puesto un ligero vestido de verano. En los pocos instantes en que la vi no solo me horrorizó el accidente que había sufrido, sino también que estuviera a la intemperie sin abrigo en ese clima gélido. Debía de haber estado andando por el campo —aunque ¿por qué, cuando tendría trabajo de sobra en la casa, donde todos estaban tan ocupados?—, se habría resbalado y golpeado la cabeza con el mismo saliente de hierro que me había desgarrado la pantorrilla. Ella, al igual que yo, debía de haberse desmayado por la pérdida de sangre. Pero entonces, tendido en la cama, supe con una certeza innegable que Helen estaba muerta, que la ayuda no llegaría a tiempo de salvarla.

Me había esperado que sucediera algo horrible. Estaba convencido de que ese «milagro» de la nieve, que tanto me había emocionado cuando podía contemplarlo desde la casa o el coche, era malévolo. Para alguien que no estuviera acostumbrado a verla, resultaba antinatural y aterradora. La nieve no me quería allí. Me sentí incómodo en cuanto me adentré en ella junto a David. A diferencia de él, yo no era capaz de controlar todas las situaciones, ni de crear situaciones que pudiera controlar, como él sí hacía. A mi primo nunca se le habría ocurrido que pudiera haber algo escondido en esa manta blanca y sofocante que lo oscurecía todo. Algo que estuviera esperando a precipitarse sobre él, igual que una puerta abierta al inicio de una escalera oscura puede ocultar algo listo para abalanzarse sobre ti cuando te acercas.

No puedo explicarlo de otra manera, pero, desde el mismo instante en que el trineo empezó a deslizarse cuesta abajo, noté que aquella amenaza tomaba forma, que se precipitaba hacia mí mientras yo me precipitaba hacia ella, y que ya no había forma de pararla. Efectivamente, no me había equivocado: yo yacía ahora en la cama, cuando debería estar disfrutando de los últimos preparativos para la Navidad. Y Helen estaba muerta.

También me avergonzaba profundamente haberme convertido en una molestia. Me daban ganas de llorar al pensar que, por culpa de mi inutilidad —o estupidez, como David la habría llamado—, estaba estropeando la Navidad a todos los demás. No sabía que mi tía me había hecho varias visitas antes de que yo recuperara la consciencia, pero estaba a mi lado cuando abrí los ojos.

—¿Te duele mucho, Nicky, querido? —me preguntó—. Porque, si es así, el médico dice que puedes tomarte una pastilla para aliviar el dolor.

—No, tía Amy.

Me encontraba recostado sobre unos almohadones, y me imagino que debía de estar pálido y débil. Extendí la mano y toqué la de mi tía, como si así pudiera beneficiarme de su protección. Porque de eso se trataba. El dolor de mi pierna no tenía importancia. No iba a dejar que pensara que yo no podía soportarlo.

—Pero, por favor —pregunté—, ¿llegaron a tiempo para ayudar a Helen? ¿Sigue viva?

Mi tía sonrió. Debía de pensar que todavía me encontraba bajo los efectos del anestésico.

—A Helen no le pasa nada, querido. Al menos, eso espero. Dependemos mucho de ella en un momento como este. Es una buena chica.

—Pero estaba en la nieve. La vi. Había tenido un accidente. Se había golpeado la cabeza.

—¿Dónde, querido?

—Junto a la puerta. Justo cuando pasamos por allí. Era horrible. Estaba tirada en un charco de sangre. ¿El tío pudo salvarla?

Supongo que mis palabras le sonaron muy melodramáticas. Volvió a sonreír y me arropó, subiendo las sábanas hasta mi barbilla.

—Nicky, no debes preocuparte por eso. Todo ha sido un sueño. Un sueño desagradable, desde luego. Pero, cuando uno se hace daño y pierde mucha sangre, como en tu caso, y luego se toma un anestésico, puede tener sueños raros. —Se levantó de la cama—. Ahora lo que tienes que hacer es ponerte fuerte para que podamos celebrar contigo el día de Navidad.

—Pero, tía, yo la vi, de verdad que sí. Y estaba herida.

—Bueno, pronto te demostraremos que todo fue un sueño, querido. Además, ¿no estuvisteis anoche David y tú en el cuarto de las criadas? Hicisteis mucho ruido. Y no me parece nada bien.

De repente, recordé cómo me había abrazado Helen, y la calidez de sus brazos. Y ahora estaba muerta. No pude contener las lágrimas. Era obvio que mi tía me consideraba demasiado débil como para decirme la verdad.

—Le voy a pedir a Helen que te traiga una taza de chocolate —dijo—. Te sentará bien. Ya verás.

Cuando cerró la puerta, yo no esperaba que Helen fuera a aparecer de verdad, como un cadáver resucitado. En mi estado de confusión, creí que mi tía me estaba gastando una broma macabra. Unos diez minutos después, oí que llamaban a la puerta del dormitorio. Me encogí bajo las sábanas, aterrado.

Helen entró con una bandeja. Debí de quedarme mirándola aterrado.

—Señorito Nicholas —se rio—, ¿qué pasa? Parece que hubiera visto usted un fantasma.

Dejó la bandeja junto a mi cama y yo jadeé:

—¿De verdad eres tú, Helen?

—Claro que sí, señorito Nicholas. Tenga, coja usted mi mano, y verá.

Tomé su mano. Era cálida y fuerte. Helen se rio, del mismo modo que la noche anterior.

—¿Lo ve? —dijo—. Soy de carne y hueso, ¿no?

—Pero, pero... —tartamudeé.

Comprendí que lo que mi tía había dicho era cierto. Todo había sido un sueño. Yo no había visto a Helen en la nieve, cubierta de sangre, muerta. Estaba viva, no cabía duda.

—Pero nada —replicó ella—. Cúrese usted esa pierna cuanto antes, o la Navidad se echará a perder. Oiga, y suélteme la mano, que tengo trabajo. No puedo quedarme tumbada en la cama todo el día, como hacen otros.

—Helen —le pregunté—, fue anoche cuando David y yo os gastamos esa broma tonta, ¿no?

—Sí. Muy tonta. Ya lo sabíamos todo y les estábamos esperando.

—Y me besaste, ¿verdad? ¿Tres veces?

—Bueno, señorito Nicholas, eso era parte de la broma, ¿no? —Me di cuenta de que se ruborizaba.

—Entonces —le supliqué, inclinándome hacia ella—, bésame una vez más. Es muy importante para mí.

Me dio una suave palmadita en la mano.

—Claro. ¿Y luego qué? —se rio—. Además, ¿y si su tía entrara justo en ese momento?

—No lo hará —dije—. Pero, incluso si entrara, creo que lo entendería.

—Bueno —volvió a reírse, sin comprender la razón por la que yo le pedía que me besara—, si eso hace que se mejore usted más rápido, está bien.

Se inclinó y me besó, un beso tan cálido como el de la noche anterior. Cuando se fue, cerré los ojos. Así que, después de todo, lo que había creído ver no era más que una alucinación.

Sin embargo, me seguía preocupando lo extraño del suceso, y la razón de que hubiera «soñado» ver en la nieve algo que no estaba allí, esa imagen de Helen muerta. Porque, hasta entonces, mi vida había sido completamente normal. Yo era un niño normal, que bromeaba con lo sobrenatural y solo fingía temblar de miedo con ese tipo de cosas. Pero, pese a lo que me había dicho mi tía, pese al beso de Helen, no me dejé engañar. Sabía que la había visto en la nieve cuando el hierro me cortó la pierna.

Como cualquier otro niño, esperaba que me contaran historias de fantasmas en Navidad, porque era lo normal en esa época del año. Lo que no había esperado —y lo que ahora temía— era que tales cosas pudieran hacerse realidad, surgir de algún lugar secreto y amenazar cada aspecto de la vida normal. Mientras tomaba un sorbo del chocolate que Helen me había traído, supe con certeza que, allá en la nieve, había rozado por un momento el borde de un mundo oculto que no tenía nada que ver con cosas como la escuela, las vacaciones o las amistades. Estaba empezando a darme cuenta, muy poco a poco, de que había otras realidades subyacentes a esa existencia que yo vivía de un modo tan despreocupado. Cuando mi tía vino a verme otra vez, apenas presté atención a sus palabras:

—¿Sabes qué, Nicky? La nieve no durará mucho. Lo siento. El viento vuelve a soplar del sur.

No solo no me perdí las fiestas, sino que me convertí en lo que mi tío, con su estilo pomposo, denominó «el centro de interés». Incluso llegó a sugerir que yo era una especie de héroe, y David quedó un poco —solo un poco— en la sombra.

La noche anterior, mientras me dormía, después de que mi tía me dejara con sus predicciones meteorológicas, oí ruidos por todas partes de la casa. Oí cómo mi tío iba a la puerta principal e invitaba a entrar al grupo que venía cantando villancicos, dando lo mejor de sí con «The First Noel». David me dijo que su padre había preparado un cuenco especial de ponche para ellos. También habían llegado dos primas y ya estaban comentando la posibilidad de organizar un baile de Nochevieja.

Con la emoción de los regalos, el árbol de Navidad y el enorme pavo —que mi tío trinchó con gran habilidad— me olvidé de lo que había sucedido dos días antes. Cuando la señora Horsely trajo a Helen y a las demás criadas para beber a la salud de los presentes, ya no me preocupaba lo que creía haber visto. El tiempo —como siempre me ocurría el día de Navidad cuando era joven— pasó tan rápido que apenas lo noté. Casi antes de que pudiera darme cuenta, mi tía ya me estaba mandando de vuelta a la cama. Mi tío y David me llevaron escaleras arriba. Me quedé dormido enseguida. Eso demuestra que yo era un chico normal y corriente, pues ni se me ocurrió que podría tener más pesadillas.

Cuando me desperté, me quedé un rato a la escucha. Algo estaba golpeando los cristales de las ventanas. También era consciente de que faltaba algo y, al mismo tiempo, sentía una increíble y abrumadora felicidad. Miré la cómoda. Los regalos que había recibido estaban expuestos como en el escaparate de una tienda. Pero la causa de mi felicidad no era esa, sino un milagro aún mayor. Me levanté y, con mucho cuidado, me apoyé sobre mi pierna herida. Podía avanzar con pasos vacilantes, agarrado al borde de la mesa. Me acerqué a la ventana.

Me quedé sin aliento ante el paisaje que aparecía ante mis ojos: como por arte de magia, la nieve había desaparecido. El ruido que había oído era el de la lluvia. Soplaba un viento tibio, y todo —los establos, la iglesia, las chimeneas de las casas de campo y los propios árboles— se perfilaba claramente bajo la luz del amanecer. Mi tía estaba en lo cierto. El campo volvía a ser visible, igual que si alguien hubiera quitado un guardapolvo blanco de una habitación llena de muebles. Ahora no había ningún sitio desde el que algo pudiera estar al acecho, ningún lugar oculto por la nieve que pudiera contener una amenaza. Una vez más, el mundo era familiar y seguro.

Subí la ventana y me asomé a esa lluvia cálida que a veces llega a finales de diciembre. Observé una voluta de humo que ascendía desde la chimenea de una casa de campo. Alguien había encendido la lumbre. La Navidad, esa fiesta en la que nada malo podía pasar, había derrotado incluso a la propia nieve.

A mediados de enero estaba de regreso en Cornualles.

✤ ✤ ✤

Pasé las siguientes dos navidades con mis padres, que habían regresado de Estados Unidos. De hecho, un día de Navidad hacía tanto calor que me bañé en la bahía de Treyanon, justo frente a nuestra casa. Apenas recordaba el contraste con la Navidad de 1922.

Corría el trimestre de verano de 1924. Estaba empezando a disfrutar de la escuela y me acaban de nombrar delegado. Debía de tener diecisiete años y ya estaba pensando en ir a Oxford, igual que David, cuando llegara el momento. Creo que fue un jueves de mediados de julio cuando Thompson, el jefe de mi casa y gran amigo mío, me dijo algo cuando nos cruzamos por el pasillo.

—Echa un vistazo, tu tío aparece en el *Telegraph*.

—¿Qué quieres decir?

—Bueno —se rio y siguió andando—, parece que le hado por matar a sus criadas.

Corrí hasta los periódicos, que siempre estaban disponibles sobre una mesa de la sala común. Allí estaba, en primera plana. Reconocí la fotografía al instante. Ya había visto antes esa escena, en ese mismo campo, aunque entonces estuviera cubierto de nieve. Y, aunque la imagen apenas mostraba su rostro, supe de inmediato que se trataba de Helen. Reconocí el vestido de verano que llevaba cuando la vi tirada junto a la puerta. La difunta era esa pequeña figura solitaria que yo había visto en la nieve hacía más de dos años. «El cuerpo de Helen Simpson», leí, sin poder reprimir un escalofrío. Me aferré a la mesa con fuerza, abrumado por la vívida imagen de lo que había visto en la nieve.

El cuerpo de una sirvienta de la casa de sir Thomas May, el financiero, se encontró ayer, alrededor de las once de la mañana, junto a una puerta de la Granja de Orlik, propiedad de sir Thomas. El descubrimiento fue realizado por su arrendatario, el señor James Andrews.

Se ha arrestado a un peón, el presunto amante de la sirvienta, acusado de su asesinato. La policía desea interrogar a un chico de unos quince años que, según el testimonio del señor Andrews, salió corriendo cuando él se acercó al cuerpo de la joven.

El hombre que volvió
Margery Lawrence

Publicado por primera vez en
The Sphere
· 1935 ·

Margery Lawrence

1889-1969

Margery Lawrence fue una escritora inglesa originaria de Wolverhampton. La primera de sus obras en ver la luz fue un volumen de poesía que su padre publicó en 1913. Después se dedicó a las novelas de fantasía, policiacas y de aventuras. Hoy se la recuerda sobre todo por sus historias de fantasmas. Sus series más conocidas fueron las de detectives que investigaban casos paranormales. Se consideraba que estaban inspiradas en las obras de Algernon Blackwood y Dion Fortune. Además de autora de ficción, Lawrence era una espiritista comprometida y aportó muchas historias «verdaderas» y observaciones sobre el ocultismo. Formaba parte de The Ghost Club, una organización dedicada a la investigación de fenómenos paranormales que sigue activa hoy en día. A veces, Lawrence usaba las experiencias de sus compañeros de club como inspiración para sus obras de ficción.

«El hombre que volvió» podría ser una de esas historias. Se publicó por primera vez en la revista The Sphere, que estuvo activa entre 1900 y 1964. Después, la historia formó parte de la colección de cuentos de Lawrence The Floating Café. El relato comienza con una alegre fiesta de Navidad que da un giro cuando, a la manera de la adivina de Jane Eyre, aparece una médium que había estado esperando entre bastidores. El entusiasmo inicial se transforma en horror cuando se producen algunas revelaciones que no tienen nada de festivas.

—Lucy Evans

La fiesta estaba muy animada. El coronel y lady Garrison eran anfitriones sociables y simpáticos. No resultaban especialmente interesantes en sí mismos, pero poseían ese inestimable don que, en mi opinión, cuando se encuentra, debería ser subvencionado por el gobierno correspondiente: ese don que los estadounidenses describen de un modo tan plástico como facilidad para «mezclarse» con los demás.

Era bien sabido que los Garrison, que no tenían hijos y eran personas acomodadas de mediana edad, daban, con mucha diferencia, las mejores fiestas. La competencia por conseguir invitaciones era feroz; sobre todo para la fiesta anual de Navidad que celebraban en su casa de campo, una antigua mansión laberíntica y anticuada pero extremadamente cómoda, situada en un conocido condado de caza. El coronel era un entusiasta de los sabuesos y, a pesar de que iba ganando edad y peso, todavía podía medirse sin problema con hombres más jóvenes; varios de sus rivales de caza formaban parte del grupo de invitados que, después de cenar, se habían sentado alrededor de la chimenea encendida del salón y estaban comiendo castañas y contando chistes, muy satisfechos de sí mismos, de su cena y de sus anfitriones.

Ted Boulter, el encargado de los sabuesos, y su bella esposa, cuya apariencia de muñeca de porcelana daba la falsa impresión de que no era capaz de desenvolverse en las actividades campestres. Los dos hermanos Symon, hombre y mujer, ambos londinenses, de cabello oscuro, dados a vestirse de forma extraña y a usar una jerga bohemia más extraña todavía; en conjunto, demasiado «artísticos y artificiosos», según la opinión privada del coronel. Pero, sin duda, convenía conocerlos, ya que se estaban convirtiendo en los únicos expertos relevantes en el arte del diseño de interiores. Los Todhunter, viajeros y exploradores. Cecily Fleet, una belleza del condado, que acababa de iniciar su carrera cinematográfica y venía con dos admiradores, Len Ponsonby y Terry Walters. Un par de sobrinos jóvenes, rebosantes de vigor y fuerza, y dos integrantes del club de bridge que lady Garrison frecuentaba en la ciudad, a los que acababa de conocer: el doctor y la señora Playfair. «Gente encantadora», pensó el coronel, con las gafas levantadas precariamente sobre la frente y el esmoquin arrugado como de costumbre entre los hombros, mientras jugueteaba con los botones de su querida radio en un vano intento de contactar con Roma o Milán. «Sí, gente encantadora.» El doctor Playfair era un joven brillante, según decía todo el mundo: uno de los médicos de moda en Harley Street, tan famosa por sus consultorios privados. Y su esposa era una belleza: pequeña, delgada y exquisitamente vestida, con el pelo castaño claro y unos ojos que mezclaban tonos verdes y pardos.

Los dos estaban hechos unos auténticos tortolitos. Al menos, era obvio que el doctor Playfair amaba con locura a su esposa; no la perdía de vista a menos que fuese inevitable. Ella, por su parte, parecía tenerle muchísimo cariño, ¡pero entre el amor y el mero cariño hay un abismo! Aun así, su relación parecía funcionar bien, se dijo el coronel mientras luchaba con el aparato de radio. Pero ni Roma ni Milán respondían y, derrotado, se volvió hacia sus invitados.

—¡Este maldito trasto no funciona! Bueno, da igual. ¿A alguien le apetece una partida de billar? —preguntó.

Un coro de asentimiento surgió de entre los hombres más jóvenes, pero la voz maternal de lady Garrison se elevó por encima.

—¡De eso nada! No voy a dejar que ninguno de ustedes salga de aquí. ¡Tengo preparada una sorpresa!

—¿No será otro fantasma? —inquirió Cecily Fleet.

Había estado en la fiesta del año anterior y aún conservaba vívidos recuerdos del susto que lady Garrison les había dado, escenificando con sorprendente verosimilitud la aparición de un «fantasma» para diversión de sus invitados.

La anfitriona, rolliza y con un vestido de satén de color ciruela que le daba un aire de vieja matrona, negó con la cabeza, de pelo canoso y perfectas ondas marceladas.

—¡Es algo mucho menos ordinario! —Repasó con la mirada el círculo de expectantes invitados, con una sonrisa de satisfacción—. Tengo preparado otro «truco», como dicen ustedes, los jóvenes. ¿Qué les parece? ¡He convencido a madame Esperanza, la famosa médium, para que venga a dar una sesión!

Hubo un coro general de aclamaciones.

—¡Espléndido! ¡Pero qué *maravilla*!

Los Boulter, que eran auténticos apasionados del bridge y consideraban que una velada que no se dedicara a las cartas era una velada desperdiciada, sonrieron con moderado entusiasmo y no dijeron nada. Cecily Fleet se llevó los dedos, largos, delgados y de brillantes uñas escarlata, a los labios, del correspondiente tono escarlata. Observó con sus ojos azules y espantados a los anfitriones y al resto de la concurrencia.

—¡Voy a pasar un miedo *horrible*! —proclamó.

Pero, desde su sitio a un lado de la chimenea, Ned Playfair sonrió con indulgencia y respondió:

—¡No hay ninguna necesidad de alarmarse, señorita Fleet! —Su voz era reconfortante y tranquilizadora—. No es más que un juego divertido, por supuesto. Le aseguro que esos presuntos médiums no hacen nada. Nada sobrenatural, quiero decir.

—¿A qué se refiere usted con eso de que «no hacen nada»? —Lady Garrison sonaba levemente irritada.

El joven médico inclinó su hermosa cabeza en dirección a la anfitriona y respondió con desdén:

—Le ruego que me perdone, lady Garrison. Pero, verá, los médicos sabemos lo que valen realmente este tipo de cosas. Y seguro que usted sabe mejor que nadie que esta sesión (o como queramos llamarla) no es más que una especie de juego divertido. ¿No pensará que tiene algo de verdad?

Hubo una pausa. El rostro regordete de lady Garrison había enrojecido ligeramente y tenía los labios apretados. A decir verdad, estaba muy irritada. No es que ella fuera una creyente acérrima en el espiritismo; en realidad era una simple aficionada, medio creyente y medio escéptica. Pero, en aquel momento, el desprecio descarado de Playfair la impulsó a defender la causa.

—No lo sé —replicó desafiante—. No soy lo bastante inteligente como para rebatir ese argumento, doctor Playfair, y admito con toda libertad que yo, personalmente, no lo he practicado tanto como para poder hablar con autoridad. Pero si hay gente como Marshall Hall y Oliver Lodge y…, emm, Conan Doyle…, y muchos otros, que lo consideran digno de estudio, no deberíamos rechazarlo sin más, ¿no le parece?

Se produjo una pausa incómoda. Cecily Fleet intervino con un despliegue de entusiasmo femenino:

—Estoy segura de que el doctor no quería decir…, emm…, eso —dijo, pasando hábilmente por encima del significado de aquel «eso»—. Y también estoy segura de que el resto de nosotros sí queremos ver a esa madame Como-se-llame. ¡Yo, desde luego, sí quiero!

—¡Y nosotros! —corearon con entusiasmo los Symons.

Se produjo un murmullo general de emoción. Era obvio que la actitud antagonista del médico no resultaba muy popular, y él era lo bastante inteligente como para reconocer cuándo le convenía dar marcha atrás, al menos un poco. No tenía ningún deseo de reñir con los Garrison ni con su círculo de amistades, todos ellos muy acomodados. Desplegó una sonrisa encantadora.

—Lady Garrison, me disculpo sinceramente si, sin pretenderlo, he dicho algo que pudiera interpretarse como una burla o un desaire hacia su «sorpresa».

Volvió a sonreír a la anciana dama, sentada rígida y erguida en su sillón victoriano de raso rojo favorito, y ella se ablandó y le devolvió la sonrisa a regañadientes. Sin duda, Playfair sabía cómo tratar a las mujeres, pensó divertido el coronel; se rumoreaba que tenía mucha experiencia con ellas. Incluso se decía que el éxito de su consulta médica se debía a la extraordinaria influencia que ejercía sobre las mujeres y en el encanto que desplegaba al tratar con ellas. Pero, con toda probabilidad, aquello no eran sino habladurías. Nada más que los celos que suscita un hombre en pleno ascenso. Y el coronel, que se preciaba de su imparcialidad, descartó aquella idea en cuanto se le pasó por la cabeza. Sin embargo, no era algo que se pudiera desechar sin sombra de duda… La idea seguía allí, en el rincón más remoto de su mente, como un diablillo sardónico, mientras escuchaba y observaba cómo el joven médico calmaba los ánimos alterados de su anfitriona y volvía a congraciarse con ella.

—Sin duda, sabrá usted que no tenía intención de ser grosero, lady Garrison, ni mucho menos. He hablado impulsivamente, eso es todo, y no sabía que usted se tomaba este asunto tan en serio. Pero, siendo así, retiro lo dicho. Por supuesto, estaré encantado de unirme a lo que usted haya preparado.

La anfitriona se incorporó, apaciguada.

—Está bien —dijo—. Iré a buscar a madame Esperanza. Está aquí, descansando y preparándose en mi habitación.

La señora Boulter lanzó un pequeño chillido, mezcla de miedo y entusiasmo.

—Ah, ¿ya está aquí? ¿La ha tenido usted escondida hasta ahora? ¡Oh, Ted, qué *emocionante*!

—Eso espero —dijo lady Garrison—: que la sesión sea emocionante. Pero, atención, no puedo prometer nada. La propia médium me ha dicho que, a menos que las condiciones sean favorables, no puede ofrecer ninguna garantía.

—Las patrañas de costumbre —murmuró Ned Playfair a su mujer mientras el coronel, siempre cortés, seguía con parsimonia a su rolliza esposa para abrirle la puerta.

Ida Playfair miró con curiosidad a su marido. Sus ojos verdes y avellana quedaban a la sombra de su flequillo castaño.

—¿No te gusta, Ned? Si prefieres no participar, estoy segura de que podemos retirarnos. ¡Para serte sincera, estoy un poco asustada!

Él negó con la cabeza y recorrió con la mirada al resto de los asistentes, que tenían los ojos clavados en la puerta, expectantes.

—Me temo que no. Ya he cometido la torpeza de irritar a la vieja bromeando sobre el tema. Quiero ganármelos como pacientes, o al menos a algunos de sus amigos (esta gente tiene mucha influencia), de modo que tendremos que tragarnos la sesión. Pero no hay razón para tener miedo, Ida. Todo es pura bazofia. Artificios ingeniosos y un toque de telepatía, o hipnotismo o conjeturas disfrazadas de adivinación para completar la función.

Dirigió una sonrisa tranquilizadora a su esposa, pero ella tenía la mirada fija en el fuego. Mostraba una expresión levemente insatisfecha.

—No lo sé —comentó—. Si, como dice lady Garrison, tantos hombres brillantes han llegado a la conclusión de que hay algo de cierto… ¿Cómo puede ser *todo* pura bazofia? Y Tillie van Heyden me dijo…

Él la interrumpió, impaciente, con las cejas negras fruncidas en un gesto peligroso.

—No me importa lo que dijera Tillie van Heyden. Es una estúpida que parlotea sin parar, y solo para decir tonterías… De ese tipo de gente a la que le gusta enredar con «lo oculto». Te digo que se trata de un fraude. Y, cuando no es un fraude deliberado, es una mezcla de histeria y autoengaño e hipnotismo y no sé qué más. Si no fuera porque no puedo permitirme el lujo de ofender a los viejos (acabamos de conocerlos, después de todo) subiría a acostarme de inmediato, sin perder el tiempo en esa estúpida sesión. Pero, en cualquier caso…

Se detuvo porque la puerta se abrió y entró lady Garrison, seguida de una extraña mujercita insignificante que llevaba un vestido de terciopelo negro raído, adornado con un conglomerado de cuentas baratas alrededor del cuello. Tenía el pelo canoso, recogido hacia atrás en un desordenado moño, unos grandes quevedos con montura de carey y, tras ellos, un rostro pequeño y descolorido, de facciones indefinidas. Un silencio de desencanto casi audible recorrió la habitación, porque era difícil imaginarse algo más lejos del aspecto que cabría esperar de una sibila profesional. Pero lady Garrison, que era una anfitriona experimentada, enseguida llenó ese incómodo momento con una avalancha de presentaciones.

—Madame Esperanza... La señora Boulter, la señorita Fleet, el señor y la señora Todhunter... —La mujercita, calentándose las enjutas manos en el fuego, asentía y sonreía vagamente ante cada nuevo nombre, hasta que lady Garrison terminó su letanía—... el doctor y la señora Playfair. ¡Y ya están todos!

La médium levantó los ojos del fuego al oír los dos últimos nombres e inspeccionó a sus propietarios. Él estaba de pie, con un brazo sobre la repisa de la chimenea, observando los procedimientos con mirada burlona; ella, agazapada en un puf de terciopelo negro a los pies de su marido, con un vestido de tul blanco que ondeaba a su alrededor como una nube de verano. Madame Esperanza miró durante un momento a la hermosa mujer sentada a sus pies. De repente, habló.

—¿Estará usted en la sesión? —preguntó.

Tenía una voz aflautada y un acento levemente vulgar. Ida Playfair la miró con cierto disgusto, mezclado con asombro y una creciente incredulidad. ¡Seguro que nada de lo que esa mujercilla común y andrajosa pudiera decir valdría la pena! Probablemente, como Ned había declarado, sería solo una farsante astuta, una pitonisa callejera que, de algún modo, había logrado impresionar a la pobre Thedosia Garrison... Pero, obviamente, no se trataba de alguien a quien hubiera que temer. Soltó una risa alegre.

—¡Claro que sí! ¡No voy a perderme la oportunidad de estrecharle la mano a un fantasma!

La médium la miró en silencio. Detrás, la habitación estaba sumida en un alegre trasiego; se colocaron apresuradamente las sillas en círculo, se llevaron las mesas, cojines y demás a las esquinas, se cerró la puerta y se cubrió la lámpara de araña con un trozo de seda escarlata para amortiguar la luz y dejarla tan tenue como la ocasión lo requería. Lady Garrison, que estaba en su elemento, se afanaba dirigiendo la operación. De momento, las tres figuras junto al fuego se habían quedados solas, sin que los demás se fijasen en ellas: la mujercilla andrajosa de mirada atenta, el apuesto y joven doctor y su esposa. Ida, que parecía hipnotizada por esos ojos extraños y firmes, mantuvo un momento la mirada de la médium sin pronunciar palabra. Entonces, madame Esperanza habló, repentina y decididamente.

—Si yo fuera usted, no lo haría —dijo.

Los ojos de Ida se abrieron de par en par con asombro, y su esposo soltó una risa seca.

—¿Por qué no? —dijo abruptamente.

La médium lo miró. Abrió la boca para decir algo, pero cambió de opinión, volvió a mirar el fuego y siguió calentándose las manos en silencio.

Pero aquello había espoleado la curiosidad de Ida Playfair. Además, se sentía ligeramente irritada, porque la advertencia de aquella mujer coincidía con la profunda reticencia que ella albergaba en el corazón. La verdad era que no quería participar en la sesión... ¡Pero era extraño que madame Como-se-llamara se hiciera eco de ese mismo sentimiento!

—¿Por qué cree usted que no debería participar en la sesión? —insistió.

La médium alzó sus delgados omóplatos en un extraño encogimiento de hombros. Quizá, reflexionó sarcásticamente el doctor, sí que se merecía el pseudónimo con el que trabajaba. ¡Esperanza! Era un nombre convincente, que sin duda encantaba al público y, además, era bastante buena actriz. Todo formaba parte del personaje, claro. La mujercilla no sería capaz de explicar *por qué* le había dicho eso a Ida; se limitaría a dar evasivas y a hacer insinuaciones. Aun así...

—No sé muy bien por qué he dicho eso —declaró la médium, casi con brusquedad—, pero, a veces, antes de una sesión, tengo la sensación de que para ciertas personas sería mejor no participar. No sé la razón, pero siempre acierto. —Levantó los ojos, que de repente tenían una mirada penetrante detrás de las gafas con montura de carey. Y observó a Playfair, que estaba de pie, apoyado en la repisa de la chimenea, con las manos en los bolsillos y una sonrisa de burla apenas disimulada en su rostro moreno—. Y eso va también por usted, ¿sabe? —dijo sin rodeos—. ¡Yo en su lugar me alejaría de la sesión!

El doctor se quedó con la boca abierta. Luego se rio, en voz alta y con tono desdeñoso.

—¡Mi querida señora! ¿Y qué diablos tengo yo que temer?

La médium volvió a dirigirles una mirada sombría, y se encogió de hombros otra vez.

—Usted sabrá. Yo no sé nada de su vida, por supuesto. Pero si tiene usted un secreto..., si tiene algo que ocultar, o si ha hecho algo..., bueno..., algo que no le gusta recordar..., entonces, si yo fuera usted, me buscaría una excusa para no unirme a este círculo.

La mano de Ida Playfair aferró la de su marido.

—¿Algo que ocultar? —Su voz era aguda, y revelaba una mezcla de afecto y resentimiento—. ¡Qué idea tan perfectamente absurda! Querido...

Pero, por una vez, una apelación de su adorada esposa no surtió efecto alguno en Ned Playfair. No la oyó, porque estaba observando a la mujercilla con súbita atención. La miraba fijamente... y, por un momento, dio la impresión de que su hermoso rostro moreno palidecía y se tensaba. Luego lanzó una risa brusca, pareció descartar sus aprensiones y se giró hacia el otro lado.

—¡Absurdo! Pero la felicito. —Se dirigió a la mujercilla con frialdad, por encima del hombro—. La felicito por interpretar su papel de manera tan excelente, desde el mismo instante en que subió al escenario. Brillante, de verdad. Debería dedicarse al teatro.

Era una burla descaradamente grosera, pero la médium no pareció oírla. Estaba contemplando el fuego, aparentemente perdida en sus pensamientos... Sonrojada a causa de la emoción, lady Garrison iba ajetreada de un lado a otro, hablando, como de costumbre, a voz en grito.

—¡Adelante, vengan aquí! Ya está todo preparado. Está bien así, ¿verdad, madame?

La médium se giró, examinó la habitación e hizo un leve gesto de asentimiento.

—Así es. ¿Han cerrado la puerta, para que los sirvientes no puedan entrar e interrumpirnos? Bien. Entonces, empecemos.

Entró en el círculo y se acomodó en el asiento central, el sillón victoriano de brazos y amplio respaldo, tapizado en cuero, que solía estar reservado al coronel. Miró a su alrededor, recorriendo el corro de rostros ansiosos que la rodeaban. Se quitó las gafas, las guardó en un estuche de cuero con el gesto cuidadoso de cualquier tía soltera, y lo metió en el bolso decorado con abalorios que colgaba de su cintura. Ida Playfair parpadeó, asombrada: los ojos que las gafas de carey habían escondido eran oscuros e impresionantes, hundidos en profundos huecos que acentuaban su negrura: unos ojos penetrantes, con una extraña aura de dominio. Unos ojos que, de pronto, parecían prometer todo tipo de posibilidades... Volvió a sentir una leve sensación de miedo, como el roce de un ala pasajera. Alcanzó la mano de su esposo y le dio un rápido apretón, para armarse de valor mientras se acomodaba en su sitio. Él la miró, sorprendido y emocionado porque, como el astuto coronel sospechaba, su relación era del tipo que describe la vieja canción francesa: *l'un qui baise, et l'autre qui tend la joue*. A pesar del amor desesperado que sentía hacia su esposa, todo lo que ella le ofrecía era un suave giro de mejilla.

—Hay una cosa que debo pedirles a todos ustedes, por favor. —La médium hablaba, pero su voz sonaba extrañamente soñolienta y pausada—. Es esta: una vez que entre en trance, deben permanecer en sus sitios hasta que yo salga de ese estado.

Parpadeó y se detuvo, como si estuviera intentando organizar unos pensamientos cada vez más nebulosos.

—Yo... Puede ser muy peligroso para mí que alguien abandone su asiento sin el permiso de la entidad que me controle. Si esta accede, pueden hacerlo, pero nunca en el caso contrario. No puedo explicar las... condiciones..., pero estoy segura de que me creerán si les digo que esta regla es necesaria.

Un tenue murmullo de asentimiento se elevó del círculo. Madame Esperanza se instaló de nuevo en la silla, con la cabeza apoyada en el respaldo acolchado, cerró los ojos y, respirando hondo, pareció quedarse dormida. Playfair sonrió levemente para sí mismo mientras la observaba. ¡Por supuesto! Lo de siempre. Decir un montón de vaguedades sobre las «condiciones» para *imponer* términos que imposibilitan por completo que alguien se mueva para investigar. Lo de siempre..., aunque era extraño que la mujercilla hubiera dicho... eso. Pero el doctor Playfair, al igual que el coronel, relegó esa idea con deliberada firmeza a lo más recóndito de su mente y se acomodó para observar los acontecimientos.

Todo quedó en silencio. Al principio, se oyó alguna que otra risita emocionada de alguna de las mujeres, algún leve movimiento cuando alguien cambiaba de posición, algún susurro apagado. Pero luego todos se quedaron muy quietos, como hipnotizados, y un silencio sepulcral cubrió, cual estanque profundo e insondable, la habitación tenuemente iluminada. En el gran sillón, la médium se hallaba sumergida en el sueño, y la luz rojiza, que caía casi directa sobre ella, propagaba curiosas luces y sombras en su rostro pequeño y marchito. Mientras la miraba, Ida Playfair se estremeció de repente: le parecía que aquel rostro había cambiado, que había adquirido poder y una extraña dignidad. Las líneas descendentes a cada lado de la boca y los profundos huecos alrededor de los ojos daban la impresión de estar tallados en piedra. De hecho, la cara en su conjunto recordaba al rostro de un antiguo cruzado tallado en mármol a tamaño natural sobre su tumba; o a la máscara mortuoria, severa, inamovible, de un antiguo rey, olvidado hacía mucho tiempo por la humanidad...

Mientras Ida Playfair la miraba y se estremecía, agarrada a la mano de su marido, la médium se agitó violentamente, soltó una exclamación ahogada en una lengua desconocida y, luego, con una majestuosidad indescriptible, se irguió en el sillón. Con los ojos aún cerrados, movió la cabeza de un lado a otro, despacio, recorriendo el círculo de los asistentes, como si, en realidad, pudiera ver a través de aquellos párpados cerrados con fuerza; aquel era un rostro severo y desconocido.

La señora Boulter aferró con fuerza el brazo de su marido.

—¡No es…, no es la misma mujer! —susurró agitada—. ¡Es la cara de un hombre! ¡Ay, Tony, ojalá no hubiéramos empezado, tengo miedo…!

Una voz profunda rompió el silencio, pronunciando palabras ininteligibles.

—En falso hebreo…, o egipcio…, como siempre —musitó el médico.

Pero no se atrevió a decirlo en voz alta. Aunque seguía absolutamente convencido de que todo aquel asunto no era más que un hábil fraude, estaba impresionado, contra su voluntad. Al menos, lo bastante impresionado como para no comentar nada… Y aquel cambio en el rostro, aquella voz grave, masculina, profunda, sin duda estaba asombrosamente lograda. ¿Quién iba a pensar que aquella mujercilla andrajosa sería capaz de hacer eso?

La voz estaba hablando de nuevo, pero esta vez en inglés.

—¡Que la paz sea con esta casa! —La cabeza se inclinó con gravedad en dirección a lady Garrison, que agarraba las manos de sus vecinos, muy erguida. Su rostro, habitualmente de un saludable color sonrosado, estaba enrojecido por la emoción y los nervios—. ¡Paz! —Los ojos ciegos volvieron a recorrer el círculo de los asistentes, como si buscaran algo. Luego se detuvieron—. Paz y saludos a todos, desde el mundo de los espíritus. Sé que ustedes desean…, desean hablar con aquellos a los que llaman «muertos». Con los que están a *este* lado. Y eso está bien… siempre que elijan con cuidado con quién hablar.

Hubo una pausa mientras los asistentes, desconcertados, se miraban unos a otros. Al fin, lady Garrison rompió el silencio.

—Emm, ¿cómo está usted? —Aquella anodina frase moderna sonó sumamente estúpida—. Yo… Nosotros… nos alegramos mucho de verle. Por supuesto, tiene usted toda la razón, eso es justo lo que queremos hacer. Pero no entendemos muy bien…

—¡Lo explicaré!

La voz profunda hizo una pausa y luego continuó.

—Yo soy lo que ustedes llaman el «control» de este instrumento aquí en la Tierra… y respondo al nombre de Sekhet. A este lado no nos gusta que estos instrumentos (lo que ustedes llaman médiums) los utilice cualquiera. Tratamos de mantener apartados a aquellos que creemos que no deberían hablar con ustedes; sin embargo, nuestros poderes son limitados y, si la entidad es muy fuerte, debemos hacernos a un lado y permitir que hable. Pero…, en este caso, no creo que sea conveniente.

—¿Qué significa *eso*? —La voz de Ned Playfair, brusca e incrédula, rompió el desconcertado silencio que siguió al discurso del control.

La figura inclinó la cabeza.

—Significa que hay aquí, entre otras almas que desean hablar, una en concreto a la que yo trataría de impedírselo. Y, por eso, creo que sería prudente —se inclinó una vez más, con inefable gracia y cortesía, hacia lady Garrison—, hacer eso que ustedes llaman «romper» la reunión. Suéltense las manos, así se interrumpirá la corriente y, en ese instante, yo sacaré a la médium del trance.

Le respondió un coro de voces asombradas e indignadas.

—¿Dejarlo…? ¿Justo cuando se está poniendo interesante? ¡Menuda idea! Pero ¿por qué?

El coro de lamentos recorrió el círculo, mientras Ned Playfair se reclinaba y sonreía. ¡Justo lo que esperaba! Aquella mujer, que había comprendido desde el principio que él no iba a dejarse engañar como los demás, había tratado de asustarlo; primero, a través de Ida; luego, intentando expulsarlo de la sesión. Y ahora, al darse cuenta de que no le tenía miedo, había recurrido a aquel procedimiento infantil. Estaba dispuesta a romper el círculo, perder su paga y decepcionar a un grupo de personas eminentemente valiosas con tal de no arriesgarse a que la desenmascararan... Ahora nada en el mundo lo convencería para romper el círculo. Se sumó al coro de quejas con su marcado acento.

—Señor..., emm..., Sekhet, no creerá usted que puede asustarnos de esa manera. Le puedo asegurar que estamos preparados para cualquier cosa que pueda ocurrir. Pero no estamos dispuestos a abandonar la sesión.

Hubo una pausa momentánea. Los demás miraron agradecidos a su defensor, pero Ida Playfair se había puesto blanca de repente y casi se levantó de su asiento.

—¡Yo... Yo sí quiero dejarlo! —susurró. Su rostro estaba extrañamente tenso, y sus grandes ojos parecían rodeados de una línea negra, como los de una cervatilla—. No sé por qué, pero quiero.

La voz profunda respondió desde el centro del círculo.

—¡Es usted muy prudente, joven señora! Puede irse. Y todos los demás... cierren el círculo en cuanto ella se vaya, amigos, para que la corriente se interrumpa lo menos posible.

Sin decir una palabra, la joven vestida de blanco se levantó y salió a toda prisa. Cuando la puerta se cerró tras ella, la voz continuó.

—Con respecto a lo que dice usted, hijo mío —los ojos ciegos parecían atravesar al joven doctor moreno, que seguía sentado—, si insiste... Todos tienen libre albedrío y, si es voluntad de todos continuar con esta sesión, ¡que así sea! Pero... les aconsejo que no lo hagan.

Hubo una leve pausa. Lady Garrison, más impresionada de lo que se atrevía a admitir, miró insegura a los integrantes del círculo. Los Boulter parecían dubitativos; los Todhunter, desconcertados; los Symon, cínicamente divertidos; Cecily Fleet y sus admiradores, definitivamente decepcionados. La buena señora estaba casi decidida a seguir el consejo del misterioso Sekhet y romper el círculo, pero la voz de Ned Playfair se elevó de nuevo, brusca y antagónica.

—Diría que estamos perdiendo el tiempo, lady Garrison. Yo, por mi parte, me niego a alarmarme por indicaciones y advertencias vagas. Hemos formado este círculo con el propósito de ver señales y prodigios. Y si madame Esperanza siente que, por la razón que sea —el tono de burla era patente—, no puede proporcionarnos esas señales y prodigios esta noche, que lo admita con claridad y franqueza. Pero si *no* está dispuesta a admitir tal cosa..., bueno, pues ¡que siga adelante!

—Y asumiremos las consecuencias... —sugirió Cecily Fleet con una risita nerviosa—, si es que hay alguna.

—Sí —concedió Playfair con elegancia—, asumiremos las consecuencias. Al menos, si hay alguna consecuencia, todos estamos de acuerdo en no culparlo a usted, señor Sekhet.

La figura, severamente erguida en el centro del círculo, inclinó la cabeza con resignación.

—Que así sea. Como ya he dicho, tienen ustedes libre albedrío. Y si esta noche, en contra de mi consejo, insisten en abrir esa puerta, yo haré todo lo posible por controlar al alma que ya está llamando al batiente, deseosa de restablecer el contacto con la tierra que ha dejado atrás. ¡Silencio todo el mundo! Voy a preparar el camino.

El cuerpo se convulsionó ligeramente, y la médium se encorvó hacia delante en la silla, sin fuerzas. En aquella luz rojiza, volvía a tener el rostro de una mujercilla de mediana edad, ajada, llena de arrugas y cansada. Cecily Fleet, que estaba sentada junto a Ned Playfair, le dio un codazo ansioso y le susurró:

—Mire, ¿no es extraño? Tenía el rostro de un hombre cuando *eso* estaba hablando... y ahora vuelve a parecer ella misma. ¿Verdad que es raro?

Pero no hubo tiempo de responder, pues la médium, murmurando para sí misma de forma rápida e ininteligible, volvió a enderezar la espalda en la silla. Su rostro estaba retorcido y angustiado, y la voz que salía de sus labios era ronca y temblaba levemente de vez en cuando, como la de alguien que, a pesar de la tensión causada por la excitación y la furia, se esforzara por hablar de forma clara y coherente. Era algo totalmente opuesto a la inflexión medida y nivelada de Sekhet. De repente, perdió aquel tono ronco y empezó a sonar con claridad. Era una voz fuerte y masculina... Al oírla, Ned Playfair dio un respingo en la silla; se había puesto blanco como la tiza y sus ojos echaban chispas.

Pero la voz no se dirigía a él, parecía estar discutiendo con alguien invisible: recordaba a una voz humana que se dirigiera a una operadora telefónica.

—Déjame hablar, ¿quieres...? ¡Sí, sí, lo recordaré! Estaré tranquilo... Al menos, tanto como pueda, pero deja ya de sermonearme, ¿me oyes? *Tengo* que hablar... Te lo estoy diciendo, ¡sé que ella está allí! —Entonces, con un bramido clamoroso que resonó a través de la habitación como un clarín, añadió—: *¡Quiero hablar con mi esposa! ¡Te repito que quiero hablar con mi esposa!*

Su voz era tan electrizante, de una intensidad tan dolorosa, que un fuerte jadeo recorrió el círculo de los allí presentes. La frivolidad de Cecily Fleet desapareció, y lanzó un grito lastimero, un eco del que había proferido la señora Boulter. Los ojos de lady Garrison se llenaron de cálidas lágrimas y, con voz estrangulada, tartamudeó:

—¿Su esposa? Me temo que... ¿Quién habla?

—¡Neil Ramsay! —La respuesta llegó al instante, nítida y clara.

Cecily Fleet oyó una respiración entrecortada junto a su hombro y se giró para mirar al hombre que tenía al lado. Era extraño que Ned Playfair, que al principio había sido el más férreo, el más desafiante y escéptico de todos, ahora pareciera tan conmocionado. Se notaba lo pálido que estaba incluso bajo el resplandor rojizo de la lámpara cubierta por la tela escarlata.

—¿Conocía usted a Neil Ramsay? —susurró.

Pero Playfair negó con la cabeza.

—¡No! ¡No! —musitó febrilmente.

Todos los integrantes del círculo se sobresaltaron, asombrados y alarmados, cuando la voz volvió a oírse, lanzando esta vez un grito furioso.

—*¡Mentiroso!* ¿Aún te atreves a decir que no me conoces, Ned Playfair?

Con un gran esfuerzo, la médium se levantó tambaleándose del sillón. Firmemente, plantada sobre sus pies, se enfrentó al pálido doctor. Playfair estaba temblando, casi de pie, haciendo esfuerzos para sostenerse mientras se aferraba con una mano al respaldo de su silla. Un sudor de puro terror le corría por el rostro mientras, en su interior, dos fuerzas luchaban ferozmente. El cinismo —el amargo ateísmo que, incluso en aquel momento, se negaba a creer que lo que estaba contemplando fuera más que una puesta en escena, conseguida en un brillante *tour de force*— y el miedo. Ese miedo terrible y doloroso que parece licuar los huesos de un hombre y convertir su alma en una piedra que se hunde en ese fluido... Al comprobar que estaba perdiendo el dominio de sí mismo, intentó lanzar una carcajada. Pero todo lo que consiguió fue un susurro quebrado, el eco espantoso de una risa.

—¡Ja, ja! Por supuesto, ya me acuerdo de ti, amigo mío. ¡Neil Ramsay! Pero ¿por qué...?

—Ya sabes por qué estoy aquí. No necesitas preguntarlo.

Ahora, la pequeña figura vestida de negro tenía un aspecto amenazante. Frágil como una sombra, pero cargada de un poder terrible y demoledor.

—Ya sabes por qué he venido, Playfair. Para buscar a mi esposa. Mi esposa..., ¡la que tú me robaste!

Un estremecimiento de terror recorrió el círculo. La señora Boulter cayó al suelo en silencio, desmayada, pero ningún otro de los asistentes podía ni moverse ni hablar, atrapados en el puño de acero de un horror intenso y fascinador. Playfair parecía haberse convertido en piedra, con los ojos fijos en la figura pequeña y sombría que seguía de pie frente a él, mientras la voz retumbaba:

—La que tú me robaste, Ned Playfair. *¡La esposa por la que me asesinaste!*

Con un súbito impulso, como el de una serpiente enroscada, la médium se abalanzó sobre él al pronunciar aquella última palabra, y le rodeó la garganta con sus delgados dedos. Chillando, histéricas de miedo, las mujeres se incorporaron de un salto y se alejaron mientras las dos figuras luchaban, balanceándose y tambaleándose salvajemente en el centro del círculo. Los hombres, arrojando las sillas a un lado, agarraron a los combatientes e intentaron separarlos... De repente, la médium cayó sin fuerzas en los brazos de los que la sujetaban, y una poderosa voz habló. El sonido parecía proceder de por encima de sus cabezas.

—Siéntenla... ahí, en el sillón..., y dejen que se recupere. Me he llevado a esa pobre alma enloquecida de amor que la estaba poseyendo... Se lo había advertido, yo, Sekhet, pero ustedes no hicieron caso a mis advertencias. Aun así, la retribución es justa... Ahora, ocúpense de él. ¡Adiós!

Calló. En silencio, el grupo conmocionado se congregó alrededor del joven médico, que yacía boca abajo donde había caído, entre un revoltijo de sillas tiradas, bolsos, bufandas y abanicos esparcidos, rígido bajo el resplandor de la luz blanca de la lámpara de araña, que ya no estaba cubierta por la tela roja. Su cara inmóvil mostraba una terrible expresión de miedo y rabia, y tenía marcas rojas alrededor de la garganta, allí donde aquellos dedos delgados y brutales la habían apretado... Estaba en el suelo, inmóvil como un muerto... Con el corazón atenazado por un miedo repentino, el coronel Garrison pidió a Todhunter que se acercara. Como todos los exploradores, aquel hombre de tez bronceada tenía buenos conocimientos prácticos de medicina. Se arrodilló y, en un silencio mortal y espantoso, abrió la camisa del caído, comprobó el latido de su corazón y le puso un espejo ante los labios. Luego miró hacia arriba, con expresión grave. Cecily Fleet, entendiendo el significado de su mirada, rompió a llorar. Un murmullo general de horror recorrió la habitación cuando Todhunter se puso de pie, muy serio.

—Muerto… De un paro cardíaco, por lo que parece —dijo con gravedad—. Las marcas de la garganta no tienen importancia, son solo superficiales. Aunque el espíritu que la impelió a atacarlo era un hombre (o eso parece), la médium no es más que una mujer pequeña y frágil. No ha sido ese ataque lo que lo ha matado, y ni siquiera ha llegado a causarle verdadero daño. Ha muerto a causa de la conmoción. Y, si la experiencia de esta noche es tan auténtica como a mí me parece…, ¡no es de extrañar!

—Pero ¿qué ha ocurrido aquí? ¿Y quién era ese Ramsay? —jadeó el coronel.

Su rostro, que habitualmente tenía un saludable tono rojizo, estaba visiblemente pálido de horror.

Todhunter titubeó un momento.

—Prefiero no comentar ese tema —dijo—. Sobre todo, porque este hombre ya está muerto… y ha pagado por sus pecados. Pero… quienquiera que haya hablado por boca de esa mujer ha dicho lo que, en la opinión de mucha gente, es la pura verdad. Ida Playfair era Ida Ramsay (la mujer de Neil Ramsay) hasta hace un año o dos, y ambos se adoraban. Playfair los conoció y se enamoró perdidamente de ella. Pero ella ni lo miraba, así que el doctor se armó de paciencia. Cultivó la amistad de Ramsay, que era muy confiado; se convirtió en su médico y en su amigo cercano. Un verano, hará cosa de dos años, se fueron de pesca juntos y, en ese viaje, Ramsay enfermó y murió. La causa (según dijo Playfair) fue haber tomado comida enlatada en mal estado. Playfair firmó el certificado de defunción (por causas naturales) y así tuvo vía libre. Tras volver a Londres, se volvió indispensable para la pobre Ida, que estaba absolutamente perdida y desconcertada sin Ramsay, y al final ella se casó con él. Pero mucha gente murmuraba que la muerte de Ramsay, que dejaba a una viuda bella y rica a merced (por así decirlo) de Playfair, resultaba demasiado conveniente para ser creíble. Eso se rumoreaba… Y, visto lo que ha ocurrido aquí esta noche, todo parece indicar que era cierto.

La tercera sombra
H. Russell Wakefield

Publicado por primera vez en
Weird Tales
· 1950 ·

H. Russell Wakefield

1888-1964

Herbert Russell Wakefield (1888-1964) era hijo de un clérigo de Kent. Wakefield era un hombre deportista que sirvió como capitán en la Primera Guerra Mundial. En los años veinte, Wakefield entró en el mundo editorial y trabajó como editor jefe para William Collins, Sons & Co. Su trabajo editorial inspiró varios de sus relatos cortos, pero se cuenta que la inspiración para escribir historias de fantasmas le vino tras una estancia en una casa encantada. Además de sus cuentos de fantasmas, Wakefield escribió varias obras de no ficción y tres novelas policiacas.

Los relatos de Wakefield suelen incluir espectros vengativos, y «La tercera sombra» no es una excepción. Ambientado en las nieves estivales más que en las invernales, el relato lo narra un protagonista contumaz. La lenta ascensión de la montaña intensifica la sensación de soledad y aislamiento tanto de los personajes como del lector, y la venganza final es un espectáculo aterrador.

—Lucy Evans

—Y el otro hombre en la cuerda, Andrew —pregunté—, ¿llegaste a encontrártelo?
Me echó una mirada rápida y sacudió la ceniza de su cigarrillo.
—Bueno, ¿acaso *existe*? —dijo, sonriendo.
—He leído sobre él en numerosas ocasiones —contesté—. ¿No lo vio de hecho Smythe[1] en el Brenva Face, y de nuevo en aquella espantosa última etapa en el Everest?
Sir Andrew hizo una pausa antes de contestar.
Nadie que por casualidad estuviese observando a aquel prominente y sumamente discreto funcionario, sir Andrew Poursuivant, habría adivinado que en la flor de su vida había sido el segundo mejor alpinista de todos los tiempos, con una docena de primeras ascensiones en su inmortal haber; y muchas más veces aún había mirado a la muerte más de cerca que cualquier otro hombre. Uno que prácticamente había saltado del vientre a su primera colina, que había nacido para desafiar la gravedad, que no tardó en revolucionar la técnica de la escalada y más tarde escribió dos de los mejores libros sobre este exquisito arte. Sin embargo, había algo en aquel intransigente contrafuerte que tenía por barbilla, en aquella *arête* magníficamente modelada que tenía por nariz, en aquellos

---

[1]. Por Frank Smyther (1900-1949), alpinista inglés.

impávidos ibones azules que tenía por ojos, y en el alto y ancho barranco que tenía por frente, que habría convencido a cualquier observador atento de que aquel era un hombre de acción nato, dotado de esa facultad extraña de nombre igualmente extraño: presencia de ánimo, que siempre encuentra en el riesgo y el peligro enormes un estímulo para la voluntad, y el ingenio para encararlos y derrotarlos.

Estábamos sentados en mi camarote en el *Queen Elizabeth*, rumbo a Nueva York, él por alguna jarana de las suyas, yo en mi interminable búsqueda de dinero. Aquel enorme cascarón cabeceaba con fuerza en una tormenta de noreste entre crujidos de su vasta eslora.

Yo solo soy miembro honorífico del cuerpo de montañeros, ya que este deporte no se me da bien. Pero lo adoro profundamente desde la distancia y, como nos dice el sabio: «Quien *piense* en el Himalaya verá perdonados todos sus pecados»; lo mismo vale, espero, para cordilleras menores.

Cenaba con sir Andrew media docena de veces al año quizá, y en esas felices ocasiones normalmente lo convencía para que me contase alguna gran anécdota del pasado. De ahí mi «fisgona» pregunta en aquella feliz ocasión.

—Sí, yo también lo recuerdo —dijo al poco—, pero ¿no existen para eso explicaciones tan fantásticas como plausibles? Las ilusiones aparejadas a las grandes alturas, el esfuerzo enorme… Puede que recuerdes que Smythe, que estaba muy en contacto con lo sobrenatural, vio algo más desde el Everest, unas alas muy extrañas que batían en el aire helado.

—No es el único —dije—, es una tradición bien documentada.

—Lo es, estoy de acuerdo. También los guías han reconocido su presencia, siempre en momentos de gran estrés y peligro, y, una vez pasados esos momentos, ha desaparecido. Y si no pasan, hay fantasiosos que creen que los espera al otro lado. Pero nadie sabe quién es. Te concedo, además, que yo mismo he sentido ahí arriba, digamos a partir de los tres mil quinientos metros, que penetraba en un reino en el que nada es como antes, o puede que, más probablemente, sea la propia mente la que cambie y se vuelva más susceptible, quede más expuesta a…, en fin, ciertas *rarezas*.

—Pero ¿nunca te has encontrado con esa rareza en particular? —insistí.

—Machacón, como buen comerciante que eres.

—Yo creo que sí, Andrew, ¡y tienes que contármelo!

—Lo cierto es que no —contestó—, pero… el próximo junio hará treinta y cinco largos años, una vez tuve una experiencia terrible que asocié a cierta experiencia subsidiaria que de algún modo elude toda explicación.

—Esa es una afirmación muy cauta, Andrew.

—Expresada en la jerga de mi gremio, Bill.

—Y vas a relatármela.

—Supongo que sí. Lo cierto es que nunca se lo he contado a nadie, y no a va resultarme agradable traerlo a la memoria. Pero puede que te lo deba.

—Llénate el vaso, atento a los bandazos, y procede.

—Es la primera vez que lo cuento —dijo sir Andrew—, en parte porque resulta desagradable recordarlo, y en parte por el mismo motivo por el que el prudente capitán de barco finge que no ha avistado una serpiente marina y sella sus labios respecto a lo que haya entrevisto; no es agradable ser el blanco de sonrisas burlonas e incrédulas.

—Te prometo que no voy a gesticular —le aseguré.

—Sí, te creo. En fin, hace muchísimos años, en aquella época tan dorada como lejana, escalaba con un conocido al que llamaré Brown. Tenía más o menos mi edad. Había heredado una posición y una fortuna considerables, y también esa pasión irresistible y consuntiva por los lugares altos, su conquista y compañía, la cual, ante la mínima oportunidad, siempre se satisface, y que solo la decrepitud o la muerte pueden frustrar. Técnicamente, era un maestro en todas las disciplinas, un alpinista completo y un experto en nieve y hielo. Pero de vez en cuando le asomaba una veta de insensatez temeraria que lo inhabilitaba como líder, y todos, yo incluido, preferíamos tenerlo por debajo en la cuerda.

»Fue quizá debido a uno de esos accesos de insensatez cuando, tras nuestra cuarta temporada juntos, se declaró a una muchacha que se apresuró a darle el sí. Era un tipo pequeñín, aunque increíblemente ágil, activo, fuerte y correoso. A ella le faltaba poco para el metro ochenta y marcaba en la báscula setenta y seis kilos, la mayoría músculo. ¡Con qué estupidez suicida, mi querido Bill, como ciertos desgraciados insectos macho, se condenan estos pigmeos enamorados con semejantes Boudicas,[2] y con qué implacabilidad y jocosidad se lanzan esas monstruosidades sobre su presa! Este espécimen en particular era de un atractivo terrible, agresiva, aristocrática, inmensa, y autoritaria hasta lo intolerable. Hablar mal de los muertos suele ser la única venganza que se nos tolera, y no tengo intención de abstenerme de decir que rara vez, casi seguro que *nunca,* me ha caído alguien tan mal como Hecate Quorn. Además de ser inmensa y amenazante a la enésima potencia, estaba dotada de un reverberante contralto que otorgaba un espantoso aire oracular a sus insistentes aluviones de mandatos. Casarse por lujuria y arrepentirse acto seguido es la lección más antigua y más triste del mundo, una que mi pobre amigo tuvo que aprender casi al instante. En cuanto lo tuvo en sus rojas y despiadadas fauces, lo atemorizaba incesantemente y parecía dominarlo sin esperanza de que fuese a soltarlo. ¡Una vieja historia que no hace falta que alargue más! ¡A cuántos de nuestros amigos hemos vistos caer postrados ante estas hijas de Masrur![3]

»Le exigió que al menos debía intentar enseñarle a escalar, y a las mujeres de su constitución rara vez se les da bien este deporte, sobre todo si empiezan tarde. Ella no era una excepción, y en una

---

2. Por Boudica, reina de los icenos, azote de los romanos en el siglo I.

3. Quizá por los grandes templos de Masrur, en el Himalaya occidental.

pendiente empinada su osadía resultó sorprendentemente más cuestionable de lo que su inaguantable seguridad en llano habría sugerido.

»El pobre Brown perseveraba porque temía que, como ella le apretara los machos, jamás volvería a ver las nieves estivales. Desesperado, hizo todo cuanto pudo. Contrató a Fritz Mann, el guía más fornido y de mejor trato de toda la Chamonix, y entre los dos, en una bochornosa y memorable ocasión, la empujaron y remolcaron y arrastraron y deslizaron de un modo encomiable sobre los pies y las nalgas casi hasta la cumbre del Mont Blanc. Ella aborrecía aquel calvario, pero se negaba a darse por vencida, solo porque sabía que el pobre Brown anhelaba sumarse a una buena expedición y pasárselo bien. No hace falta que cuente más, te sobra imaginación para darte plena cuenta de la melancolía y el humillante trance en el que se encontraba mi triste amigo. Y, claro está, no se limitó a convertir su vida en un infierno solo en la Alta Saboya y en Valais, fue como mínimo un purgatorio durante el resto del año; un castigo eterno, cabría decir. ¡Una severa condena por un momento de indiscreción!

—¿Y los ocasionales chispazos de insensatez? —pregunté—. ¿También los extinguió por completo?

—Permíteme contar la historia a mi manera y ponme otra copa. El segundo verano después de la boda, los Brown llegaron unos días antes que yo al Montenvert, que, como sin duda recuerdas, es un hotel con vistas al Mer de Glâce, a algo más de novecientos metros por encima de Chamonix. El día que llegué, a última hora de la tarde, encontré el lugar lleno de agitación y, por lo que vi, Brown casi había perdido la cabeza. Aquella mañana, Hecate se había caído por una grieta y, de hecho, no habían encontrado el cuerpo. Me lo llevé a mi habitación, le puse una copa bien cargada y barbulló su lamentable historia. La había llevado al Mer de Glâce para un entrenamiento matutino, dijo, decidido a no correr ningún tipo de riesgos. Se habían adentrado un poco glaciar arriba, quizá un poco más de lo que pretendía. Él atajaba algunos pasos para que ella practicara y demás. Al poco se toparon con una grieta, cruzaron por un puente de nieve, que él había comprobado y encontrado perfectamente fiable. Él lo cruzó primero, pero, cuando ella lo siguió, cayó a plomo, la cuerda se rompió... y eso fue todo. Habían bajado a un guía, pero el agujero no tenía fondo y de nada sirvió. Hecate debió de morir en el acto, era el único pensamiento que lo sosegaba.

»"¿La cuerda no tendría que haber aguantado, Arthur?", le pregunté. "¿Puedo verla?"

»La sacó. El material era pésimo, de fabricación austríaca; en su día fue muy popular, pero resultó ser poco fiable y provocó varios accidentes. Además, tenía una raspadura antigua cerca de la ruptura. No transmitía mucha confianza.

»"Lo sé", se apresuró a decir Brown, "tendría que haberla tirado. Ya sabes que la perfección en las cuerdas la llevo a rajatabla. Pero estábamos haciendo un ejercicio sencillo y, como esa cuerda pesa poco y a ella le costaba tanto manejarlas, me la llevé. No era mi intención que de verdad tuviéramos que confiarnos a la cuerda. Justo íbamos a darnos la vuelta cuando ocurrió. Te juro que el puente me pareció absolutamente estable."

»"Ella pesaba bastante más que tú, Arthur", dije.

»"Lo sé, pero eso también lo calculé."

»"Entiendo", dije. Y "En fin, lo lamento", o algo por el estilo. No encontraba ninguna expresión adecuada. Era evidente que lo de Arthur era una actuación. No le culpé, no le quedaba otra. Tenía que aparentar que el dolor le podía cuando, en cierto sentido, se sentía ligero como el aire de la montaña. Aquella tarde estuvo algo tenso, y sus esfuerzos por lidiar con dos sentimientos tan contradictorios habrían divertido a un observador más cínico y ajeno. Pero yo veía que aquello iba a traer problemas.

»Los franceses llevaron a cabo una investigación, por supuesto, e inevitablemente lo exculparon del todo; más tarde me lo llevé a casa, donde tuvo que enfrentarse al ruido, pues, como me había temido, hubo mucho y muy estridente. Me pregunté hasta qué punto estaba justificado. Quizá no debió llevarse a Hecate tan arriba. Aunque la cuerda hubiese aguantado, él solo no habría sido capaz de subirla… Habrían hecho falta dos hombres muy fuertes para algo así. Habría podido sujetarla, y ella, supongo, habría sufrido una muerte lenta por estrangulamiento, salvo que la ayuda hubiese acudido pronto. Sin embargo, el riesgo siempre existe, por más prudencia con la que uno intente practicar este deporte; es la primera regla y nada la abolirá nunca. Tienes que fiarte de mi palabra en todo este asunto, es algo que escapa a tu comprensión. En todo caso, el estado de aquella cuerda (y no fui el único que la examinó), no ayudaba. Sin embargo, nada habría importado mucho si Andrew hubiese sido un hombre felizmente casado. No hace falta que insista en ello. En fin, aquel rumor sórdido lo siguió de regreso a casa, donde se hicieron eco.

—¿Qué opinabas tú, Andrew? Sinceramente —pregunté.

—Debo pedirte —contestó— que creas algo difícil de creer: que no tenía opinión alguna, ni sincera ni ninguna otra. *Pudo* haber sido un simple accidente. Todo pudo pasar tal y como decía que había pasado. No tengo motivos legítimos para suponer lo contrario. Puede que pecara de imprudente; como podría haber pecado yo. Uno se toma esas prácticas matutinas bastante a la ligera. *Existen* riesgos, como ya he dicho, pero son mínimos comparados con un escenario real. El montañero experimentado desarrolla un «sentido» sumamente refinado y certero de los distintos grados de peligro, es condición necesaria para su supervivencia, y ajusta su personalidad a los cambios de grado. Los más pequeños deben aceptarse como algo consustancial. Los errores de cálculo, de haberlos, que Brown cometió fueron tan insignificantes como excusables. En cierto modo, sus motivos para llevarse consigo aquella cuerda fueron bastante razonables.

—Sí —interpuse—, eso más o menos lo entiendo, pero en realidad tú lo conocías bien y tienes muy buen ojo para juzgar a la gente. Estabas en una situación privilegiada para decidir.

—¿Eso crees? Un juez muy instruido me dijo una vez que le resultaba mucho más sencillo decidir sobre la culpabilidad o la inocencia de un completo desconocido que sobre la de un amigo íntimo; el factor personal emborrona el problema y contamina el entendimiento. Y creo que tenía toda la razón. Sea como sea, tengo un ojo lo suficientemente bueno como para saber cuándo una cuestión me desconcierta, y siempre he tenido la sensación de que las posibilidades se encontraban en un equilibrio singularmente perfecto. En resumen, no tengo opinión.

—Bueno, pues yo sí —afirmé—. Creo que sintió una tentación repentina y terrible. No creo que fuese algo premeditado, pero sí que, por así decirlo, siempre le rondó la cabeza. Se dio cuenta de que el puente cedería bajo el peso de ella, reconoció la tentación súbita, temeraria, y se dejó llevar. Creo que conservaba esa cuerda pésima porque, de un modo vago y a medias reprimido, siempre había tenido la sensación de que quizá, como suele decirse, «algún día podría venirle bien».

Sir Andrew se encogió de hombros.

—Muy fino, sin duda —dijo—, y puede que tengas razón. Pero sé que nunca me encontraré en posición de decidirlo. Quizá por ese factor personal, ya que siempre le he tenido cariño, y me salvó la vida en más de una ocasión, poniéndose a sí mismo en gran peligro; y desde que se casó, desde que empezó esa tortura china, surgió en mí una profunda compasión por él. Hecate estaba mucho mejor muerta. Saludé su liberación con un júbilo saturnino. No volvamos a esa cuestión.

»En fin, tuvo que hacer frente a una situación muy desagradable. Los familiares de Hecate eran muchos y muy influyentes y no dudaban en sacar la artillería, o la navaja, mejor dicho. Nadie lo denunció abiertamente por asesinato, claro está, pero sí era muy frecuente oír expresiones del tipo «¡Raro de puñetas!», «¡Libre como el viento!», «¡Vaya, qué mala suerte!», etcétera.

»La mayoría de la gente no tiene ni pajolera idea de alpinismo, más allá de bochornosas imágenes cinematográficas de alto voltaje de villanos que cortan cuerdas en las cumbres, de ahí que aquella septicemia encontrara riegos sanguíneos receptivos. Hice cuanto pude por producir anticuerpos y reuní a mis compañeros alpinistas para salir en su defensa. Pero, desgraciadamente, estábamos en inferioridad e íbamos peor armados, y el pobre Brown tuvo suerte de disponer de medios más que de sobra para apartarse de la vida pública en sus terrenos y su granja, para protegerse hasta cierto punto de las pedradas y las flechas que con tanta libertad y crueldad pasaban silbando a su alrededor.

»En abril pasé un fin de semana con él y su aspecto me impactó: ni siquiera su vida con Hecate lo había consumido en tal extremo. Tenía los nervios a flor de piel constantemente, la mirada vidriosa del insomne, bebía mucho y comía poco, algo que no le sentaba nada bien; tenía el aspecto de un hombre poseído, atormentado.

—¿Poseído? —pregunté.

—Sé lo que piensas —dijo—, pero no creo que pueda ser más preciso. Sin embargo, sí diré que la atmósfera de la casa me resultó intranquila y me alegré de salir de allí. En fin, algo había que hacer.

»"Deberías retomar la escalada, Arthur", le dije.

»"¡Jamás! ¡He perdido el valor!", contestó.

»"¡Tonterías!", dije. "El tres de junio saldremos hacia Chamonix. Debes superar todo esto y hacerlo en un lugar que te ponga a prueba del modo más drástico. Estarás entre amigos. Para tu valor será un tónico fantástico. Todos estos chismorreos acabarán por desaparecer, imagino que ya han empezado a hacerlo. No hay nada que temer, y en cuanto recuperes la forma lo descubrirás. ¡Vuelve con tu primer amor, el más grande, el auténtico!"

»"¿Qué dirá la gente?", murmuró indeciso.

»"¡Que digan lo que les dé la gana! De hecho, creo que sería una propaganda buenísima; nadie creerá que una persona culpable regrese a la escena de semejante crimen. Querido Arthur, ¡creo que eres joven para morir! Como te quedes aquí hecho un guiñapo, en un par de años estarás en el panteón familiar. Sacaré los billetes y cenaremos juntos en el Alpine Club el dos de junio a las ocho en punto."

»Estuvo de acuerdo enseguida y sus volubles ánimos despertaron. Así, el cuatro de junio estábamos entrando en el Montenvert, donde nuestro recibimiento fue más que cordial.

»Tardó más de una semana, mucho más de lo habitual, en recuperar el nivel de siempre, pero eso era de esperar. Al noveno día, decidí que había llegado el momento crucial de poner a prueba su recuperación. Carecía de sentido marear la perdiz, tenía que plantar cara a las complicaciones, a algo más arduo que las zonas de entrenamiento.

»Tras meditarlo, elegí la Dent du Géant para la puesta a prueba. Éramos viejos amigos, y la última vez que la ascendimos, cuatro años antes, prácticamente nos limitamos a correr hasta la Madonna de aluminio que más o menos adorna la cumbre. La Géant, te recuerdo, es una aguja de casi cuatro mil metros de altitud, situada en el lado meridional de ese gran lago glorioso de hielo, parte francés, parte suizo, parte italiano, del que se elevan algunas de las cumbres más famosas del mundo y entre cuyos reconocidos monarcas están las Grandes Jorasses, el Aguille du Grépon y, cómo no, el mismísimo macizo del Mont Blanc. Para nuestra fraternidad es suelo sagrado y, con solo pronunciarlos, los nombres resuenan como un carrillón de plata. La Géant culmina en una grotesca y colosal dentadura de roca, parte de la cual se halla en un estado bastante avanzado de descomposición. Estas cosas son relativas, por supuesto; dentro de cinco mil años seguirá ahí, casi con toda seguridad, reducida en mayor o menor medida. Plantea una ascensión interesante; no, en mi opinión, de las más severas, pero sí bastante auténtica y desprotegida. Hoy día, tengo entendido que las zonas más concurridas están tan festoneadas con picos y cuerdas que parecen fruto de la unión de un puercoespín con una marioneta. Pero llevo años sin visitarla y, con toda seguridad, no volveré a hacerlo.

»Brown estuvo de acuerdo con mi elección y se declaró capaz de acometerla, así que allá que fuimos a última hora de una mañana promisoria, y sin ninguna prisa nos abrimos paso a través del hielo hasta el refugio. Me pareció que estaba en bastante buena forma, y en determinado momento, cuando un *sérac* de lo más imponente y desagradable cayó casi a plomo sobre nuestra fila, no perdió el temple, el paso, ni la vida. Aun así, no me acababa de convencer su aspecto. Conforme avanzaba el día no mejoró, y, si te soy sincero, yo tampoco.

Aquí, sir Andrew hizo una pausa, encendió un cigarrillo y prosiguió más despacio.

—A ti estos asuntos no te resultan familiares, pero intentaré explicar el origen de mi creciente preocupación. Nos pasábamos casi todo el día atados, cómo no, y desde muy pronto empecé a experimentar esos *pálpitos* (se hace difícil encontrar la palabra exacta, inevitable), que, en aquella trágica expedición, me incomodaban y me desconcertaban cada vez más. Es sumamente complicado lograr que a alguien que, como tú, nunca ha estado sujeto a una cuerda le resulte claro y plausible. Cuando seguimos una ruta más o menos sin marcar a través del hielo, tenemos por costumbre que la cuerda no se mantenga ni demasiado floja ni demasiado tensa, pero siempre, lo digo como líder, eres muy consciente de la presencia y la presión del hombre que tienes detrás. Pues bien... ¿Cómo expresarlo? En fin, me parecía una y otra vez que el comportamiento de la cuerda no era normal, como si la resistencia que notaba no cuadrara con la distancia que Brown mantenía con respecto a mí, como si algo más estuviese ejerciendo presión más cerca aún. ¿Me explico con claridad?

—Creo que sí —contesté—. Parecía que había alguien atado a la cuerda entre Brown y tú, ¿es a lo que te refieres?

—No era tan definido ni tan nítido. Imagina que estás conduciendo un coche y una y otra vez tienes la sensación de que los frenos se activan y se desactivan, aunque sabes que no es así. Te extrañaría y en cierto modo te turbaría. Me temo que la analogía no arroja demasiada luz. Era consciente de que aquel día había una anomalía inexplicable asociada a nuestro progreso y a la cuerda, nada más. Recuerdo que no dejaba de mirar a mi alrededor en busca de una explicación. Intenté convencerme de que se debía a la actitud de Brown, en cierto modo torpe, perezosa y errática, pero me pareció que la atribución no era del todo certera. Para colmo, por la tarde se levantó una niebla densa que agudizó mi humor sombrío y bastante derrotista.

»Ciertas personas piadosas, pero, en mi opinión, desencaminadas, afirman encontrar en la presencia, en la atmósfera de esos Titanes malditos, pruebas de la benevolente Providencia y un caritativo principio cósmico. Yo no figuro entre sus filas. En el mejor de los casos, estas eminencias me parecen frías y neutrales; en el peor, agresiva y virulentamente hostiles…, yo invierto la falacia patética. Esto es, para un hombre vivaz, la mitad de su atractivo. Solo muy de vez en cuando me he visto movido a percibir buena voluntad por su parte. Y si tuviese que atribuirles un panteón, lo poblaría con los habitantes volubles y maliciosos del Olimpo y el Valhalla, no con la trinidad supuestamente filantrópica de los cielos. En ningún lugar se muestran de un modo tan claro los mecanismos de una casualidad inflexible y ciega. Y, por algún motivo, nunca he tenido esa opresiva sensación de malignidad de un modo tan nítido como aquel día, durante las últimas horas de la ascensión, mientras avanzábamos a la fuerza y a tientas a través de un mundo de pesadilla hecho de columnas de hielo, muchas de ellas altas y pesadas como la Estatua de la Libertad, cada una destinada a caer atronadora como las trompetas del Juicio Final. Y todo con la preocupación constante por aquella cuerda. Varias veces, al volverme a mirar a través de las tinieblas, tenía la sensación de que Brown me pisaba los talones, pero estaba a unos diez metros. Una vez sí lo vi, tal y como pensaba, al alcance de mi mano. Pero fue un desagradable espejismo.

—¿Tuviste miedo? —pregunté.

—Me agitó y me turbó, sin duda. Nunca he tenido miedo, creo, durante una ascensión. Era como si hubiese un problema pernicioso que era incapaz de resolver. No corríamos gran peligro, solo estábamos experimentando los riesgos endémicos inherentes a lugares como aquel. Pero era el principal responsable de la seguridad de los dos, y mi manera de garantizar dicha seguridad se estaba viendo afectada.

—Imagino —dije— que la cuerda establece, por así decirlo, cierto vínculo físico entre aquellos a quienes une.

—Una observación inesperadamente perspicaz —repuso sir Andrew—. Es precisamente el caso. La cuerda convierte el destino de uno en el destino de todos, y por medio de sus hebras cada uno revela su estado de ánimo: sus esperanzas y ansiedades, sus alegrías o su falta de confianza. De ahí que pudiera sentir las dudas y la pésima ejecución de Brown, además de la inexplicable interrupción de una conexión adecuada con él.

»Por fin llegamos al refugio y seguía sin resolver el problema. No me gustaba el aspecto de Brown; estaba mucho más cansado de lo que debería haber estado y de nuevo tenía los nervios a flor de piel. Puso la mejor cara que pudo, esa que los buenos alpinistas han aprendido a poner, y afirmó que con una noche de descanso se arreglaría. Crucé los dedos.

—¿Mencionaste tu inquietud con respecto a la cuerda?

—No —dijo enseguida sir Andrew—. Primero, porque podría haber sido puramente subjetiva. Segundo, ¿qué iba a decir? Y el deber de un alpinista es callarse sus temores, a no ser que puedan poner en peligro a sus camaradas. Si es posible evitarlo, nunca hay que bajar la temperatura mental. Y sin embargo, no sabría decir cómo exactamente, me dio la impresión de que Brown había notado algo y de que aquello era en parte la causa de su malestar.

»El refugio estaba lleno de jóvenes, la mayoría italianos, pero no se estaba mal, y nos aseguramos un buen sitio para dormir. Luego comimos y nos acostamos. Fue una noche de aciago recuerdo. Brown se echó a dormir casi enseguida, a dormir y a soñar, y a hablar en sueños. Al parecer estaba, en fin, sin lugar a dudas, soñando con Hecate y…, ¿cómo expresarlo?…, en contacto, debatiéndose con ella. Y lo más desconcertante para quien lo escuchara era que Brown imitaba su voz a la perfección. Aquello era a la vez horrible y ridículo, la combinación más pestilente y destructiva posible, en mi opinión. Parecía estar suplicándole que lo dejara en paz, que se olvidara de él, a lo que despiadadamente ella se negaba. Digo «parecía» porque farfullaba aquel repulsivo torrente de palabras que solo a veces llegaba a articular; lo suficiente para generar, por así decirlo, la sensación de diálogo. Pero, aun así, era excesivo. Los italianos, necesitados de sueño, se quejaron, como es natural, a voz en grito, y me veía obligado a despertar a Brown una y otra vez, pero siempre volvía a aquel sueño vil y tormentoso. En una de esas veces, se incorporó y empezó a dar empujones a ciegas. Y el amenazante contralto de Hecate brotó de su garganta, mientras los italianos se burlaban y maldecían. Fue un pandemónium bestial.

»Los italianos se fueron temprano, abominando de nosotros a pleno pulmón. Uno de ellos, con sus grandes ojos negros llenos de temor e ira, me agitó la linterna en la cara y exclamó: "¡¿Quién es esta mujer!?". "¿Qué mujer?", contesté. Se encogió de hombros y dijo: "Eso tendrá que decirlo usted. ¡Yo en su lugar no subiría con él a la Géant! Buena suerte, signore, *¡creo que va a necesitarla!*". Luego se marcharon ruidosamente, y a las cuatro en punto salimos nosotros.

—Sé que tendría que haber seguido el consejo del italiano y regresado con Brown al hotel por la ruta más sencilla y rápida, pero cuando hice amago de sugerirlo, me suplicó casi con histeria que continuáramos. «Si esta vez fracaso», me dijo, «jamás retomaré la escalada, ¡lo sé! ¡*Debo* superarlo!» Yo estaba cansadísimo, mi juicio y mi resolución estaban vergonzosamente mermados, y me rendí a medias. Decidí que ascenderíamos parte del camino hasta una cornisa o plataforma que recordaba, a algo más de tres mil quinientos metros, descansaríamos, comeríamos y daríamos la vuelta.

»La subida por el glaciar fue agotadora, Brown estaba en muy mala forma y, casi al instante, empezaron otra vez las molestias con la cuerda. Cruzamos la gran grieta donde el glaciar se une con las rocas bajas e iniciamos la ascensión. Aún había algo de niebla, pero se redujo con la salida del sol. Yo iba delante y Brown, que avanzaba a muy duras penas, detrás. La diferencia entre su rendimiento y el de la otra vez que he mencionado fue flagrante y terrible. Recuerdo que dudé de si volvería a ser un alpinista y me di cuenta de que había cometido un error al continuar. Tuve que tratarlo con el mayor de los cuidados, y la cuerda seguía dando problemas. Solo aquellos con conocimientos especializados de un esfuerzo así sabrían advertir la diferencia enorme y letal que eso suponía. Nunca podía estar seguro de si podía fiarme de Brown, que escalaba con el nerviosismo propio de un novato. Mi nivel aquel día, no me sorprende, tampoco fue demasiado alto. Había pasado una noche horrible, intranquila, y tenía la mente embrollada y llena de preocupaciones. Por lo general, uno escala de un modo a medias inconsciente, es el sello del experto: la selección de los asideros y la sujeción a ellos es rítmica, solo de vez en cuando se da una intervención plenamente controlada de la voluntad y la decisión. Pero en aquella ocasión tenía puestos los cinco sentidos y esperaba un resbalón de Brown en cualquier momento. Me veía obligado una y otra vez a fijar la cuerda a algún saliente para animarlo y ayudarlo a subir, y siempre con aquella fuerte intromisión entre los dos. La Géant estaba derrotándonos una y otra vez sin despeinarse; no me había sentido tan superado desde mi primera temporada en los Alpes. La luz se volvió de lo más siniestra y displicente, el sol golpeaba a través de la bruma y provocaba un deslumbramiento potente y prismático. Hasta tal punto que una vez creí ver la silueta de Brown duplicada, o más bien que se revelaba en diferentes niveles. Y varias veces me pareció que su cabeza aparecía justo debajo de mí cuando, en realidad, seguía bregando muy abajo. Y además estaban nuestras sombras, proyectadas enormes sobre la superficie nevada a lo largo del abismo, vastas y distorsionadas por aquellos rayos extraños.

»Que allí había *tres* sombras, ora quietas, ora en movimiento, era un espejismo irresistible. Estaba la mía, estaba la de Brown, más pequeña, y entre ambas había otra. ¿Qué la causaba? Aquel rompecabezas fascinante y extraordinario sirvió en cierto modo para distraer mis pensamientos de su ansiedad grávida y cada vez mayor. Por fin, para mi inmenso alivio, alcé la vista y vi a escasos veinte metros de mí la pequeña y acogedora plataforma. Una vez allí, pensé, lo peor habría pasado, ya que bajar a Brown sería más fácil que hacerlo subir.

»Le grité "¡Ya casi estamos!", pero no contestó. Le grité de nuevo y escuché con atención. Y entonces lo oí hablar, alternando su propia voz y la de Hecate.

»Soy incapaz de describirte el miedo fantasmal que en aquel momento se apoderó de mí. Ahí estaba yo, a cuatro mil quinientos metros, en un precipicio que caía a pico, y la persona unida a mi cuerda había perdido claramente la cabeza. Primero tenía que subirlo a la cornisa y luego intentar que volviera a un estado que hiciese posible el descenso. No podía dejarlo allí; teníamos que sobrevivir o morir juntos. Pero lo primero era alcanzar la plataforma. Me puse a ello y, por el momento, Brown continuó ascendiendo, de un modo torpe y mecánico, mientras mantenía aquel diálogo demencial, ¡pero aun así *avanzando*! Pero ¿durante cuánto tiempo iba a funcionar aquel mecanismo y a impulsarlo de asidero en asidero? Superé mis miedos y me sumí en un desafecto de espíritu crucial, sin el cual ambos estábamos, sin duda, condenados.

»Concentré toda mi atención en alcanzar la cornisa. De ella me separaba uno de los trechos rocosos más deteriorados de la Géant, que de repente recordé bien. Hoy está lleno de picos y cuerdas, creo. Cuando el neis está en mal estado, es muy muy peligroso. Afortunadamente, la niebla no era gélida; de lo contrario, habríamos perecido antes de lograrlo. ¡Cuánto maldije mi insensata estupidez, la única gran pifia ignominiosa de mi carrera como alpinista! Puede que la oleada de rabia me salvara, pues justo mientras me esforzaba por superar los infames doce metros restantes noté en la cuerda una sacudida terrorífica. Estaba separado, acometiendo un pequeño saliente, expuesto al cien por cien, y nunca sabré cómo aguanté aquella sacudida. Incluso hundí los dientes en la roca. Fue uno de esos esfuerzos sobrehumanos solo al alcance de un hombre poderoso y plenamente capacitado en la cúspide de su perfección física, cuando sabe que el fracaso significa la muerte inmediata. De un modo u otro, apura su último ergio de fuerza y resiliencia.

»Por fin alcancé la cornisa, anclé la cuerda a la velocidad del rayo, cogí aire y miré abajo. Al hacerlo, Brown se detuvo, gritó y un torrente de palabras desbocadas e incoherentes brotó de su boca. Le grité para animarlo y transmitirle seguridad, pero no prestaba atención. Y, aunque estaba quieto, aferrado a sus sujeciones, la cuerda continuaba tensa, moviéndose y resonando en el anclaje. Nadie me ha dado nunca una explicación satisfactoria al respecto. Durante un instante, eché un vistazo a la cegadora pendiente al otro lado del gran abismo: ahí estaban mi sombra y la de Brown, y otra más que parecía estar descendiendo hacia él.

»Alcancé a ver cómo le temblaban todos los músculos del cuerpo y supe que en cualquier momento iba a caer. Le grité una y otra vez para decirle que lo tenía bien sujeto y que se tomara su tiempo, pero de nuevo no prestaba atención. No podía hacerlo subir, tenía que bajar a por él. Solo había una manera posible que, al ser un tanto técnica, no te describiré. Ni hay necesidad de hacerlo, ya que, de repente, Brown renunció a toda sujeción y saltó al vacío. Mientras lo seguía con la mirada, entreví de nuevo las sombras. Ahora solo había dos, pero la de Brown tenía un tamaño espantoso. Durante unos segundos, permaneció suspendido y haciendo aspavientos, moviendo violentamente todo el cuerpo. Y entonces empezó a dar vueltas de un modo horrible, cada vez más rápido, y casi me pareció, en el caos visual de aquella vorágine, que había atados dos cuerpos que forcejeaban. Entonces, de alguna manera, mientras se retorcía se soltó de la cuerda y cayó más de quinientos metros para morir allá abajo, en el glaciar, y dejar mi gigantesca sombra a solas en la nieve.

»Eso es todo, y no quiero que me hagas más preguntas, porque sé que no tendré respuestas y voy a acostarme ya. Con respecto a tu primera pregunta, he hecho cuanto he podido por responderla. Pero recuerda, acaso preguntas como esa no puedan responderse del todo.

El fantasma de la encrucijada

Un cuento irlandés de Nochebuena

Frederick Manley

Publicado por primera vez en el semanario

South London Press

· 1893 ·

Frederick Manley

La base de datos de literatura especulativa ISFDB incluye un único relato firmado por Frederick Manley, que reproducimos a continuación. El periódico londinense South London Press, *en el que se publicó, sigue editándose en la actualidad, pero poco se sabe de Manley.*

En «El fantasma de la encrucijada» nos encontramos con un cuento de fantasmas del estilo más tradicional, ambientado en la Navidad irlandesa. Empieza así: «La noche, y especialmente la Nochebuena, es el mejor momento para escuchar una historia de fantasmas». Los lectores no podrán estar más de acuerdo. Las gráficas descripciones de las alegres escenas navideñas, los «promontorios de patatas», «lagos de caldo y montañas de rosbif» seducen al lector y contribuyen a realzar la espeluznante historia que revela a su llegada un desconocido.

—Lucy Evans

La noche, y especialmente la Nochebuena, es el mejor momento para escuchar una historia de fantasmas. ¡Madera a la chimenea! ¡Corred las cortinas! ¡Acercad las sillas al fuego y sed todo oídos!

Los integrantes del pequeño grupo que ocupaba el acogedor salón de Andy Sweeny aquella tormentosa Nochebuena de 1843, cuando la señora Sweeny se dirigió a la ventana y corrió por completo las cortinas blancas como la nieve diciendo «¡Dios dé cobijo a los pobres viajeros!», vieron perfectamente expresados sus sentimientos en el gesto unánime de ovillarse unos junto a otros, como si cada cual le hubiera descrito a su vecino su propio ideal de comodidad; y cuando, en respuesta a la plegaria de la buena mujer, unieron sus voces en un profundo y ferviente «¡Amén!» y se acurrucaron a la intrépida luz de la turba que ardía en la chimenea, un hombrecillo elegante cuyo cabello pelirrojo le había conferido el apodo de «Reddy» dio sonora voz al sentimiento compartido por todos diciendo:

—Pues a Dios debiéramos estar dando gracias por tanto bienestar, ¡sin olvidar a la señora Sweeny! ¿O es que no?

Aunque el matrimonio Sweeny era conocido en todo el condado por su hospitalidad, aquella noche se superaron. La mesa de roble que ocupaba el espacio central estaba cubierta de lado a lado con verdaderas delicias. Decimos verdaderas delicias, y lo eran. No había emparedados finos como galletas, no había líquidos fríos en botellas aún más frías, tampoco frágiles fuentes de porcelana (no había porcelana que pudiera sostener manjares tan contundentes), complejas ensaladas ni ninguna de esas exquisiteces que prácticamente gritan al hombre hambriento «Ven y devórame, no puedes dejarme aquí con la buena pinta que tengo», y que, una vez ha dado buena cuenta de ellas, le arruinan la noche y convierten su vida en un tormento.

No, no había bocados insidiosos de ese estilo en la mesa de la señora Sweeny. Imposible pensar en aquella cena sin que se nos despierte el hambre. Promontorios de patatas, todas ataviadas con sus pieles por el mal tiempo; lagos de caldo y montañas de rosbif, con ocas y pavos en los valles intermedios; pichones presos en celdas de hojaldre, en las que se habían practicado ligeras aberturas a modo de troneras, a través de las cuales pudieran asomarse los cautivos (y, en efecto, una valiente ave, probablemente alarmada por el imponente número de comensales, había tratado de escapar y hasta logró colar una pata a través de los barrotes, donde quedó atascada y perdió el afán de fuga); pilas de pan y mantequilla; la familia Pastel al completo, desde la plebeya Manzana hasta la exquisita señora Compota, todas con sus crujientes trajes. La mesa mascullaba y gruñía. Pero ¿a quién le importaban los pesares de la mesa? ¿Quién podía, de hecho, pensar más que en su propio regocijo aquella noche gélida en esa casa de luz y alegría?

Afuera la tormenta rugía. Una gruesa capa de nieve cubría el inhóspito páramo que los rodeaba. Los vientos habían estado atareados, y eran muchas y muy curiosas las construcciones que habían erigido, extraños y peculiares los cambios que habían provocado. La señal clavada en el cruce de caminos —un poste de lo más corriente con buen tiempo— era ahora un terrible monstruo con cuatro espantosos brazos abiertos para atrapar al viajero que llegara con retraso. Todo rastro del camino había desaparecido, y al forastero que se hubiera visto sorprendido por la tormenta aquella noche de diciembre le habría costado trabajo continuar su ruta. Derry Goland, en el condado irlandés de King, es una localidad tan deprimente y agreste que los elementos destructores la han elegido como lugar de reunión. Aquí es donde se citan los vientos y planifican sus rumbos. De aquí parten y a este lugar regresan. Se pueden oír cualquier noche de invierno. Al principio susurran entre ellos mientras trazan sus itinerarios. Más tarde se oyen rumores graves, coléricos murmullos que sacuden las ramas como si el Rey de la Tormenta les hubiera impuesto órdenes que no les placen.

¡Cuánto odiaba el Rey de la Tormenta la acogedora casa de Andy Sweeny y la luz jubilosa que brillaba a través de las ventanas y abría un sendero de luz en la noche!

¡Más turba a la chimenea! Todos tienen en la mano una taza de ponche humeante; todos los rostros relucen iluminados por el amor y radiantes de felicidad; todos brindan con todos, entonan canciones alegres, bailan con su enamorada o se dedican a las tareas del amor en algún rincón en penumbra, mientras los mayores buscan el mejor partido para sus chicos y sus chicas, y el violinista ciego toca sin descanso, como si le fuera la vida en ello. Las llamas de la chimenea brillan con más fuerza conforme la tormenta se recrudece afuera. El ponche reluce aún más rojo y centellea como con regocijo. El viejo reloj del rincón tiene un tictac más soñoliento y está en paz con el mundo, pues la alegre cara redonda de su esfera lo observa todo con una sonrisa; e incluso la mesa, olvidadas ya sus quejas, ha dejado de gemir. En resumen: nunca hubo casa más feliz; nunca hubo mejor música ni mejor ponche que el de la señora Sweeny, ni un puñado de almas más alborozadas para beberlo.

El salón acababa de despejarse para el baile y la diversión estaba en su apogeo cuando, desde un lugar lejano sumido en la tormenta, se elevó un grito, un grito terrible: el grito de un alma angustiada. En la casa guardaron silencio y escucharon con el rostro lívido ese alarido que venía del exterior.

—¡Dios se apiade de nosotros! —gritó Andy—. ¿Qué ha sido eso?
—¡El Señor nos guarde de todo mal! ¡Es el grito de la *banshee*![1]

---

1. En la tradición folclórica irlandesa, las *banshee* son espíritus que anuncian con sus gritos una desgracia familiar.

Ante la mención de este nombre, tan temible a oídos irlandeses, los niños echaron a correr hacia sus madres y escondieron las cabecitas en sus faldas. Las casadas se aferraron a sus maridos; las enamoradas, a sus robustos amados; y todos esperaron nerviosos a que el grito se repitiera. Entonces sucedió algo que hizo que se les parara el corazón y que un torrente de sangre helada se les precipitara espalda abajo. ¡Era alguien que pedía auxilio a voces! Poco después se oyó el crujido de unos pies a la fuga. Los pasos se acercaban cada vez más.

—¡La puerta! ¡Abridla de par en par! —gritó Andy.

Unas manos decididas obedecieron, y el fulgor de la chimenea iluminó un amplio sendero desde la puerta hacia el páramo. La tormenta entró como una furia, desperdigó la turba, arrancó cuadros de las paredes y arrasó cuanto encontró. Pero a nadie le importó; nadie se percató. Todos los ojos estaban puestos en un hombre que se dirigía a toda prisa a la casa, pues, aunque era aquella una noche de tormenta, la luna se asomaba a través de los jirones de nubes con un halo de luz fantasmagórica. En ese preciso momento el astro iluminaba la silueta que volaba hacia la puerta, gritando «¡Socorro!» con una voz debilitada por el miedo y el esfuerzo de la carrera, y que cruzó el umbral para ir a dar de bruces en el suelo pulido.

Andy Sweeny se volvió rápidamente hacia la puerta y, con oído atento, observó y escrutó detenidamente la oscuridad. Finalmente gritó:

—¿Quién anda ahí?

La única respuesta fue el susurro del viento en el páramo. Una respuesta espantosa.

—¿Quién anda ahí? —volvió a preguntar Andy.

—Pues nadie, hombre —respondió su mujer con su marcado acento irlandés—. Cierra la puerta de una vez.

Andy lanzó una mirada preocupada hacia atrás conforme la señora Sweeny lo alejaba de la puerta, diciendo:

—¡Pero mira a este pobre desgraciado!

El pobre desgraciado estaba inconsciente delante de la chimenea. Un alma maternal le frotaba las manos para calentárselas, otra le empapaba la frente con ponche que, con las prisas, había tomado en lugar de agua, y una tercera lo obligaba a beber el vaporoso licor por más que él apretara los dientes.

Era un joven —un niño prácticamente— cuya edad podrían haber calculado en veinte años. Y habrían acertado. No tardaron en comprender que era forastero en Derry Goland, pues el traje que vestía estaba hecho de la tela más fina y cortado a la última moda. La ropa a la moda era tan común en Derry Goland como los osos, y no había un solo oso en el condado. El manto forrado de seda descubrió, al retirarlo de sus anchos hombros, una joya reluciente que centelleaba y parpadeaba a la luz del fuego como si le fuera imposible soportar el repentino fulgor de la chimenea. Sus rasgos, aunque bien formados y regulares, sugerían cierta debilidad, especialmente la barbilla y la boca, que carecían de firmeza y lucían una expresión sonriente de amabilidad más propia de una mujer que de un hombre. Los presentes adivinaron de inmediato que había ido a parar ante ellos un caballero, presumiblemente inglés, a juzgar por su atuendo, y se aprestaron a atenderlo como si fuera el amigo más querido de cada uno de los hombres que se inclinaban sobre él, o el marido, el hermano o el amado de cada buena mujer que cargaba almohadas para su agotada cabeza y hacía revivir un rubor de vida en su pálida cara: tan numerosas fueron las pequeñas acciones emprendidas, tan sentida y entregada su atención. Y al fin, para gran alivio de todos, el forastero abrió lentamente los ojos.

—¡Pues aquí está usted, señor, sano y salvo! —exclamó una anciana alegremente—. Y mire, señor, que está usted con amigos.

El joven se incorporó y le pidió a Andy que lo ayudara a tomar asiento. Temblaba bruscamente cuando se dirigió con el rostro lívido a la silla que Andy había situado para él cerca del fuego. Todos guardaban una distancia respetuosa y lo miraban con una mezcla de miedo y asombro. Conforme fueron pasando los minutos, el joven pareció revigorizarse; al rato levantó la cabeza, que había tenido hundida en el pecho con la vista clavada en el fuego, y preguntó si alguien creía en los fantasmas.

—¿Fantasmas, señor?

—Fantasmas.

—Pues sí que creemos, señor. —Una anciana se coló en la conversación—. Pues bien sé yo que sí. ¿O que es que no fue la madre de Mary Doolan…? ¡Que Dios la tenga en su gloria! Pues diez años hará que se murió el próximo Miércoles de Ceniza. Una mujer más buena no ha puesto pie en zapato, como digo yo siempre, y siempre lo voy a decir, Dios lo quiera, así me muera…, y me da igual quién me oiga. Ya era muy buena moza cuando la conocí. Yo conocía a su madre de antes…, una señora encantadora también, que se casó con Mike Carlin después de que enterrara a su primera mujer, y luego se casó con Pat Doolan cuando Mike estiró la pata… ¡Que Dios le perdone lo tunante! ¿Pues no se encontró Mary Doolan…?, ¡que en paz descanse!, ¿pues no se encontró con un fantasma en la encrucijada? ¿O es que no?

Dado que nadie le llevaba la contraria, la anciana se disponía a contar la historia completa cuando el forastero la interrumpió:

—¿En la encrucijada ha dicho?

—Pues diez años que hará el Miércoles de Ceniza. Estaba…

—¿Hay un hito cerca?… —El forastero parecía estar murmurando para sí, al tiempo que pateaba la turba en llamas con la punta de sus botas de montar—. ¿Un hito plano, como una lápida?

—Ahí mismo, sí, señor. Y Mary Doolan, que en paz descanse, una mujer decente, lozana…

—¿Quién de ustedes es el patrón?

—Aquí no hay patrón —dijo Andy Sweeny—. Esta es mi casa. Estos son mis amigos, mis vecinos.

—¿Me facilitaría una cama? Me encargaré de que se la paguen.

—Es usted bienvenido a mi hogar, señor, y sin pagar. No es necesario —respondió Andy con cierta aspereza.

El joven se percató del tono enojado de Andy.

—Le ruego que me disculpe. No pretendía ofenderlo. Casi no sé ni lo que digo.

Enterró entonces la cara entre las manos, con los codos apoyados en las rodillas.

Los invitados de Andy, que hasta hacía un momento miraban temerosos al joven desconocido, lo contemplaban ahora con una gran compasión en sus amables rostros, e incluso la parlanchina anciana a la que había interrumpido tantas veces se aventuró a acercarse a él y dijo amistosamente:

—¿En Nochebuena, señor, va usted a doblar así el pescuezo?

—¡Nochebuena!

—Pues claro. ¿O qué si no? A ver, señora Sweeny, si puede ser, ¡una taza de ponche para el caballero!

Solo si el joven hubiera tenido un corazón de piedra podría haber rechazado la taza humeante que la bella señora Sweeny le entregó; duro como el granito tendría que haber sido para no conmoverse con las expresiones de familiar compasión que le dirigían desde todos los rincones con timidez, como si temieran ofenderlo; pues solo quienes sufren, los hermanados en la aflicción, sin importar cuál pueda ser su posición en la vida, saben consolar al sufriente.

El violinista se puso de nuevo a trabajar y tocó mejor que nunca. El ponche volvió a fluir. Las voces ásperas pero sonoras se unieron en melodías que trajeron de vuelta muchos días festivos casi olvidados. Se unieron las manos para las gigas y los bailes tradicionales, hasta que llegó a parecer que la tormenta se había apoderado de la casa de Andy y la sacudía con intención de derribarla, tan animadas estaban las parejas que «acepillaban el suelo con los tacones», como decía Reddy. Los jóvenes que habían aspirado al reconocimiento de Terpsícore aquella noche, «resistiendo hasta extenuarse mutuamente»,[2] se habían agotado por fin y descansaban

---

2. «By holding out to tire each other down», verso del poema pastoral «The Deserted Village», del escritor anglo-irlandés Oliver Goldsmith (1728-1774).

sentados en torno al fuego, deseosos de alguna diversión distinta a la que los había dejado fatigados y sin resuello. La lenguaraz anciana que antes había hablado, con su instinto inherente para el cotilleo (pues los cotillas nacen, no se hacen), preguntó al forastero durante una pausa en la conversación:

—¿Es que ha visto un fantasma esta noche, señor?

Andy Sweeny, entendiendo que la anciana estaba molestando al caballero, intervino de inmediato y le pidió que no hiciera caso a una pregunta tan desconsiderada.

—No me ofende en absoluto —respondió el joven—. Pero apenas sé qué contestar.

—¿Quién le perseguía cuando llegó corriendo y pidiendo ayuda a gritos?

—Una figura de negro.

—¿Y cómo llegó a esa situación? Discúlpeme que le pregunte, señor, pero dado que es Nochebuena y sabemos que es un momento de liberación, se me ocurrió que quizá sería tan amable de contárnoslo todo, señor…, y le pido perdón una vez más si lo he ofendido.

De Andy Sweeny, como de la mayoría de los hombres del campesinado irlandés con una inteligencia y una educación medias, se decía que tenía «luces» y «buena labia»; cuando concluyó su tentativo acercamiento, sus invitados respondieron guiñando un ojo y dirigiéndose gestos de asentimiento unos a otros para mostrar su gran admiración. Reddy llegó incluso a decir:

—Pues así se habla, sí, señor.

El caballero respondió:

—Es todo muy extraño, desde luego que sí. —Con una risita forzada que difícilmente podría brotar de una persona cuyos nervios se encontraran en buen estado, añadió—: Les contaré lo que ha sucedido.

Estas palabras prometían el mayúsculo pasatiempo que siempre ofrece una historia de fantasmas, más aún cuando se está entre amigos, delante de un fuego que ruge y crepita, con un espumoso ponche en la mano y oyendo la tormenta que sacude puertas y ventanas y empuja la nieve por la amplia chimenea, donde silbará al caer al fuego como si le horrorizara vernos tan cómodos y estuviera decidida a extinguir las alegres llamas. Es entonces cuando la imaginación pasea por el lacerante páramo barrido por el viento, arrastra los pies por el desapacible sendero que recorre la colina, batalla con la tormenta en el camino donde todo árbol teñido de blanco es un fantasma y toda roca un escondite para ladrones y seres espantosos que esperan a que nos aproximemos, agazapados y listos para abalanzarse sobre nosotros.

En esos momentos todo inofensivo roble es un terrible Briareo que estira sus cadavéricos brazos para atraparnos; inmediatamente después sentimos con certeza que algo nos sigue los pasos y no nos atrevemos a mirar atrás, conscientes de que encontraremos su espantosa mirada y caeremos muertos de inmediato, hasta que la idea se asienta de tal modo que empezamos a trotar, después a correr y, finalmente, con los pasos de nuestro perseguidor apenas a unos metros y acercándose con cada zancada, aproximándose tanto que podemos sentir su aliento en nuestro hombro, la carrera se acelera —más rápido, aún más rápido— hasta que terminamos entregados a una huida desesperada en la que nada vemos, en nada pensamos, y solo concluye la desquiciada persecución cuando las rojizas luces que parten de la ventana de una casa nos dicen que los hombres, el prójimo, personas de carne y hueso, están a una distancia a la que podrán oír nuestros gritos.

Entonces el miedo, que hasta ese momento nos ha paralizado la lengua, aparece en forma de grito que sobresalta al tranquilo lugareño y lo hace asomarse, vela en mano, a la puerta, donde nos encuentra desplomados y sin conocimiento sobre la nieve; nos lleva entonces a su abrasadora chimenea de turba, junto a la cual recuperaremos el sentido y agradeceremos a la Providencia haber sobrevivido. ¡No es de extrañar que los campesinos se refugiaran junto al fuego! Del mismo modo esperaban los invitados de Andy, irlandeses con una fe adamantina en la existencia de toda clase de siniestras criaturas, el relato del forastero con un incontenible interés.

—He de suponer —comenzó— que conocen todos ustedes al señor Goodfellow…

—¡Lo conocemos! ¡Larga vida a su excelencia!

—Pues bien —prosiguió el joven—, yo estaba regresando de su casa a la posada del pueblo, donde me alojo actualmente. No hace falta explicar qué hacía allí. El señor Goodfellow, que, como todos ustedes bien saben, es un tip… un caballero estupendo, intentó disuadirme de volver a la posada a pie en plena tormenta y me invitó a descansar bajo su techo hasta el nuevo día. Yo, que sabía que ya tenía tantos invitados como su vivienda podía acoger cómodamente, le agradecí el amable ofrecimiento y puse rumbo a la posada… y a la cama, porque llevo sin dormir… Bueno, he pasado los últimos días viajando. No es preciso que les recuerde cómo está el tiempo. Bastará con decir que la nieve sopló contra mi cara hasta que me cegó y me extravié por el camino. Tenía los dedos rígidos, congelados, de forma que me resultaba imposible sostenerme la capa sobre el cuerpo. No veía a un brazo de distancia, de tan densa y veloz que caía la nieve, de tan oscura que era la noche. Me empezaban a pesar los párpados. Tenía sueño. Pero, sabedor de que si me tumbaba en la traicionera nieve moriría, hice un último esfuerzo, un inmenso esfuerzo, y seguí avanzando. Después de un tiempo, me encontraba tan debilitado que únicamente podía andar dando tumbos y caí al suelo tres, cuatro, tal vez diez veces. Empecé entonces a gritar pidiendo ayuda: gritaba, aullaba, chillaba como nunca. Llamaba a voces. ¡Qué solitaria, qué espantosa era esa quietud de ultratumba! Mi propia voz parecía ensordecida. Después se apoderó de mí una sensación de descanso, una gran calma. Ya no sentía el frío, no oía el viento, no tenía miedo y, cuando estaba a punto de dormirme (habría sido mi último sueño), regresaron a mi memoria, por caminos difíciles de explicar, algunas historias de viajeros que habían conseguido mantenerse despiertos infligiéndose algún daño. La idea de morir en este páramo desolado, lejos de los corazones que me aman y que esperan mi regreso, era tan abrumadora, tan enloquecedora, se lo garantizo, que me arranqué el pelo de la cabeza y vociferé: "¡No voy a morir! ¡No moriré!".

»Me abrí el gabán de un tirón y encontré mi navaja. Eso me salvó. Miren dónde está perforado el gabán. Es un milagro que no me la clavara hasta la empuñadura en mis esfuerzos por espolearme. Pese a todo mi empeño, me hundía poco a poco y sin remedio, sin ningún remedio, hasta que volví a gritar de desesperación: "Necio… ¡Necio! ¿Por qué te arriesgaste? ¡¿Qué no darías por estar en casa del señor Goodfellow?! Todo… ¡Todo! Cualquier cosa por salvarte…, ¡cualquier cosa!".

»"¡Yo te salvaré!"

»Mis queridos amigos, la voz que pronunció estas palabras estaba tan cerca de mi oído que parecía un susurro de otro mundo, y pensé que había muerto ya. ¿Qué iba a pensar si no? En aquel momento mortal, en aquel páramo lejano, las palabras eran como una respuesta sobrenatural a mis súplicas. Me eché a temblar. El ruido del viento y de la nieve que caía me hicieron recuperar mi ser. Entonces se repitieron aquellas palabras:

»"¡Yo te salvaré!"

»Me giré ligeramente hacia quien me hablaba. Su voz me había provocado un repeluzno por todo el cuerpo, pero no como el que produce el frío, por lo que temía mirarlo a los ojos, que sabía que estarían, no sé por qué, clavados en mí para atravesarme de parte a parte. Sin atreverme a alzar la vista, dije: "¿Quién es usted?".

»Y él respondió: "¡El que te salvará!".

»"¿Es usted un labriego de la zona?", pregunté, sin saber qué otra cosa decir.

»"Mira y verás", respondió.

»Me pareció que estaba conteniendo una risa al decir esto. Entonces, aunque no deseaba hacerlo, a pesar de mis esfuerzos para evitarlo, me volví por completo hacia él: lo hice, insisto, en contra de mi voluntad, mientras intentaba darle la espalda con todas mis fuerzas. ¿Olvidaré alguna vez sus ojos? ¿Olvidaré alguna vez aquella diabólica mirada? Nunca, aunque viva mil años. Era un hombre muy alto, delgado y de mediana edad, vestido por completo de negro, desde la chistera de castor, en la que reparé que no caía ni un solo copo de nieve, hasta lo que podía ver de sus extremidades inferiores. Valoré su apariencia en un segundo y, mientras lo miraba, me sonrió con una amabilidad absoluta. No me atrevía a hablar. No podía hablar. Fue él quien rompió el silencio, preguntándome con una voz muy profunda y musical si parecía un labriego. Reconocí que no existía ni el más mínimo parecido, aunque deseaba en lo más profundo de mi corazón que lo hubiera. No piensen que estaba asustado, pues no lo estaba. El lugar, la hora, la soledad y su repentina aparición suponían una suerte de hechizo para mí, y lo único que necesité fue dedicar todas las fuerzas que me restaban para reunir el valor de pedirle que me indicara el camino a casa.

»"Será un placer", me dijo.

»Le agradecí la amabilidad y nos pusimos en marcha. Era sumamente afable, hasta me contaba historias chistosas para suavizar el arduo camino; estaba tan atento a mi comodidad, era tan persistente en sus esfuerzos por complacerme, además de educado y caballeroso, que gradualmente empecé a mirarlo con menos desagrado y, antes de alcanzar el cruce de caminos, estábamos ya intercambiando direcciones… verbalmente, claro está. Habíamos comentado las diversas formas que tienen los hombres de entretenerse y confesé mi debilidad por las cartas. Me insistió en que para él eran el mayor de los placeres. Finalmente llegamos al peculiar poste que hay en la encrucijada y cuyos largos brazos señalan en todas direcciones de un modo de lo más confuso. Desde aquel punto mi camino estaba claro. "Es hora de desearle buenas noches", me dije. Y eso hice, extendiendo una mano y diciendo: "Mil gracias por su oportuna asistencia. Que tenga buen viaje…, y adiós".

»No pareció percatarse de mi mano tendida; me miraba a la cara con ojos fascinantes, exactamente igual que una serpiente que trata de inmovilizar a su presa.

En este punto los presentes soltaron tantos gritos de sorpresa y miedo que el narrador se vio obligado a detenerse y esperar a que recuperaran la calma.

—«Tal vez no nos volvamos a ver», añadí, aunque por qué proferí estas palabras es para mí un misterio. Era consciente de que invitaban a la conversación; podría haberme arrancado la lengua de rabia por semejante imprudencia.

»"Oh", respondió, "nos veremos con seguridad una vez más… donde no habrá nieve ni hielo, viento ni lluvia".

»Ofrecí la mano por segunda vez, pensando que tal vez no la hubiera visto antes en la oscuridad de la noche, y repetí los agradecimientos y las despedidas.

»"¿De verdad quiere agradecerme la pequeña ayuda que haya podido prestarle?", me preguntó.

»Le respondí: "Si está en mis manos…".

»"Es lo más sencillo del mundo", contestó.

»"¿De qué se trata?", quise saber.

»"¿Ve ese hito?", dijo señalando un montículo blanco.

»"Algo veo", fue mi respuesta.

»"Es un hito". Con estas palabras limpió la nieve y quedó al descubierto la losa plana alargada que había debajo.

»"¿Y bien?", dije.

»"Puede agradecérmelo sentándose frente a mí en esta piedra y apaciguando un anhelo…, un hambre que me tortura."

»Llegados a este punto, como tal vez supondrán, la sospecha se había apoderado de mí y, con la seguridad de que había caído en manos de un salteador de caminos cuyo perverso objetivo era asesinarme para hacerse con mi dinero y mis joyas, decidí actuar con gran circunspección: complacer todos sus antojos hasta que se presentara una oportunidad apropiada para la huida. Por consiguiente, me senté en un extremo de la losa húmeda y le dije con una voz que me esforcé en que fuera alegre: "¡Aquí estoy!". Sus lúgubres palabras, "apaciguar un anhelo, un hambre", me impedían toda forma de júbilo: temía que me devorara vivo. Intenté ser lo más positivo posible y me dije que era mejor y más viril morir luchando que sentarme y resignarme tranquilamente a acabar metamorfoseado en la cena tardía del caballero de negro. Y con esta idea, busqué a tientas mi navaja, mi único medio de defensa. Abrí la hoja más larga y me dispuse a esperarlo. Han de recordar, queridos amigos, que pensé todo esto en un segundo, mientras él se acercaba al hito, en el que terminó por aposentar su negra figura. Apreté los dientes y la empuñadura de la navaja, listo para la pelea que, estaba seguro, se desencadenaría. Sin embargo, para mi sorpresa, él sacó del bolsillo trasero una baraja de cartas, las dispuso entre nosotros sobre la losa, y dijo: "Jugaremos unas cuantas partidas al cuarenta y cinco, a un soberano de oro la partida, antes de despedirnos".

»"¿Este es el anhelo del que hablaba, el hambre que tenía que satisfacer?", le pregunté en un estado de perplejidad que casi me impedía articular palabra.

»Respondió lentamente: "Esta es la primera herramienta con la que cavé mi propia ruina. Desde el principio de mi existencia he anhelado apropiarme de cuanto pertenece a otros. El espíritu del juego es parte de mí. Ha crecido conmigo y ganado fuerza con los años hasta llegar a ser hoy lo único por lo que vivo. Empecé a una edad temprana, apostando con otro a que la nube más oscura de las dos que surcaban el cielo desaparecería antes que la más clara. Ganó aquel con el que aposté. Entonces, para recuperar lo que había perdido, doblé la apuesta… Ya no recuerdo a qué apostamos. Volví a perder. Seguí duplicando y triplicando los envites, alternando pérdidas y ganancias, hasta que finalmente terminé arruinado. Entonces sí que caí en la desesperación. Desde ese momento entregué toda mi inteligencia a idear ardides con los que recuperar mis pérdidas. Pedí prestado, mendigué, hice de todo para asegurarme los medios necesarios con los que jugar. Desde entonces así he seguido, viviendo a veces con mucho lujo, a veces en la penuria más espantosa; ahora paladeando un generoso vino, de nuevo con la garganta seca por falta de agua limpia; ¡hoy el invitado de príncipes y lores, mañana el compañero de inmundos mendigos! Pero ¿qué hago perdiendo el tiempo? ¿Para qué le cuento todo esto? Baste decir que anoche tuve suerte. Tengo dinero. En nuestro camino ha confesado su entusiasmo por las cartas. Venga, ¡juguemos!".

»Estas fueron sus palabras, tal y como soy capaz de recordarlas. Quizá se rían de mí cuando les diga que, una vez hubo terminado de hablar, se apoderó de mí el deseo de jugar y hacerme con el dinero que había mencionado. Y allí, en aquel húmedo hito, en la oscura noche, entre los rugidos de la tormenta, empecé a jugar al cuarenta y cinco por un soberano la partida, y mi rival mostró toda la despreocupación y la cortesía que observamos cuando damas y caballeros juegan al *bridge* en el acogedor rincón de un salón bien iluminado. Busqué a tientas el mazo de naipes y corté. Él repartió. Tomé mis cinco cartas.

»"Caballero, no veo lo que tengo en las manos. Está demasiado oscuro", protesté.

»"Un momento", respondió. Introdujo una mano en el misterioso bolsillo negro y poco después oí un tamborileo como de hierro.

—¡Que Dios nos pille confesados! —exclamaron los invitados en el salón de Andy Sweeny.

—Después —prosiguió el joven— oí un rasguido, una luz chisporroteó y silbó y, antes de que pudiera entender qué estaba haciendo, un farolillo encendido arrojaba un amplio haz de luz sobre la losa y se extendía unos cuantos metros alrededor hasta fundirse con la negrura de la noche. Mi asombro fue solo momentáneo. Mi naturaleza parecía haberse visto sometida a un cambio llamativo, pues no pensaba en nada, lo había olvidado todo: el sufrimiento previo, el desolado lugar en el que nos encontrábamos, la hora de la noche, el frío que hasta hacía apenas un instante me convertía los dedos en piedra, mi misterioso acompañante…, todo salvo la existencia de un pequeño montoncito de oro junto al desconocido, la presencia de dos soberanos en mitad de la losa, y que tenía que jugar y ganar. Me impuse en la primera partida;

en la segunda también. En la tercera resulté victorioso. La suerte siguió de mi parte y logré transferir rápidamente el montoncito de oro a mi lado de la piedra. Hasta ese momento no habíamos abierto la boca, pero cuando me hube apropiado de casi todas sus monedas, comentó: "Juega con mucha inteligencia".

»"Gracias, señor", respondí.

»Seguimos jugando en silencio. Mi suerte estaba cambiando. Perdí una y otra vez, y tras varias manos consiguió devolver el oro a su rincón, junto con cinco libras de las mías. Me enojé y propuse que subiéramos la apuesta y jugáramos por dos libras la mano. Se mostró conforme. Perdí otras cinco partidas. Entonces dije que sería mejor jugar a seis libras la mano. Seguía sin tener suerte: aquel tipo continuó arrastrando mi dinero a su lado hasta que la última pieza de oro acabó en su montón. Entonces jugamos por media corona, luego por un chelín y después por seis peniques, y finalmente solo me quedaron unos cuantos peniques para jugar. Se repartieron las cartas. Ávido, las tomé con la esperanza de tener una mano mejor. Pero, ay, ¡fue en vano! ¡Me ganó! Hasta el último penique de las doscientas libras que llevaba había desaparecido. Me vi obligado a decirle que no podía seguir jugando.

»"¡Bueno, hombre! ¡La noche es joven!", exclamó.

»Respondí desanimado: "Sí, pero he perdido el último penique. No me queda nada".

»"En ese caso, le diré lo que haremos", me dijo. "Soy cualquier cosa menos un mal hombre, así que le voy a ofrecer la oportunidad de recuperar su dinero."

»"¿Sí?", exclamé maravillado.

»"Sí", contestó. "Le propongo apostar todo lo que tengo aquí…", empujó en ese momento las brillantes monedas, extrajo un saquito de su bolsillo negro, vació su dorado contenido en la losa y añadió: "y todo lo que tengo aquí, a que resultaré vencedor en dos partidas de tres".

»"Es muy magnánimo", repuse, ansioso por oír las condiciones. "Pero no me queda absolutamente nada."

»"Tiene su palabra."

»"¿Qué quiere decir?", exclamé.

»"Quiero decir que, si compromete su palabra de servirme a partir de ahora en cualquier momento en el que pueda requerirlo, apostaré mi oro contra su palabra. Si pierdo, el oro es suyo, todos y cada uno de los brillantes soberanos, y puede recuperar también la palabra comprometida."

»Conforme hablaba, se inclinó, tomó el oro y dejó caer las monedas entre sus dedos en un torrente reluciente y ruidoso. No me paré a valorar el significado de su espantosa proposición. Era oro lo que necesitaba, no por el oro en sí, no por avaricia, sencillamente porque estaba sediento de juego.

»"Es una ganga", dije.

»"En ese caso, repita estas palabras conmigo", me ordenó. "Juro…" Me dictó y yo repetí palabra por palabra hasta el final: "Juro servir a este hombre desde esta hora hasta el fin de los tiempos, renunciar a cualquier otro amo y servirlo con lealtad y debidamente en todo cuanto pueda ordenar".

»Apenas logré esperar a que terminara, deseoso como estaba de reanudar el juego. Nos sentamos una vez más en el hito; volvimos a repartir las cartas y dio inicio la partida más extraña que jamás hayan jugado dos hombres. Gané la primera mano. Repartimos por segunda vez. Ganó él. Una partida para cada uno. Entonces me preparé para la última, para la gran batalla. La victoria significaría riqueza y libertad; la derrota no sé qué supondría. Me ardía la cabeza, me temblaban de tal manera las manos cuando fui a tomar las cartas que me había repartido, las cartas que tendrían que decidir a mi favor o en mi contra, que se me resbalaron de los temblorosos dedos y cayeron a mis pies sobre la nieve.

En este momento el orador vaciló y pareció reacio a continuar.

—Mis queridos amigos, justo cuando mis dedos se disponían a cerrarse sobre las cartas, mis ojos vieron algo que hizo que la sangre se me helara como la nieve del suelo, algo que me privó de la capacidad de moverme, de hablar: me quedé petrificado, mirándolo fijamente como una estatua. Piensen en estar solos con ese hombre en mitad de la nieve, lejos de toda ayuda, en un lugar que parece abandonado por el Creador, y estremézcanse solo con imaginar lo que yo vi… ¡de aquella criatura!

El forastero temblaba incluso entonces, incluso sentado entre los invitados de Andy, en el alegre salón de Andy. Pero desde luego que no podremos tildarlo de cobarde, pues sabemos que en este punto de su relato los aldeanos volvieron la cabeza y lanzaron muchas miradas incómodas hacia la puerta, a la vez que se acercaban todavía más al fuego.

—Les decía que me había quedado clavado en mi asiento. ¡Cómo no! Delante de mí, a la enfermiza luz del farol que la iluminaba de pleno, había… ¡una pezuña partida!

—¡Una pezuña partida! ¡El demonio! —gritaron todos.

—Pensé que estaba soñando y cerré los ojos. Pero no, pues cuando los abrí, ¡allí seguía la maldita pezuña!

—¡El Señor se apiade de nosotros!

—Entonces el horror del pacto que había cerrado se me presentó con una fuerza terrible. Estaba trocando mi alma por oro. ¡Ahora veo que la Providencia velaba por mí, pues la idea de lo que estaba haciendo me hizo levantarme de un salto con un grito de auxilio y salir huyendo con pies de vendaval, con pies alados por el miedo! Esperaba sentir de un momento a otro su mano en mi hombro, verme arrastrado de vuelta a esa infernal partida de cartas en la que mi alma acabaría entregada… a la criatura de negro. Ustedes debieron de oír mis gritos, porque mientras corría, vi… ¡Y cuánto se lo agradecí a Dios! ¡Vi un haz de gloriosa luz emerger en la negrura! La claridad renovó el valor de mi corazón y la fuerza de mis extremidades. Después ya no recuerdo nada. Supongo que perdí el conocimiento. El resto ya lo saben ustedes, y créanme si les digo que no olvidaré fácilmente su veloz asistencia y su sincera compasión. He terminado.

Con la aventura del forastero y hasta el último de sus espantosos detalles frescos en la memoria de todo hombre, mujer y niño allí presente, la mera idea de abandonar aquel techo acogedor era estremecedora, de modo que la maternal señora Sweeny encontró un lugar para que descansaran todas las mujeres y los niños, mientras que los hombres durmieron en improvisadas camas hechas con sillas, mesas…, aunque la mayor parte se tumbó en el suelo delante de la chimenea. El forastero se retiró poco después de haber concluido su historia y no tardó mucho el hogar de los Sweeny en sumirse en el sueño y los ronquidos.

Querido lector:

Si duda de alguna parte de esta narración, puede visitar a la señora Sweeny y oírla de sus labios. Pregunte a cualquiera en Derry Goland, en el condado irlandés de King, dónde está la casa de Andy Sweeny: sin duda la encontrará.

Hubo algunos cínicos que afirmaron que el joven había estado bebiendo copiosamente en casa del señor Goodfellow y había perdido una considerable cantidad a las cartas, que salió de allí en un estado de afectación emocional, se paró a descansar en el hito y soñó con el hombre de negro, pero que el único fuego eterno en que pudo haber ardido fue el de su propio estómago. Sin embargo, la señora Sweeny y la mayoría de sus invitados defienden que el caballero no podría haber relatado su aventura ni haberla descrito tan gráficamente de haber estado intoxicado. Yo no opino. Que cada lector interprete lo que le plazca.

El barrendero
Muriel Spark

Publicado por primera vez en
The London Mystery Magazine, número 31
· 1956 ·

Muriel Spark

1918-2006

Muriel Sarah Spark (de soltera Camberg; 1918-2006) fue una célebre escritora, conocida por novelas como La plenitud de la señorita Brodie *(1961)*, El asiento del conductor *(1970) y* Muy lejos de Kensington *(1988). Nació en Edimburgo, y más tarde viviría en Zimbabue (por aquel entonces Rodesia del Sur), en el distrito de Camberwell al sur de Londres y en Nueva York, antes de asentarse definitivamente en Italia. La mayoría de sus relatos de fantasmas los escribió a finales de los años cincuenta. Se había convertido al catolicismo en 1954 y, según diría más tarde, creía que eso le había dado la confianza necesaria para empezar a escribir novelas (su primera,* Las voces, *se publicó en 1957). Según Penelope Fitzgerald, contemporánea suya, Spark «explicaba que hasta que se convirtió al catolicismo [...] no fue capaz de percibir la existencia humana como un todo, como deben hacer los novelistas».*

«El barrendero» es un relato extraño e inusitado, en el que aborda temas como la identidad y la salud mental a través de una narración con tintes surrealistas. Es posible que a Spark le sirvieran de inspiración las alucinaciones que había sufrido unos años atrás debido a una sobredosis de pastillas de anfetaminas para adelgazar, así como la depresión que acompañó a su proceso de recuperación.

—Tanya Kirk

Detrás del ayuntamiento hay una arboleda que, a finales de noviembre, comienza a atraer una neblina azulada; por lo general, el parque flota en esa bruma hasta mediados de febrero. Paso por allí todos los días y veo a Johnnie Geddes inmerso en esa niebla barriendo las hojas. De vez en cuando se detiene, yergue su alargada cabeza y mira indignado el montón de hojas como si no debiera estar ahí; después sigue barriendo. La profesión de barrendero la aprendió durante los años que pasó en el manicomio: era el trabajo que siempre le mandaban hacer y, cuando salió, el Ayuntamiento lo puso a cargo de las hojas. Pero ese movimiento indignado de cabeza le sale solo: es un hábito suyo desde que fuera el graduado más fervoroso, prometedor y locuaz de su generación. Parece mucho mayor de lo que es, pues no hace ni veinte años desde que Johnnie fundó la Sociedad para la Abolición de la Navidad.

Johnnie estaba viviendo con su tía por aquel entonces. Yo era estudiante y, durante las vacaciones de Navidad, la señorita Geddes me dio un panfleto que había escrito su sobrino, *Cómo hacerse rico en Navidad*. Sonaba bien, pero resulta que la forma de hacerse rico en Navidad es mandar a paseo la Navidad, y el panfleto de Johnnie no divagaba más allá.

Pero ese solo fue su primer intento. En los tres años siguientes, fundó la sociedad de abolicionistas. Su nuevo libro, *Prohíban la Navidad o moriremos todos,* estaba muy solicitado en la biblioteca pública, y por fin llegó mi turno. Esta vez, Johnnie resultó muy convincente: la mayoría de los lectores estaban completamente de acuerdo con él hasta que cerraban el libro. Yo conseguí un ejemplar de segunda mano por seis peniques el otro día y, pese al tiempo que ha pasado, todavía prueba de forma concluyente que la Navidad es un crimen nacional. Johnnie demuestra que cada unidad humana de este reino se enfrenta a una muerte segura por inanición en un periodo inversamente proporcional a la medida en que una de cada seis unidades industrio-productivas —para usar sus palabras— deje de producir juguetes para llenar los calcetines de las unidades educativo-receptoras. Cita unas estadísticas escalofriantes para demostrar que el 1,024% del tiempo que se pierde cada Navidad en compras alocadas y en visitas irreflexivas a la iglesia nos acerca cinco años al colapso de la nación. Algunos lectores opusieron resistencia, pero Johnnie logró demoler sus confusos argumentos, y la Sociedad para la Abolición de la Navidad fue sumando adeptos. Sin embargo, Johnnie estaba preocupado. No solo tuvo la Navidad ese año tanto éxito como de costumbre a lo largo y ancho del reino, sino que llegó a sus oídos que muchos de los miembros de la sociedad habían violado el Voto de Abstención.

Dirigió entonces sus ataques a la mismísima raíz de la Navidad. Dejó su trabajo en la Junta de Abastecimiento y Saneamiento, renunció a su carrera profesional y, con la financiación de algunos mecenas, se retiró dos años a estudiar los orígenes de la Navidad. Hasta que un día, pletórico, Johnnie presentó su siguiente y último libro, en el que demostraba que la Navidad era un invento de los Santos Padres para tener contentos a los paganos, o que se la inventaron los paganos para aplacar a los Santos Padres, ya no me acuerdo bien. Desoyendo los consejos de sus amigos, Johnnie lo tituló *Navidad y cristianismo*. Se vendieron dieciocho ejemplares. Johnnie nunca llegó a recuperarse; además, por aquel entonces la joven con la que estaba prometido, una ferviente abolicionista, le envió un jersey que había tejido ella misma por Navidad. Él se lo envió de vuelta, junto con una copia de las normas de la Sociedad, y ella le envió de vuelta su anillo. En cualquier caso, en la ausencia de Johnnie, la Sociedad se había visto debilitada por una facción moderada. Los moderados acabaron volviéndose más moderados, y todo se fue al garete.

Poco después yo me mudé a otro distrito y no volví a ver a Johnnie en varios años. Un domingo de verano por la tarde andaba paseando sin rumbo entre los grupos de personas reunidas en torno a los oradores de Hyde Park. Un grupo pequeño rodeaba a un hombre con una pancarta que rezaba «Cruzada contra la Navidad». Su voz daba miedo, resonaba con más fuerza de lo normal. Era Johnnie. Alguno de los allí presentes me dijo que Johnnie iba todos los domingos, que se ponía muy violento con el tema de la Navidad, que no tardarían en detenerlo por lenguaje obsceno. Según leí en el periódico, no tardaron en detenerlo por lenguaje obsceno. Y un par de meses después oí que el pobre había ingresado en un psiquiátrico, porque se le había metido la Navidad en la cabeza y no podía dejar de vociferar lo que pensaba de ella.

Después de ese episodio me olvidé de Johnnie hasta hace tres años, en diciembre, cuando me vine a vivir cerca del pueblo donde él había pasado su juventud. La tarde del día de Nochebuena estaba paseando con un amigo, fijándome en qué había cambiado en mi ausencia y qué no. Pasamos por una casa larga, enorme, donde en su día hubo un famoso arsenal, y vi que la verja de hierro estaba abierta de par en par.

—Esto antes lo cerraban —dije.

—Ahora es un manicomio —explicó mi amigo—. Permiten que los pacientes leves salgan a trabajar en los jardines, y dejan la verja abierta para que se sientan más libres. Pero dentro lo cierran todo con llave. Todas y cada una de las puertas. Y el ascensor también.

Mientras mi amigo parloteaba, me detuve en la entrada y observé los jardines. Justo detrás de la verja se alzaba un enorme olmo.

Allí vi a un hombre con pantalones de pana marrón barriendo las hojas. El pobre estaba gritando no sé qué de la Navidad.

—Ese es Johnnie Geddes —dije—. ¿Lleva aquí todos estos años?

—Sí —dijo mi amigo mientras retomábamos nuestro paseo—. Creo que empeora en esta época del año.

—¿Lo visita su tía?

—Sí. A él y a nadie más.

De hecho, nos estábamos acercando a la casa donde vivía la señorita Geddes, y sugerí que pasáramos a verla. La conocía bien.

—Ni soñarlo —dijo mi amigo.

Yo decidí entrar de todas formas, y mi amigo siguió andando en dirección al centro.

La señorita Geddes había cambiado, más que el pueblo. Antes era una mujer solemne y tranquila, pero ahora se movía rápidamente de un lado para otro, disparando sonrisas breves y nerviosas. Me condujo a la sala de estar y, mientras abría la puerta, alzó la voz para dirigirse a alguien que estaba dentro.

—¡Johnnie, mira quién ha venido a vernos!

Un hombre vestido con un traje oscuro estaba de pie en una silla colgando muérdago de un cuadro. Bajó de un salto.

—Feliz Navidad —dijo—. Una feliz y próspera Navidad, sí señor. Espero que os quedéis a tomar el té, porque tenemos tarta de Navidad, y en esta época de buena voluntad me haría ilusión que vierais lo bonitos que han quedado los adornos: «Feliz Navidad» en glaseado granate, y un petirrojo, y…

—Johnnie —dijo la señorita Geddes—, que se te olvidan los villancicos.

—Los villancicos —repitió él.

Tomó un disco de gramófono de un montón y lo puso. Era «The Holly and the Ivy».

—Es «The Holly and the Ivy» —dijo la señorita Geddes—. ¿No puedes poner otro? Llevamos con este toda la mañana.

—Es sublime —replicó él, sonriendo desde su silla y alzando la mano para pedir silencio.

Mientras la señorita Geddes iba a por el té y él seguía absorto en su villancico, me quedé mirándolo. Se parecía tanto a Johnnie que si yo no acabara de ver al pobre hombre hacía un momento, barriendo hojas en el manicomio, habría pensado que de verdad era él. La señorita Geddes volvió con la bandeja, y cuando él se levantó para cambiar el disco dijo algo que me sorprendió:

—Te vi entre la gente el domingo aquel cuando estaba dando mi discurso en Hyde Park.

—¡Qué memoria tienes! —dijo la señorita Geddes.

—Debe de hacer diez años —dijo él.

—Mi sobrino ha cambiado de opinión sobre la Navidad —explicó ella—. Ahora siempre vuelve a casa por Navidad, y nos lo pasamos muy bien. ¿A que sí, Johnnie?

—¡Desde luego! —respondió él—. Ah, permitidme que corte la tarta.

Estaba muy emocionado con la tarta. Con una floritura hundió un cuchillo grande en uno de los lados. Se le resbaló y vi que se había hecho un corte profundo en el dedo. La señorita Geddes no se movió. Él apartó el dedo de un tirón y siguió cortando la tarta.

—¿No te sangra? —pregunté.

Levantó la mano. Se veía el tajo, pero no había ni rastro de sangre. Deliberada y quizá desesperadamente, me giré hacia la señorita Geddes.

—Esa casa que hay calle arriba —dije— ahora es un psiquiátrico. He pasado por delante esta tarde.

—Johnnie —dijo la señorita Geddes con el tono de quien sabe que se han acabado las tonterías—, trae las tartaletas.

Él obedeció, silbando un villancico.

—Has pasado por el manicomio. —La señorita Geddes sonaba cansada.

—Sí —respondí.

—Y has visto a Johnnie barriendo las hojas.

—Sí.

Seguíamos oyendo el villancico silbado.

—¿Quién es ese? —pregunté.

—El fantasma de Johnnie —dijo ella—. Viene a casa todas las Navidades. Pero no me gusta. No puedo soportarlo más, me voy mañana mismo. No quiero al fantasma de Johnnie, quiero al Johnnie de carne y hueso.

Me estremecí de pensar en ese dedo cortado que no sangraba. Y me fui, antes de que el fantasma de Johnnie regresara con las tartaletas.

Al día siguiente, como tenía previsto visitar a una familia que vivía en el pueblo, me puse en marcha alrededor del mediodía. Había un poco de niebla, por lo que al principio no vi al hombre que se me acercaba; solo atisbaba a alguien que me saludaba con el brazo. Era el fantasma de Johnnie.

—¡Feliz Navidad! —exclamó el fantasma de Johnnie—. ¿Qué te parece? Resulta que mi tía se ha ido a Londres. Fíjate, el día de Navidad, yo que pensaba que había ido a la iglesia, y ahora no tengo con quién pasar la dulce Navidad y, claro, la perdono, que en esta época hay que saber perdonar, pero me alegro de verte, porque ahora puedo ir contigo adondequiera que vayas, y podemos pasar todos una feliz…

—Vete —le dije, y seguí andando.

Suena brusco. Pero quizá no os hagáis una idea de lo repugnante y odioso que resulta el fantasma de un hombre vivo. Los fantasmas de los muertos tienen un pase, pero el fantasma de Johnnie el loco me ponía los pelos de punta.

—Lárgate —dije.

Siguió andando a mi lado.

—Como en esta época hay que saber perdonar, voy a pasar por alto ese tono —replicó—. Pero voy contigo.

Habíamos alcanzado la verja del manicomio y, allá en los jardines, vi a Johnnie barriendo las hojas. Supongo que era su forma de hacer huelga, trabajar el día de Navidad. Estaba despotricando como de costumbre.

De repente, se me ocurrió decirle al fantasma de Johnnie:
—¿Quieres compañía?
—Por supuesto —respondió—. En esta época hay que...
—Pues la tendrás —le dije.
Me detuve ante la verja.
—¡Johnnieee! —llamé.
Él levantó la vista.
—Te he traído a tu fantasma de visita, Johnnie.
—Pero bueno —dijo Johnnie, acercándose para saludar a su fantasma—, ¡qué sorpresa!
—Feliz Navidad —dijo el fantasma de Johnnie.
—¿Seguro? —dijo Johnnie.
Los dejé a lo suyo. Y cuando miré atrás, preguntándome si llegarían a las manos, vi que el fantasma de Johnnie también se había puesto a barrer las hojas. Me pareció que estaban discutiendo a la vez. Pero aún había niebla, y en realidad no sabría decir si, cuando miré por segunda vez, vi a dos hombres o a uno solo barriendo las hojas.

Johnnie empezó a mejorar con el Año Nuevo. Al menos dejó de despotricar de la Navidad, y después dejó de mencionarla por completo; al cabo de unos meses, cuando ya casi no decía nada, lo dejaron marcharse.

El Ayuntamiento le ha encargado barrer las hojas del parque. Rara vez habla, y no reconoce a nadie. A finales de año lo veo todos los días, trabajando entre la niebla. A veces, si se levanta viento, alza la cabeza de golpe para observar caer un puñado de hojas a sus espaldas, como si le sorprendiera que efectivamente estén ahí, cuando no cabe duda de que la caída de las hojas debería estar prohibida.

La aparición de la estrella
Robert Aickman

Publicado por primera vez en
Powers of Darkness: Macabre Stories
· 1966 ·

Robert Fordyce Aickman

1914-1981

Robert Fordyce Aickman (1914-1981) es conocido tanto por firmar lo que él denominaba «cuentos de lo extraño» como por sus campañas para la conservación del sistema de canales fluviales de Inglaterra. Era nieto de Richard Marsh, cuya novela de terror, El Escarabajo, superó en ventas al Drácula de Bram Stoker en 1897, año de publicación de ambas obras. El Oxford Dictionary of National Biography describe del siguiente modo los peculiares cimientos de los primeros años de Aickman:

> Richard Marsh conoció a William Arthur Aickman en los aseos de caballeros de un gran hotel en la localidad costera de Eastbourne en la primera década del siglo XX y pronto lo animó a contraer matrimonio con su hija pequeña, treinta años más joven que William. Tanto el matrimonio como la infancia de Aickman, fueron, como era de esperar, infelices.

En 1951, mientras trabajaba de agente literario en el barrio londinense de Bloomsbury, Aickman escribió una colección de cuentos de fantasmas llamada We Are for the Dark (Aickman firma tres y la novelista Elizabeth Jane Howard otros tres). Terminó convirtiéndose en un prolífico escritor del género y publicó once colecciones de sus propios relatos, que se caracterizan por una extrañeza pesadillesca extremadamente perturbadora. El presente relato, que bebe de su gran interés y entusiasmo por el teatro, es uno de los escasos textos de temática navideña que escribió.

—Tanya Kirk

La primera vez que Colvin, que nunca había frecuentado el teatro, oyó hablar de la gran actriz Arabella Rokeby fue una noche en la que pasó por delante del Hippodrome y Malnik, el agente de la compañía Tabard Players, lo invitó a pasar a su oficina.

De no haber recibido una beca (descaradamente escasa dados los precios del momento) con la que redactar, cotejar y, básicamente, rascar de aquí y allá para componer un libro sobre la industria británica —en tiempos floreciente— de la minería del plomo y la plombagina, es probable que Colvin nunca hubiera puesto sus ojos en esta lúgubre ciudad. Acabada la cena (aquel día fue ensalada de sardina y patatas fritas), había salido del hotel Emancipation, donde se alojaba, para dar su habitual paseo vespertino. En quince o veinte minutos podía dejar atrás las luces de gas, las baldosas de granito y los halos que rodeaban los pozos (la minería del plomo y la plombagina había sido reemplazada tiempo atrás por la del carbón como principal industria de la ciudad). Nadie más había cenado en el hotel, y la señora Royd había dejado claro que las molestias que estaba causando no pasaban desapercibidas.

Afuera soplaba el viento y llovía, de modo que la calle Palmerston estaba casi desierta. El Hippodrome (bautizado Gran Teatro de la Ópera cuando se construyó) se alzaba en la esquina de la calle

Palmerston y la plaza de Aberdeen. Inmenso, recargado, producto de la aspiración incumplida a que la ciudad creciera en tamaño y devoción a las musas, había pasado años olvidado y en desuso. Cuando Colvin lo vio por primera vez, de sus paredes pendían restos de cartelería como si fueran harapos: «Noches en el harén. ¡Alegres! ¡Brillantes! ¡¡¡Seductoras!!!». Sin embargo, unas cuantas semanas antes de aquella tarde, el Hippodrome había reabierto para dar paso a la compañía teatral Tabard Players («En asociación con el Consejo para las Artes») y con ella al público, o eso esperaban. La Tabard Players ofrecía un tipo de entretenimiento más sobrio: una obra nueva y respetable cada semana, por lo general una comedia ligera o una tragedia de ladrones y pillos propia del West End londinense, aunque en una ocasión llegaron a representar *Everyman*.[1] Malnik, su agente, un hombre calvo aunque más bien joven, era una autoridad en el teatro británico decimonónico, sobre el que había escrito un libro inmenso, rebosante de detalles cuidadosamente contrastados. Colvin lo había conocido una noche en la taberna del hotel Emancipation y, aunque ninguno sabía nada de la especialidad del otro, habían intercambiado salvavidas culturales en el océano de apatía e intereses incomprensibles que los rodeaba. Malnik se alojaba con el cariacontecido párroco, que alquilaba habitaciones.

Aquella noche, después de ver abrirse el telón del primer acto, Malnik había salido a tomar el aire. Había una cosa que necesitaba contarle a alguien y, mientras observaba la lluviosa e indiferente ciudad, dio la feliz casualidad de que Colvin apareció por allí. Un instante después estaban en la oficina, espaciosa pero mal conservada, del agente.

—Mire —dijo Malnik.

Revolvió una montaña de papeles de su escritorio y entregó a Colvin una fotografía. Estaba amarillenta y tenía las esquinas

---

[1]. De autor desconocido, *The Somonyng of Everyman* es una obra medieval de carácter religioso que gira en torno a la salvación del hombre común.

rotas. El sujeto era un joven de mirada salvaje, con mucho cabello oscuro y rizado y una cara anodina. Vestía un cuello postizo alto y rígido y una pajarita al estilo de Chopin.

—John Nethers —dijo Malnik. Cuando en el rostro de Colvin no brilló la luz del éxtasis, añadió—: Autor de *Cornelia*.

—Lo siento —se disculpó Colvin sacudiendo la cabeza.

—John Nethers era el hijo de un farmacéutico de esta ciudad. Algunos libros dicen que era minero, pero no es así. Era hijo de un farmacéutico. Se suicidó a los veintidós años. Pero antes de eso he documentado que escribió al menos seis obras. *Cornelia*, que es la mejor de todas, es una de las grandes obras del siglo XIX.

—¿Por qué se suicidó?

—Lo lleva en los ojos. Puede usted verlo. *Cornelia* se estrenó en Londres con Arabella Rokeby. Pero nunca aquí. Nunca en la ciudad natal del autor. He estado investigando todo esto al detalle. Vamos a representar *Cornelia* esta Navidad.

—¿No perderán dinero? —preguntó Colvin.

—Estamos perdiendo dinero siempre, amigo. Por supuesto que lo perdemos. Así que, ya puestos, podemos hacer algo por lo que nos recuerden.

Colvin asintió. Empezaba a ver que la vida de Malnik era una resuelta batalla por el teatro británico decimonónico y todo lo que conllevaba.

—Además, también voy a hacer *Como gustéis*. De relleno. —Malnik se inclinó y habló al oído a Colvin, que estaba sentado en un inflado sillón de cuero enorme como el de un juez—. Verá, ¡va a venir Arabella Rokeby!

—Pero ¿cuánto tiempo hace que…?

—Mejor no ser muy específico con esto. Dicen que con Arabella Rokeby no importa. Puede sacarlo adelante. Probablemente, en realidad, no pueda. No del todo. Pero, aun así, piénselo: Arabella Rokeby en *Cornelia*. En mi teatro.

Colvin lo meditó.

—¿La ha visto alguna vez?

—No, nunca. Claro está que ahora no actúa con regularidad. Solo en compromisos especiales. Pero en este negocio hay que arriesgarse y aprovechar la oportunidad. ¡Y menuda oportunidad!

—¿Y ella está dispuesta a venir? En Navidad, quiero decir. —Colvin hizo la aclaración porque no quería parecer grosero.

Malnik transmitía cierta inseguridad.

—Tengo un contrato —dijo. Luego añadió—: Cuando llegue, le va a encantar. Después de todo, ¡es *Cornelia*! Y tiene que saber que el teatro decimonónico es mi especialidad.

Antes había parecido que estaba intentando reafirmarse, pero ahora resplandecía de felicidad.

—Pero... ¿*Como gustéis*? —repuso Colvin, que había hecho de Parragón en el colegio—. Desde luego que de Rosalina no podrá hacer.

—Fue su gran papel. Por suerte, se puede hacer de Rosalina a cualquier edad. Ojalá consiga que el viejo Ludlow haga de Jaime. Pero no lo hará.

Ludlow era el veterano de la compañía.

—¿Por qué no?

—Actuó con Rokeby en los viejos tiempos. Me parece que le da miedo que ella vea que no es el gran referente veterano que debería ser. Es un buen tipo, pero orgulloso. Claro está que puede tener otros motivos. Con Ludlow nunca se sabe.

Cayó el telón del primer acto.

Colvin se marchó y retomó su paseo.

Poco después, Colvin leyó la noticia de la gala de John Nethers en el periódico vespertino local («este poeta olvidado», apostilló muy descriptivamente el periodista) y encontró la confirmación de que la señorita Rokeby los honraría con su presencia («la veterana estrella londinense»). En el mismo número del diario se publicó un editorial que alertaba de la decepción generalizada que causaría la noticia de que el Hippodrome no iba a ofrecer la habitual revista navideña a la que estaban acostumbrados la ciudad y el distrito.

—¿Pero cómo va a quedarse aquí, señor Colvin? —dijo la señora Royd cuando Colvin, pensando que era buena idea advertirla, le enseñó el periódico mientras ella echaba una mano detrás de la barra del bar—. Esto no es el Cumberland. Incordiará al personal.

—Creo que es bastante mayor —respondió Colvin con ánimo tranquilizador.

—Si es mayor, querrá atención especial y eso muchas veces es peor.

—Bueno, dónde se aloje es problema de ella. Y tal vez del señor Malnik.

—A ver, no hay otro sitio en la ciudad donde se pueda quedar, ¿o sí? —replicó, encendida, la señora Royd—. Ahora ya no. Tendrá que apañárselas. Aquí atendimos a comediantes en los buenos tiempos. A enanos una vez. Toda una tropa.

—Estoy seguro de que la harán sentirse muy a gusto.

—No entiendo por qué quiere venir, la verdad. Y menos en Navidad.

—La señorita Rokeby no necesita razones para hacer nada. Le basta con hacerlo. Ya lo entenderá usted, querida, cuando la conozca. —El que hablaba era un hombre muy bajito, aparentemente de edad avanzada, de pelo cano y con un rostro tostado y perspicaz, como mediterráneo. La taberna estaba llena y Colvin no había reparado antes en su presencia, a pesar de que era bastante llamativo, pues vestía un abrigo con cuello de pieles y una bufanda con un gran alfiler negro en el centro.

—No sé si podría yo rogarle que me ofrezca una habitación para unas cuantas noches —prosiguió—. Le aseguro que no daré ningún problema.

—Solo queda la 12 A. No es muy cómoda —respondió la señora Royd con aspereza.

—Tiene que dejar sitio para la señorita Rokeby, por supuesto.

—La 9 es para ella. A pesar de que no se ha puesto en contacto conmigo.

—Creo que necesitará dos habitaciones. Trae acompañante.

—Puedo vaciar el antiguo dormitorio de Greta de la planta de arriba. Si es amiga suya, podría pedirle que me haga saber cuándo va a llegar.

—No es amiga mía —respondió el anciano con una sonrisa—. Pero sigo su carrera.

La señora Royd sacó un gran libro rojo de debajo de la barra.

—¿A qué nombre, por favor?

—Superbus —dijo el vejete. Tenía ojos amarillos e inexpresivos.

—¿Le importa cumplimentar el registro?

El señor Superbus sacó una pluma dorada, larga y gruesa. Su caligrafía era tan curvilínea que parecía meramente decorativa, como un diseño de forja ornamental. Colvin reparó en que el hombrecillo se detenía brevemente en la columna de «domicilio permanente» y luego simplemente escribía (aunque era difícil decirlo con seguridad) lo que parecía ser «África del Norte».

—Si me acompaña... —dijo la señora Royd, mirando con recelo las espirales del recién llegado en el libro de registro. Después, todavía con más recelo, añadió—: ¿Trae equipaje?

El señor Superbus asintió con seriedad:

—Dejé dos maletas fuera.

—Esperemos que sigan ahí. La gente no se anda con miramientos en esta ciudad, ¿sabe?

—Estoy seguro de que siguen ahí —respondió el señor Superbus.

Al mismo tiempo que pronunciaba estas palabras, la puerta se abrió de pronto y un cliente a punto estuvo de darse de bruces contra la barra.

—Disculpe, señora Royd —dijo con una gentileza que, dadas las circunstancias, contradecía las palabras de la dueña del hotel—. Han dejado algo en el escalón.

—Me temo que he sido yo —dijo el señor Superbus—. No sé si... ¿Tiene usted botones?

—El botones ahora trabaja las tardes en el Hippodrome. De tramoyista y cosas así.

—¿Me permite que le ayude? —intervino Colvin.

En el escalón exterior vio lo que parecían ser dos maletas muy grandes. Cuando intentó levantar una, Colvin entendió a lo que se había referido el señor Superbus. Pesaba una barbaridad. Sostuvo abierta la puerta del bar, dejando que entrara una nube de aire frío, y dijo:

—Que alguien me eche una mano.

El cliente que a punto había estado de caer se ofreció, y una corta procesión, liderada por la señora Royd, partió por el pequeño y oscuro pasillo hacia la habitación 12 A. Colvin quedó desconcertado cuando entendió que la 12 A era la habitación del final del pasillo, que no tenía número en la puerta y que, según creía, no había estado ocupada desde su llegada; de hecho, era la habitación que lindaba con la suya.

—Será mejor que las deje en el suelo —dijo Colvin, desestimando el raquítico soporte para maletas.

—Gracias. —El señor Superbus entregó una moneda al hombre que había estado a punto de caerse, con un gesto como el de un ilusionista que hace aparecer algo de pronto.

—Mandaré a Greta para que haga la cama —dijo la señora Royd—. La cena es a las seis.

—¿A las seis? —El señor Superbus levantó delicadamente una ceja—. ¿La cena?

Una vez que la señora Royd y el otro hombre se hubieron marchado, el señor Superbus agarró con fuerza la parte superior del brazo izquierdo de Colvin.

—Dígame —soltó—, ¿está usted enamorado de la señorita Rokeby? Le he oído defenderla ante la impertinencia de nuestra anfitriona.

Colvin se detuvo un momento a pensar.

—¿Por qué no admitirlo? —insistió el señor Superbus, y levantó suavemente la otra ceja. Seguía apretando el brazo de Colvin con excesiva fuerza.

—Nunca he visto a la señorita Rokeby.

El señor Superbus le soltó el brazo.

—Los jóvenes de hoy no tienen imaginación —protestó con un balido como de cabra salvaje.

A Colvin no le sorprendió que el señor Superbus no se presentara a la cena (ternera en conserva y patatas fritas esta vez).

Después de la cena, en lugar de salir a pasear, Colvin escribió a su madre. Pero había poco que contar, de modo que al final de la carta mencionó la llegada del señor Superbus: «Lo rodea una suerte de olor dulce, a flores, como de pradera», terminaba la misiva. «Creo que utiliza perfume.»

Una vez concluida la carta, Colvin se dispuso a intentar esbozar tablas de producción de las minas de plomo y plombagina del siglo anterior. Las divisiones entre los dormitorios eran finas y se preguntó cuáles serían los hábitos nocturnos del señor Superbus.

Pensó en ello cada cierto tiempo hasta que llegó la hora de dormir; y volvió a pensarlo también mientras se vestía a la mañana siguiente y se dirigía al baño para afeitarse. Y es que en todo aquel tiempo no se había oído ruido alguno en la habitación 12 A, a pesar de lo fina que era la partición de contrachapado. Esto ya le parecía curioso antes de oír, durante el desayuno, una conversación de Greta con la señora Royd en la cocina:

—Lo siento muchísimo, señora Royd. Con la multitud que había en el bar, se me olvidó.

A lo que la señora Royd simplemente respondió:

—Pues no sé qué habrá hecho. Difícilmente se las habrá apañado sin sábanas ni mantas. Y estamos en diciembre. ¡¿Por qué no las ha pedido!?

Greta dijo:

—Espero que no le haya pasado nada.

Entonces Colvin dejó sobre la mesa la cuchara de las gachas y se incorporó discretamente al grupo que se disponía a averiguarlo.

La señora Royd llamó varias veces a la puerta de la 12 A, pero no obtuvo respuesta. Cuando abrieron la puerta, la cama estaba tan desnuda como la había visto Colvin la noche anterior y no había ni rastro del señor Superbus salvo sus dos grandes maletas, que seguían en el suelo, una al lado de la otra.

—¿Para qué querrá dejar la ventana tan abierta? —dijo la señora Royd, y la cerró con un golpetazo—. Alguien se va a caer con estas maletas aquí en medio.

Colvin se agachó para arrastrar las pesadas maletas debajo de la cama. El equipaje, sin embargo, se podía ahora mover con un dedo.

Levantó una de las maletas y la sacudió ligeramente. Emitió un ruido apagado de aleteo, como el de un murciélago en una caja. Colvin estuvo a punto de decir algo, pero se contuvo y guardó las maletas en silencio, con la apertura hacia dentro, debajo de la cama sin hacer.

—Prepara la habitación, Greta —dijo la señora Royd—. De nada sirve estar aquí como pasmarotes.

Colvin supuso que no era algo por completo novedoso que los huéspedes del hotel Emancipation se ausentaran de sus habitaciones toda la noche.

Pero después de aquel misterio vino otro. Más tarde, en la taberna, el hombre que había ayudado a trasladar el equipaje del señor Superbus abordó a Colvin.

—Mire esto.

Le mostró, de forma más bien furtiva, algo que tenía en la mano.

Era un soberano de oro.

—Me lo dio anoche.

—¿Puedo verlo?

Había sido acuñado en la época victoriana, pero brillaba como nuevo.

—¿Usted qué conclusiones saca? —preguntó el hombre.

—No muchas —respondió Colvin devolviéndole la hermosa moneda—. Pero, ahora que lo pienso, usted puede sacar unos cuarenta y cinco chelines.

Cuando tuvo lugar este incidente, Colvin iba de camino a pasar tres o cuatro noches en otra localidad en la que se habían explotado en el pasado minas de plomo y plombagina, y donde necesitaba consultar una inestimable colección de registros antiguos que habían ido a parar a la biblioteca pública cuando quebró la principal empresa minera.

Ya de regreso, subió la ladera desde la estación a través de una densa niebla cargada de polvo de carbón y de un humo pegajoso que no parecía contrarrestar en modo alguno el gélido airecillo que helaba los huesos sin apenas molestarse en soplar. Había nevado y en las aceras todavía se veían pequeños archipiélagos de nieve medio derretida que las inmensas botas de los mineros aplastaban con estrépito. La población masculina vestía pesadas bufandas y estaban más callados de lo normal. Muchas de las mujeres llevaban un rebozo sobre la cabeza al modo de sus abuelas.

La señora Royd no estaba en la taberna, y Colvin fue directo a su habitación para ponerse un grueso jersey antes de bajar a cenar. Su única compañía eran dos viajantes, sentados a la misma mesa y separados por una montaña de pan y margarina, sin dirigirse la palabra. Colvin se preguntó qué habría sido del señor Superbus.

Greta entró como siempre con un té muy cargado y un plato de pan y margarina.

—Buenas tardes, señor Colvin. ¿Disfrutó del viaje?

—Sí, gracias, Greta. ¿Qué tenemos de cena?

—Abadejo con patatas fritas. —Greta suspiró profundamente—. Ha llegado la señorita Rokeby... No creo que le apetezca cenar abadejo con patatas fritas, ¿no le parece, señor Colvin?

Colvin levantó la vista, sorprendido. Vio que Greta estaba temblando. Entonces se percató de que llevaba un vestido negro fino, en lugar de su habitual atuendo informal.

Sonrió a la chica y dijo:

—Creo que será mejor que se ponga algo de abrigo. Hace cada vez más frío.

Pero en ese momento se abrió la puerta y entró la señorita Rokeby.

Greta se quedó inmóvil, temblando de la cabeza a los pies, y se limitó a mirarla fijamente. Todo gesto de Greta dejaba claro que aquella era la señorita Rokeby. Pero la situación le trajo a Colvin a la mente el manido cliché «tiene que haber un error».

La mujer que acababa de entrar era muy bajita y menuda. Tenía una cara triangular como de gacela, con ojos muy grandes y oscuros, y una boca que cruzaba el vértice inferior del triángulo y hacía de la barbilla otro triángulo menor. Iba vestida por completo de negro, con un jersey de cuello alto de seda negra y pendientes largos y negros. Su cabello, corto y oscuro, estaba peinado como el de un fauno, y las manos, delgadas y blancas, le colgaban rectas a ambos costados en una postura similar a la de unas estatuillas indias que Colvin recordaba haber visto en algún sitio.

Greta fue hacia ella y retiró una silla. La sentó de espaldas a Colvin.

—Gracias. ¿Qué hay de comer?

Colvin no sabría decir si la señorita Rokeby tenía una voz aguda o grave: era como una campana bajo el mar.

Greta se sonrojó. En lugar de mirar a la señorita Rokeby, se quedó en el otro lado de la sala, ruborizada y temblando. Entonces las lágrimas empezaron a recorrerle las mejillas como una catarata. Se aferró a una silla, soltó un ruido ininteligible y echó a correr hacia la cocina.

La señorita Rokeby se giró parcialmente en la silla y se quedó mirando el lugar por donde había salido Greta. A Colvin le pareció tan afectada como ella. Estaba, sin duda alguna, muy pálida. Podría tener prácticamente dieciocho...

—No le haga caso, por favor. Son los nervios, me parece a mí. —Colvin fue consciente de que su propia voz estaba lejos de transmitir sosiego y que él mismo empezaba a sonrojarse, aunque esperaba que fuera solo un poco.

La señorita Rokeby se había puesto en pie y se agarraba al respaldo de su silla.

—No he dicho nada que haya podido asustarla.

Colvin decidió no andarse por las ramas:

—Greta cree que el menú es indigno de tan distinguida compañía.

—¿Cómo? —La señorita Rokeby se volvió y miró a Colvin. Luego sonrió—. ¿De eso se trata? —Volvió a sentarse—. ¿Qué es? ¿Pescado con patatas?

—Abadejo, sí. —Colvin devolvió la sonrisa, plena ya de confianza.

—Bueno. Pues hala.

La señorita Rokeby hacía que la perspectiva de cenar abadejo sonara prometedora y festiva. Uno de los viajantes ofreció servir al otro una cuarta taza de té. Aquella peculiar crisis había concluido.

Sin embargo, cuando Greta regresó, tenía una expresión rígida y un tanto hostil. Se había puesto una fea chaqueta de punto del color de las natillas.

—Hay abadejo con patatas fritas.

La señorita Rokeby se limitó a inclinar la cabeza, sin perder esa sonrisa encantadora.

Antes de que Colvin hubiera terminado, la señorita Rokeby —con quien había sido difícil mantener la conversación porque la habían sentado de espaldas a él y por la aletargada vigilancia de los viajantes— se levantó, le deseó buenas noches y se marchó.

Colvin no tenía pensado salir de nuevo aquella noche, pero la curiosidad seguía creciendo en su interior y finalmente decidió despejarse con un corto paseo que lo llevaría al Hippodrome. Afuera hacía todavía más frío, la niebla era más densa, las calles estaban más vacías.

Vio que habían transformado la entrada del Hippodrome. Del friso al suelo, las paredes aparecían cubiertas con grandes fotografías. No estaban enmarcadas, sino simplemente montadas en enormes paneles de cartón. Parecían todas del mismo tamaño. Colvin vio de inmediato que eran retratos de la señorita Rokeby.

El vestíbulo estaba tomado por la niebla, pero habían reforzado en gran medida la iluminación interior desde la última visita de Colvin. Aquella noche, el efecto era un relumbre neblinoso. Colvin empezó a analizar las fotografías. Mostraban a la señorita Rokeby con múltiples estilos y variaciones de vestuario y maquillaje, aunque en ningún caso se facilitaba el nombre de la obra o del personaje. En algunas Colvin no entendía ni cómo era capaz de reconocerla. En todas estaba sola. El número de fotografías, la uniformidad de su presentación, las brillantes luces flotantes y la soledad del lugar (la taquilla había cerrado) se combinaron para darle la sensación de estar soñando. Se tapó los ojos con las manos, afectado por la luminosidad y la neblina. Cuando volvió a mirar, era como si todas aquellas señoritas Rokeby hubieran sido dispuestas de tal modo que su mirada convergiera en el lugar donde él se encontraba. Cerró los ojos con fuerza y empezó a moverse a tientas hacia la puerta, hacia la penumbra de la calle. Entonces se oyó un batir de palmas a su espalda, empezó a salir el público de la función nocturna protestando por el mal tiempo, y Malnik llegó diciendo:

—Hola, amigo. Me alegro de verte.

Colvin hizo un gesto vacilante y preguntó:

—¿Todo esto lo ha traído ella?

—Nada de eso, amigo. Millie las encontró cuando vino a abrir.

—¿Y dónde las encontró?

—Tiradas en el suelo, sencillamente. En dos paquetes gigantescos. Habrá sido el representante de Rokeby, supongo, aunque no parecía tener representante. La verdad es que no tengo ni puñetera idea. Apenas he sido capaz de mover uno de los paquetes, de dos ni hablamos.

Colvin sintió una fugaz punzada de miedo, pero solo dijo:

—¿Qué te ha parecido ella?

—Te lo diré cuando llegue.

—Ya ha llegado.

Malnik lo miró boquiabierto.

—Ven conmigo y la verás con tus propios ojos.

Malnik agarró a Colvin del hombro.

—¿Cómo es?

—Podría tener cualquier edad.

Todo aquel tiempo Malnik había estado despidiéndose de clientes, intentando aplacar la indignación del público por haberlo hecho salir a la calle con semejante tiempo.

De pronto, las luces se apagaron y quedó encendido solo un piloto. Iluminaba una fotografía de la señorita Rokeby con un cráneo en la mano.

—Vamos —dijo Malnik—. Cierra tú, Frank, ¿te importa?

—Vas a necesitar un abrigo —le recordó Colvin.

—Déjame tu abrigo, Frank.

Durante el corto y frío trayecto hasta el hotel Emancipation, Malnik habló poco. Colvin supuso que estaría planificando el encuentro que le esperaba. Le preguntó si había oído hablar alguna vez de un tal señor Superbus, pero Malnik respondió que no.

La señora Royd parecía verdaderamente malhumorada. A Colvin le dio la impresión de que había estado bebiendo. Y de que era de esas personas a las que el alcohol no dulcifica, sino que avinagra.

—No tengo a nadie para ir a llamarla —soltó—. Puede subir usted mismo si quiere. El señor Colvin sabe llegar.

La chimenea rugía en la taberna, que, en comparación con el frío que hacía fuera, estaba sobrecalentada.

Delante de la puerta 9, Colvin se contuvo antes de llamar. Se alegró inmediatamente de su decisión, porque dentro había gente hablando en voz muy baja. Colvin había estado recordando toda la tarde la referencia del señor Superbus al «acompañante» de la señorita Rokeby.

Intentó comunicarle la situación mediante gestos a Malnik, que contempló sus esfuerzos con el rechazo del profesional ante el aficionado. Después el agente sacó una libreta, escribió algo y arrancó la página, que coló por debajo de la puerta. Se dispuso entonces a volver con Colvin al bar y esperar una respuesta. Antes de que hubieran dado tres pasos, no obstante, la puerta se abrió y la señorita Rokeby los invitó a pasar.

—A usted ya lo conozco —le dijo a Colvin, si bien no le preguntó su nombre.

El comentario complació a Colvin, y al menos en la misma medida le complació también ver que la cuarta persona que había en la habitación era una chica alta, de aspecto frágil y con una larga melena recogida en un moño compacto. No era el tipo de acompañante que Colvin había supuesto.

—Les presento a Myrrha. Nunca nos separamos.

Myrrha sonrió ligeramente, no pronunció palabra y volvió a sentarse. Colvin pensó que parecía completamente consumida. Sin duda a causa del frío, llevaba un pesado traje de *tweed* que casaba de un modo extraño con su aire de fragilidad.

—¿En qué medida conoce la obra? —preguntó Malnik en cuanto tuvo ocasión.

—Lo bastante para no actuar en ella —respondió la señorita Rokeby. Colvin vio que Malnik adquiriría un tono plomizo—. Dado que me ha traído hasta aquí, haré de Rosalina. El resto no eran más que mentiras. —Y añadió, dirigiéndose a Colvin—: ¿Sabe que este hombre ha intentado engañarme? Usted no trabaja en el teatro, ¿verdad?

Colvin, avergonzado, sonrió y negó con la cabeza.

—*Cornelia* es una obra maestra —dijo Malnik furioso—. Nethers era un genio.

—Era... —se limitó a responder la señorita Rokeby en voz muy baja, y se sentó en un brazo del sillón de Myrrha, el único de la habitación, situado delante de la anticuada estufa de gas.

—Ya se ha anunciado. Todo el mundo lo está esperando. Viene gente de Londres. Vienen hasta de Cambridge.

Myrrha volvió la cabeza evitando la ira de Malnik. La señorita Rokeby respondió:

—Se me dijo: otro clásico inglés. No un desahogo del pequeño Jack Nethers. No voy a hacerlo.

—*Como gustéis* es solo de relleno. ¿Para qué cree que se programa siempre? *Cornelia* es el objetivo central de la gala. Nethers nació aquí, en esta ciudad. ¿Es que no lo entiende?

Malnik hablaba con tal fervor que Colvin se compadeció de él. Pero dudaba que su forma de abordar a la actriz fuese la más adecuada.

—Por favor, hágalo por mí. Por favor.

—Solo Rosalina.

La señorita Rokeby estaba balanceando las piernas. Eran piernas jóvenes y hermosas. Había varios aspectos de aquella conversación que a Colvin no le hacían mucha gracia.

—Lo hablaremos en mi oficina mañana —dijo Malnik.

Colvin identificó estas palabras como una admisión protocolaria de derrota.

—Este sitio es espantoso, ¿verdad? —dijo entonces la señorita Rokeby en tono familiar a Colvin.

—Yo estoy acostumbrado —respondió él con una sonrisa—. La señora Royd tiene su lado tierno.

—Ha metido a la pobre Myrrha en una alacena.

Colvin recordó la antigua habitación de Greta de la planta superior.

—Si quiere intercambiar la habitación conmigo... He estado fuera y ni siquiera he deshecho todavía el equipaje. Sería sencillo.

—¡Qué amable es usted! ¡Con esa niñita tonta! ¡Conmigo! ¡Y ahora con Myrrha! ¿Puedo verla?

—Por supuesto.

Colvin la condujo al pasillo. Parecía natural que Myrrha también los acompañara, pero no lo hizo. Al parecer, dejaba las decisiones en manos de la señorita Rokeby. Malnik los siguió enfurruñado.

Colvin abrió la puerta de su habitación y encendió la luz. Su ejemplar de *El grafito y sus usos*, de Bull, estaba tirado en la cama y daba una impresión de lo más tonta. Se dio la vuelta para mirar a la señorita Rokeby. En ese momento, por segunda vez aquella tarde, tuvo miedo.

La señorita Rokeby se había quedado en el pasillo mal iluminado, ante la puerta de la habitación. Era evidente de un modo muy desagradable que estaba aterrorizada. Si antes parecía pálida, ahora estaba completamente blanca. Apretaba los puños con fuerza y respiraba profundamente de una forma poco natural. Tenía los grandes ojos medio cerrados, y a Colvin le pareció que lo que la asustaba era un olor. Tan convencido estaba que olfateó el gélido aire una o dos veces, en vano. Dio entonces un paso adelante y sus brazos rodearon a la señorita Rokeby, pues era evidente que estaba a punto de desmayarse. En cuanto tuvo a la actriz en brazos le recorrió el cuerpo una emoción de una intensidad sin precedentes. Durante lo que le pareció un largo momento, quedó sumido en una turbación maravillosa. Volvió a la realidad por algo que lo asustó todavía más que todo lo sucedido hasta entonces, aunque con menos motivo. Se oyó un fuerte ruido en la habitación 12 A. El señor Superbus debía de haber regresado.

Colvin llevó a la señorita Rokeby de vuelta a la habitación 9. En cuanto la vio, Myrrha soltó un chillido corto pero estridente y la ayudó a tumbarse en la cama.

—Es mi corazón —dijo la señorita Rokeby—, mi ridículo corazón.

Malnik parecía ahora más cetrino que grisáceo.

—¿Llamamos a un médico? —preguntó sin apenas preocuparse de disimular el sarcasmo.

La señorita Rokeby negó una sola vez con la cabeza. Era un gesto gemelo al de su asentimiento.

—Por favor, no se moleste en cambiar de habitación —le dijo a Colvin.

Completamente confundido, Colvin miró a Myrrha, que había traído, muy solícita, unas sales aromáticas.

—Buenas noches —los despidió la señorita Rokeby en voz baja pero firme.

Cuando Colvin se disponía a salir de la habitación, precedido por Malnik, la actriz le rozó la mano.

Colvin apenas pegó ojo en toda la noche, lo que supuso otra experiencia nueva para él. Sus sentimientos por la señorita Rokeby, tan intensos como contradictorios, eran un motivo para el insomnio; otro fue la sucesión de ruidos provenientes de la 12 A. El señor Superbus parecía haberse pasado la noche moviendo cosas de un lado para otro y conversando consigo mismo. Al principio sonaba como si estuviera reubicando todos los muebles de su habitación. Luego hubo un periodo, que a Colvin se le hizo eterno, durante el cual el único ruido fueron unos murmullos graves e ininteligibles, en modo alguno continuos, sino intercalados con periodos de silencio y retomados de nuevo en el preciso instante en que Colvin empezaba a creer que todo había terminado. Colvin se preguntaba si el señor Superbus estaría rezando sus oraciones. Finalmente, los golpes aquí y allá volvieron a empezar. Era de suponer que el señor Superbus seguía sin estar satisfecho con la disposición de los muebles, o tal vez los estaba devolviendo a su posición original. Después Colvin oyó que la ventana de guillotina se abría de golpe. Recordaba el ruido del día en que la señora Royd la cerró con fuerza. Entonces se hizo el silencio. Colvin terminó por encender la luz y mirar el reloj. Se había parado.

En el desayuno preguntó si esperaban que bajara el señor Superbus.

—No baja —respondió Greta—. Dicen que siempre come fuera.

Colvin sabía que los ensayos empezaban aquel día, pero Malnik siempre había puesto reparos a la presencia de personas ajenas al espectáculo. En ese momento, además, consideraba que Colvin lo había visto en circunstancias desfavorables, por lo que su cordialidad se había moderado mucho. Las dos semanas posteriores estuvieron, de hecho, muy cargadas de decepción para Colvin. Veía a la señorita Rokeby solo en la cena, que la actriz estaba haciendo todo lo posible por convertir en una comida en condiciones a fuerza de carisma, voluntad y dinero. Colvin participó de esta mejora, como también los viajantes que así lo deseaban —pocos, teniendo en cuenta cuantísimos pasaban por allí—; y de cuando en cuando la señorita Rokeby intercambiaba unas cuantas palabras agradables con él, si bien no le pedía que se sentara a su mesa ni tampoco él, tímido como era, se atrevió a invitarla. Myrrha nunca aparecía por allí, y cuando en una ocasión Colvin se interesó por ella, la señorita Rokeby simplemente dijo «Angelito… Languidece», y quedó claro que no tenía intención de decir más. Colvin recordó el aspecto consumido de Myrrha y concluyó que debía de ser inválida. Se planteó si debería ofrecer de nuevo el intercambio de habitaciones. Después de aquella única noche problemática, no había vuelto a oír al señor Superbus. Pero sabía por la señora Royd que había pagado varias semanas por adelantado. De hecho, por primera vez en años el hotel Emancipation era un negocio próspero.

Siguió haciendo el mismo frío todo el tiempo que la señorita Rokeby estuvo en la ciudad, con pequeñas tormentas de nieve que se repetían cada vez que las calles empezaban a despejarse. Los mineros daban tales zapatazos cuando entraban en la taberna que parecía que fueran a caerse al sótano; y todos los viajantes se resfriaban. Los dos periódicos locales, tanto el de la mañana como el de la tarde, siguieron intentando predisponer a sus lectores en contra de la ya reducida gala de Malnik. Cuando *Cornelia* se cayó de la programación, los dos editores señalaron (erróneamente, en opinión de Colvin) que ni siquiera a esas alturas era demasiado tarde para organizar una revista navideña, pero Malnik parecía haber logrado convencer a la señorita Rokeby para reforzar *Como gustéis* con una pieza titulada *Un pedazo de papel,* de la que Colvin no había oído hablar, pero que un ciudadano local entrado en años a quien los diarios siempre consultaban las cuestiones teatrales describió como «muy pasada de moda». Malnik provocó una controversia todavía mayor al proponer que el estreno fuera el día de Nochebuena, cuando la tradición inamovible decretaba que fuera el 26.

La semana final de ensayos se vio truncada por un acontecimiento extremadamente angustioso. Sucedió el martes. Cuando volvió aquella mañana de una gélida visita a la Biblioteca del Instituto Técnico, Colvin encontró en la pequeña y caldeada taberna a varios de los integrantes de la compañía Tabard Players. Los actores solían frecuentar un establecimiento más cercano al Hippodrome, pero que se trataba de una ocasión excepcional lo enfatizaba asimismo el comportamiento del grupo, cuyos miembros se apiñaban charlando en voz baja y con tono serio. Colvin no conocía bien a ninguno, pero parecían tan consternados que, en parte por curiosidad y en parte por compasión, se atrevió a preguntar qué sucedía a uno de ellos, un actor de mediana edad llamado Shillitoe que Malnik le había presentado. Después de un breve silencio, la compañía pareció aceptar a Colvin en su seno y todos empezaron a ilustrarlo, con cortas y crispadas efusiones de excesiva elocuencia. Algunas de las referencias no le quedaron del todo claras, pero la esencia de la historia era sencilla.

Colvin entendió que cuando la Tabard Players tomó posesión del Hippodrome, a Malnik le habían advertido que el «telar» situado sobre el escenario no era fiable y que el decorado no debía «volar» desde él. Esta restricción había suscitado quejas, pero se había cumplido hasta que, durante un ensayo de *Un pedazo de papel,* el productor se había rebelado y había pedido permiso a Malnik para utilizar el telar. Malnik había aceptado y dos tramoyistas habían empezado a tirar con cautela de algunas de las polvorientas cuerdas que desaparecían en la oscuridad casi absoluta de las alturas. Poco después uno de ellos gritó que había «algo ahí arriba ya». Ante estas palabras, según le dijeron a Colvin, todo el mundo quedó en silencio en el teatro. El tramoyista siguió soltando cuerda, pero el escenario era tan amplio y el telar tan alto que transcurrió un tiempo considerable antes de que el objeto apareciera lentamente ante sus ojos.

Los narradores se detuvieron y se hizo un silencio que Colvin pensó que debía de ser como el que se había producido en el teatro. Entonces Shillitoe prosiguió:

—Era el cadáver del pobre Ludlow. Se había colgado allí arriba, en el telar. Veinticinco metros por encima del escenario. Y hace ya un tiempo. Verá, él no participaba en las obras navideñas. Ni en la de esta semana. Todos pensábamos que se había vuelto a casa.

Le contaron que el productor se había desmayado en el acto, y tras disimuladas consultas supo que, afortunadamente, la señorita Rokeby no había sido convocada para ese ensayo en concreto.

Los primeros dos domingos desde su llegada, la señorita Rokeby no se había dejado ver más que en cualquier otro día, pero la mañana del tercer domingo, Colvin estaba dando uno de sus obstinados paseos solitarios a lo largo de los ventosos páramos que rodeaban la ciudad cuando la vio caminando delante de él por la nieve. Apenas había cuatro o cinco centímetros de espesor en la cornisa de la colina junto a la que avanzaba el camino, y Colvin llevaba un tiempo pensando en las pequeñas pisadas que lo precedían. Era la primera vez que veía a la señorita Rokeby fuera del hotel Emancipation, pero no le cabía duda de que era ella. Le dio un vuelco el corazón. Dudó, pero luego aceleró el paso y pronto le dio alcance. Cuando se acercó, la actriz se detuvo, dio la vuelta y lo miró de frente. No pareció sorprendida de verlo. Llevaba un abrigo de pieles con un cuello que le cubría casi hasta la punta de la nariz, un sombrero de piel y botas elegantes que se ataban en la rodilla.

—Me alegra tener acompañante —dijo con seriedad, lo que dirigió la mente de Colvin hacia su otra acompañante, tan peculiar—. Supongo que conoce bien todos estos caminos.

—Vengo con frecuencia en busca de explotaciones de plomo. Estoy escribiendo un libro muy aburrido sobre la minería del plomo y la plombagina.

—No veo ninguna mina por aquí.

La señorita Rokeby miró a su alrededor con un aire de profundo desconcierto.

—Las minas de plomo no son como las de carbón. Solo son galerías en las colinas.

—¿Qué hace cuando las encuentra?

—Las marco en un mapa a gran escala. A veces me adentro en las galerías.

—¿No ponen objeciones los mineros?

—No hay mineros.

Una sombra cruzó el rostro de la señorita Rokeby.

—Quiero decir que ya no hay —aclaró Colvin—. El plomo ya no se extrae.

—¿No? ¿Por qué no?

—Es un tema complejo.

La señorita Rokeby asintió.

—¿Me llevaría al interior de una mina?

—No creo que le guste. Las galerías suelen ser estrechas y bajas. Uno de los motivos por los que la industria se vio abocada al cierre fue que la gente ya no quería trabajar en ellas. Además, con las minas en desuso, suele ser peligroso.

La señorita Rokeby se echó a reír. Era la primera vez que Colvin oía su risa.

—Venga. —Lo tomó del brazo—. ¿O es que en esta colina en concreto no hay minas?

Parecía tan interesada como un niño.

—Hay una en torno a treinta metros por encima de nuestras cabezas. Pero no hay nada que ver. Solo oscuridad.

—¡Solo oscuridad, dice! —gritó la señorita Rokeby, como si ninguna persona razonable pudiera pedir más—. Pero usted no baja por todas estas galerías solo para ver la oscuridad, ¿verdad?

—Entro con linterna.

—¿La lleva ahora?

—Sí.

Colvin nunca iba a los páramos sin una linterna.

—Pues así va usted tranquilo. ¿Dónde está la mina? Guíeme.

Empezaron a escalar juntos la pronunciada pendiente cubierta de nieve. Colvin conocía todas las explotaciones de la zona y pronto estuvieron en la entrada.

—¿Ve? —dijo Colvin—. No hay espacio siquiera para estar de pie, y una persona gorda no podría ni entrar. Se va a estropear el abrigo.

—Yo no soy una persona gorda. —Había una ligera sombra de excitación en cada una de las mejillas de la señorita Rokeby—. Pero mejor que vaya usted delante.

Colvin sabía que aquella mina en concreto consistía simplemente en una larga galería que seguía la veta de plomo. Había llegado hasta el final más de una vez. Encendió la linterna.

—Le aseguro que no hay nada que ver —dijo, y entró.

Colvin se dio cuenta de que la señorita Rokeby parecía haber entrado, efectivamente, sin agacharse ni dañar el sombrero de piel. La actriz insistió en avanzar cuanto fuera posible, a pesar de que ya cerca del final Colvin hizo un esfuerzo bastante enérgico para convencerla de dar media vuelta.

—¿Qué es eso? —preguntó la señorita Rokeby cuando, pese a todo, habían alcanzado ya el extremo de la galería.

—Es una gran falla en la caliza. Algo así como una cueva. Los mineros arrojaban el escombro por ahí.

—¿Es profunda?

—Se dice que algunas de estas fallas no tienen fondo.

La señorita Rokeby tomó la linterna de manos de Colvin y, acuclillada al borde del agujero, la dirigió hacia las profundidades que se abrían debajo de ellos.

—¡Cuidado! —gritó Colvin—. Está sobre esquisto suelto. Podría desprenderse fácilmente.

Intentó arrastrarla hacia atrás. Lo único que consiguió fue que se le cayera la linterna, que se precipitó dando vueltas por el gran agujero como un meteoro hasta que, muchos segundos después, oyeron un leve estallido. Estaban sumidos en la más absoluta oscuridad.

—Lo siento —se oyó la voz de la señorita Rokeby—, pero es que me ha empujado.

Intentando no caer por el agujero, Colvin empezó a recorrer a tientas el camino de vuelta. De pronto pensó en Malnik, y la irresponsabilidad de la situación en la que se encontraba lo abrumó. Rogó a la señorita Rokeby que fuera despacio, asegurara cada paso y tuviera cuidado con la cabeza, pero ella parecía totalmente despreocupada. Colvin avanzó a trompicones por aquel camino interminable, mientras que la señorita Rokeby lo seguía de cerca, tranquila, con paso firme e infatigable. A tanta profundidad en la tierra, hacía calor y el ambiente estaba cargado. Colvin empezó a temer que la falta de oxígeno les afectara, obligados como estaban a avanzar a rastras, tan laboriosamente y sin final a la vista. Rompió a sudar copiosamente.

De pronto entendió que tenía que parar. No pudo siquiera fingir que lo hacía por consideración hacia la señorita Rokeby. Se dejó caer en el suelo de la galería y la actriz se sentó cerca, sin consideración alguna por sus costosas prendas. La oscuridad seguía siendo absoluta.

—No se lo tome como una humillación —dijo la señorita Rokeby con suavidad—. Y no tenga miedo. No es necesario. Saldremos.

Curiosamente, cuanto más decía ella, peor se sentía Colvin. Tenía los extraños antecedentes a esta aventura frustrada frescos en la memoria y, todavía más, el fantástico pasado de la señorita Rokeby. Tuvo que apretar la espalda contra la pared de piedra de la galería para no sucumbir por completo al pánico y empezar a gritar. Hablar con normalidad era imposible.

—¿Soy yo quien le da miedo? —preguntó la señorita Rokeby con una perspicacia pavorosa.

Colvin era cada vez menos capaz de hablar. La actriz preguntó:

—¿Le gustaría saber más de mí?

Colvin negó con la cabeza en la oscuridad.

—Si me promete no contárselo a nadie…

Pero, en realidad, la señorita Rokeby era como una niña, incapaz de contenerse y guardar su secreto.

—Estoy segura de que no se lo contará a nadie… Es mi asistente. Él es el peculiar, no yo.

Una vez que la verdad salió a la luz, Colvin se sintió un poco mejor.

—Sí —dijo con voz grave y temblorosa—, lo sé.

—Ah, lo sabe… No lo veo ni… —la señorita Rokeby hizo una pausa—, ni me encuentro con él… A menudo no me lo cruzo en años. Años.

—Pero se lo encontró la otra noche…

Colvin notó que la señorita Rokeby se estremecía.

—Sí… ¿Lo ha visto usted?

—Muy brevemente. ¿Cómo…? ¿Cómo se encontró con él la primera vez?

—Fue hace años. ¿Se hace usted una idea de cuántos años?

—Creo que sí.

Entonces la señorita Rokeby dijo algo que Colvin no llegó nunca a entender en realidad, ni siquiera más tarde, cuando soñaba con ella.

—Yo en realidad no estoy aquí. Myrrha soy yo. Por eso se llama Myrrha. Así es como actúo.

—¿Cómo? —dijo Colvin. Poco más podía decir.

—Mi asistente me robó mi personalidad. Como cuando se le quita el nervio a un diente. Myrrha es mi personalidad.

—¿Quiere decir su alma? —preguntó Colvin.

—Los artistas no tenemos alma. Personalidad es la palabra… Soy la personalidad de cualquiera. O de todos. Y cuando perdí mi personalidad, dejé de envejecer. Por supuesto, tengo que cuidar de Myrrha, porque si algo le sucediera a Myrrha…, bueno, ya sabe usted.

—Pero Myrrha parece tan joven como usted.

—Parece, parece.

Colvin recordó el rostro consumido de Myrrha.

—Pero ¿cómo puede vivir sin personalidad? Además, yo creo que usted tiene una personalidad muy fuerte.

—Tengo una máscara para cada ocasión.

Solo la absoluta oscuridad, pensó Colvin, hacía posible esta conversación imposible.

—¿Qué hace a cambio? Supongo que tendrá que compensar a su asistente de algún modo.

—Supongo que sí... Nunca he sabido de qué se trata.

—¿Qué más hace su asistente por usted?

—Suaviza mi camino. Me libra de personas que quieren hacerme daño. Me libró del pequeño Jack Nethers. Jack estaba loco, ¿sabe? Se ve incluso en su foto.

—¿La libró de ese desdichado, de Ludlow?

—No lo sé. Verá, no recuerdo a Ludlow. Creo que a menudo me libra de personas que no sé que quieren hacerme daño.

Colvin meditó un momento.

—¿Puede usted librarse de él?

—Nunca lo he intentado, la verdad.

—Pero ¿no quiere librarse de él?

—No lo sé. Siempre me aterroriza acercarme a él, pero por lo demás... No sé... Si no fuera por él nunca habría entrado en una mina de plomo.

—¿Cuántas personas saben todo esto? —preguntó Colvin después de una pausa.

—No muchas. Solo se lo he contado porque quería que se le pasara el miedo.

Conforme la señorita Rokeby pronunciaba estas últimas palabras, la galería se fue llenando de un extraño ruido. Luego los iluminó el gélido sol de diciembre. Colvin se percató de que estaban casi en la entrada de la galería y supuso que el acceso debía de haberse visto temporalmente bloqueado por una pequeña avalancha de nieve en proceso de deshielo. Incluso así, en realidad, solo había un agujero relativamente pequeño a través del cual tendrían que arrastrarse.

—Le dije que saldríamos —dijo la señorita Rokeby—. Otras personas no se han creído ni una palabra. Pero ahora usted sí que me creerá.

Fue también bastante extraña la naturalidad con la que, a lo largo de todo el camino de vuelta, la señorita Rokeby interrogó a Colvin a propósito de sus investigaciones de la minería del plomo y la plombagina, añadiendo de vez en cuando, en los márgenes de la conversación, preguntas halagadoras sobre él mismo. Igualmente peculiar le pareció a Colvin la naturalidad de sus propias respuestas. Antes de que estuvieran de vuelta en la ciudad, empezó a preguntarse cuánto de lo que la señorita Rokeby le había contado en la oscuridad de la mina había tenido un significado meramente metafórico, y después pensó si no habría utilizado la ocasión para dar pie a una imaginativa e ingeniosa *boutade*. Después de todo, se dijo, era actriz. Colvin creyó que su hipótesis se confirmaba cuando, al despedirse, la señorita Rokeby sostuvo su mano un momento y dijo:

—¡Recuerde! ¡A nadie!

De todos modos, Colvin decidió interrogar a la señora Royd con cierta seriedad a propósito del señor Superbus. Surgió una oportunidad cuando se la encontró después del almuerzo (en el que la señorita Rokeby no había aparecido) leyendo el dominical *The People* delante de la chimenea de la taberna. Recién cerrado el local, ese era, según le explicó la señora Royd, el único lugar cálido de la casa. De hecho, como era habitual, parecía un horno.

—No le sabría decir, la verdad —respondió la señora Royd a la decidida pregunta de Colvin, dando a entender que no era asunto de ninguno de los dos—. Sea como sea, se ha marchado. Se fue el martes pasado. ¿Duerme en la habitación de al lado y no se ha dado cuenta?

※ ※ ※

Tras la muerte del pobre Ludlow (el veredicto prácticamente inevitable fue de suicidio en circunstancias de enajenación mental) fue como si los diarios se avergonzaran de seguir criticando la programación de Malnik y, llegada la noche del estreno, los editores parecían dispuestos a concederle una tregua navideña incluso a Shakespeare. Colvin tenía previsto pasar la Navidad con su madre, pero cuando supo que el estreno de Malnik sería el día de Nochebuena, no pudo resistirse a retrasar la salida hasta después, a pesar de los peligros de un largo y complejo viaje en tren el día de Navidad. Con la señorita Rokeby, no obstante, se sentía en ese momento completamente inseguro de sí mismo.

El día de Nochebuena la ciudad parecía rebosante de alegría. Colvin quedó sorprendido por la sinceridad del regocijo general. Los comercios, como es habitual en los distritos industriales, llevaban tiempo contraponiendo a la monotonía generalizada montones de tarjetas navideñas y remolinos de oropel. Llegadas las fiestas, hasta la última casa parecía estar decorada y todas las tiendas proclamaban repartos extra y distribución de la abundancia. Incluso las colas, un rasgo prominente de estas celebraciones, parecían más optimistas, o eso le pareció a Colvin cuando pasó en torno a media hora en una de ellas para enviar unas flores a la señorita Rokeby, como consideraba que exigía la ocasión. Cuando salió hacia el Hippodrome, se veía por todas partes a los ciudadanos más hogareños que se afanaban silenciosos en los preparativos de la fiesta del día siguiente; sin embargo, una minoría más agreste, rebelde o sin hogar, estaba dando inicio a una jarana tal en el hotel Emancipation como para escandalizar al relativamente comedido Colvin, que sospechó que algunos de los borrachines debían de ser irlandeses.

Comenzaba a caer una lenta aguanieve cuando Colvin salió de la sofocante taberna para dirigirse a pie al Hippodrome. Un copo voló suavemente hacia su nuca y lo dejó helado en un instante.

Sin embargo, a pesar del tiempo, a pesar de las exigencias de las fechas y de la actitud previa de la prensa, había una multitud en el exterior del Hippodrome como Colvin no había visto antes allí. Para su gran sorpresa, parte del público iba con atuendo de gala; muchos de ellos tenían vehículos caros, y un grupo, al parecer, había llegado en un carruaje cerrado con dos brillantes caballos negros. Había tal concurrencia en la puerta que Colvin tuvo que aguantar mucho tiempo bajo la lenta aguanieve antes de poder unirse a la multitud que se abría paso por la fuerza, como el glaseado en una tarta, entre las incontables y relucientes fotografías de la hermosa señorita Rokeby. La edad media del público, observó Colvin, parecía muy avanzada, especialmente en el caso de la sección vestida de gala. Ancianos hombres canosos de largas narices y claveles en los ojales se dirigían con elegantes voces de principios de siglo a las damas con aspecto de brujas que llevaban del brazo, la mayoría engalanadas con gardenias de invernadero.

En el interior, no obstante, el enorme y dorado Hippodrome tenía el aspecto al que había aspirado cuando todavía era conocido como Gran Teatro de la Ópera. Desde su asiento de pasillo en el patio de butacas, Colvin observó, mirando hacia atrás y hacia arriba, los dorados sátiros y bacantes que decoraban lascivos la balaustrada de los palcos, y también a las venerables y orquidáceas figuras que se asomaban por encima de ellos. La pequeña orquesta, frenética, tocaba selecciones de *L'Étoile du Nord*. En la tribuna, siluetas distantes, incapaces de encontrar asiento, permanecían de pie observando con atención. Incluso los numerosos palcos, poco utilizados y polvorientos, se estaban llenando. Colvin no podía comprender cómo se había reunido tan gratificante concurrencia. Pero entonces tuvo que ponerse en pie para escuchar el himno nacional: el descolorido telón carmesí y dorado, que las engañosas candilejas hacían lucir espléndido, estaba a punto de abrirse.

La obra comenzó y entonces: «Querida Celia, demuestro más alegría de la que siento, ¿y aún me quieres más alegre? Si no me enseñas a olvidar a un padre desterrado, no intentes enseñarme a recordar ninguna dicha extraordinaria».[2]

Colvin entendió que había confiado de corazón en que la señorita Rokeby fuera buena, conmovedora, encantadora, pero la revelación que tuvo en aquel momento fue algo que jamás podría haber esperado porque nunca lo hubiera podido imaginar, y antes de que concluyera la primera escena de Rosalina vestida como un chico en el bosque estaba ya completa y terriblemente hechizado.

Nadie tosía, nadie susurraba, nadie se movía. A ojos de Colvin, parecía que la magia de la señorita Rokeby hubiera transformado de un modo extraño a todos los miembros de la Tabard Players, por norma jornaleros de las tablas, en milagros del buen gusto. Era evidente que el hechizo afectaba también al público, de modo que cuando las luces se encendieron para el intermedio, Colvin descubrió que tenía los ojos llorosos, pero no estaba disgustado, sino orgulloso.

En el intermedio se formó un alboroto. Las campanas de los bomberos que repicaban en la glacial noche apenas podían hacerse oír por encima del estruendo. Los presentes hablaban descuidadamente con vecinos desconocidos, agarrándose los unos a los otros para expresar emociones olvidadas. «¡Menudo preludio para la Navidad!», decían todos. Estaba claro que Malnik había acertado en algo.

En la segunda mitad, Colvin, que no tenía mucho interés en la escena de don Oliver Matatextos, dejó vagar la vista por el auditorio. Se percató de que el palco más cercano del primer anfiteatro, anteriormente vacío, ya no parecía desocupado. Una mano, que, dado que estaba justo encima de él, Colvin podía ver nudosa e hirsuta, apretaba con fuerza la cortina roja de terciopelo del palco. Más tarde, en la escena entre Silvio y Febe (la señorita Rokeby había entrado y salido mientras tanto), la mano seguía

---

2. William Shakespeare, *Como gustéis*, trad. Ángel-Luis Pujante, Austral, 2011.

ahí y aún apretaba con fuerza la cortina, al igual que (después de la gran escena de Rosalina con Orlando) durante la canción del cazador.

Al inicio del quinto acto se oyó una estampida de pasos en el pasillo y alguien se acurrucó junto al asiento de Colvin. Era Greta.

—¡Señor Colvin! Ha habido un incendio. La amiga de la señorita Rokeby ha saltado por la ventana. Está muy malherida. ¿Se lo dirá usted a la señorita Rokeby?

—La obra está a punto de terminar —dijo Colvin—. Espéreme en la parte de atrás.

Greta se retiró lloriqueando.

Después del epílogo de Rosalina, el tumulto fue milenario. La señorita Rokeby, con el vestido blanco de Rosalina, pasó muchos segundos sin saludar: se quedó seria, muy quieta, con las manos en los costados como Colvin la había visto por primera vez. Luego, cuando la cortina se levantó y mostró al resto de la compañía, empezó a caminar lentamente hacia atrás, hacia el fondo del escenario. Los porteros e incluso los tramoyistas, acicalados para la ocasión, empezaron a llevar brazadas y brazadas de flores, hasta que se formó un montículo, una montaña de flores en el centro del escenario, tan alta que ocultaba el cuerpo de la señorita Rokeby. De pronto, un ramo voló por el aire desde el palco del primer anfiteatro. Aterrizó en la base misma del montículo. Era una espantosa y polvorienta corona de laurel adornada con un lazo púrpura inmenso y algo ordinario. El público reclamaba desaforado la presencia de la señorita Rokeby, y la compañía la estaba buscando, desconcertada ante un derroche emocional desacostumbrado y palpablemente asustada; pero al final el director de escena tuvo que hacer descender el telón de seguridad y dar la orden de desocupar el teatro.

De vuelta en el hotel Emancipation, Colvin, aunque poco derecho tenía, pidió ver el cadáver.

—Jamás la reconocería —dijo la señora Royd.

Colvin no insistió.

La nieve, que caía cada vez con más fuerza, había sepultado la ciudad en silencio.

—No tenía que haber saltado —se lamentaba la señora Royd—. Los bomberos tenían las llamas bajo control. ¡Y mañana es Navidad!

El señor Huffam
Hugh Walpole

Publicado por primera vez en
The Strand Magazine
· 1933 ·

Hugh Walpole

1884-1941

Sir Hugh Walpole nació en Auckland (Nueva Zelanda), de padres ingleses, y pasó la infancia en Nueva York y en diversos internados de Inglaterra. Está emparentado con dos importantes escritores góticos: Horace Walpole, autor de El castillo de Otranto *(1764), la primera novela gótica; y Richard Harris Barham, autor de la colección de mitos y leyendas* The Ingoldsby Legends. *Hugh Walpole fue también un prolífico novelista. En 1930 publicó su obra más conocida,* Rogue Herries, *una novela histórica situada en el condado inglés de Cumbria, cerca de su casa. Quedó conmocionado ese mismo año cuando su amigo Somerset Maugham lo incluyó en la novela* La esposa imperfecta, *retratándolo con una áspera sátira: «No recuerdo a nadie, entre mis contemporáneos, que hubiera alcanzado una posición tan encumbrada con tan poco talento».* El golpe sacudió su confianza y en 1935 escribía con tristeza en su diario: «¿Tendré una reputación duradera? Como todo autor que a lo largo de la historia haya intentado seriamente ser un artista, a veces me lo pregunto. En cincuenta años creo que las historias del Lake District seguirán leyéndose en la región; por lo demás, apareceré en una pequeña nota al pie a mi periodo de la historia de la literatura». A pesar de todo, Walpole fue admirado por escritores como Arnold Bennett, Clemence Dane, J. B. Priestley y Joseph Conrad, además trabar una íntima amistad con Virginia Woolf. Mantuvo hasta el final de sus días una relación con un expolicía llamado Harold Cheevers, que ejerció públicamente como su chófer.*

«El señor Huffam» es un clásico cuento navideño de fantasmas que bebe de la tradición victoriana y, más que terrorífico, es un relato alegre y tierno.

—Tanya Kirk

---

* W. Somerset Maugham, *La esposa imperfecta*, trad. M. E. Antonini, Zeta, 2011.

I

Había una vez (no importa cuándo, salvo que fue mucho después de la Gran Guerra) un joven llamado Tubby Winsloe que estaba en el acto de cruzar la calle Piccadilly a la altura de la librería Hatchard's. Faltaban tres días para la Navidad y había helado, el hielo se había fundido y de nuevo había vuelto a helar. Las calles eran traicioneras, el tráfico nervioso e irresponsable, y una fina y débil nevada caía de un cielo amarillo pálido ante la pétrea indiferencia del ladrillo y el cemento. Pronto llegaría el atardecer y se encenderían las luces. Entonces todo sería más alegre.

Haría falta, no obstante, algo más que luces para devolverle la alegría a Tubby. El joven, de rostro rubicundo y de una corpulencia alarmante para sus veintitrés años, tenía en ese momento el ánimo de una toalla mojada, pues solo una semana antes Diana Lane-Fox se había negado a considerar siquiera por un instante la posibilidad de casarse con él.

«Me caes bien, Tubby», le había dicho. «Creo que tienes buen corazón. Pero ¿¡casarme contigo!? Eres un inútil ignorante y avaricioso. Eres escandalosamente gordo y tu madre te idolatra.»

Tubby no sabía, hasta que Diana lo rechazó, lo terriblemente solo que se iba a sentir. Tenía dinero, amigos, un buen techo sobre su cabeza; siempre había pensado que era popular allá donde iba.

«Vaya, ¡pero si es el bueno de Tubby!», gritaban todos cuando aparecía.

Era cierto que estaba gordo, era cierto que su madre lo idolatraba. Hasta ese momento no había pensado que hubiera nada de malo en ello. Una semana antes creía ser amigo del mundo entero. Ahora se veía como un paria.

El rechazo de Diana fue una terrible conmoción. Jamás habría pensado que no fuese a aceptar. Diana lo había acompañado gustosa a bailes y al cine, y tenía, o eso parecía, en muy alta estima a su madre, lady Winsloe, y a su padre, el *baronet* sir Roderick Winsloe. Había disfrutado, repetidas veces, de la hospitalidad de los Winsloe.

Por todo ello, Tubby había creído que ya solo tenía que hacer la gran pregunta. Podía elegir su momento. Pues bien, lo había elegido: en el baile de los Herries, la noche del miércoles previo. Y este era el resultado.

Pensaba que se recuperaría rápidamente. Era optimista por naturaleza. Se dijo una y otra vez que había muchos más peces en el mar matrimonial. Pero, al parecer, no los había. Quería a Diana y solo a Diana.

Se detuvo en la franja peatonal que dividía la calzada y suspiró con tal fuerza que una mujer, acompañada por una niña pequeña y un *chow chow* de aspecto fiero, lo miró con severidad, como diciendo: «Oiga, estamos en Navidad, son fechas deprimentes para todos los implicados. Volverlas todavía más deprimentes es una impertinencia injustificable».

Había otra persona refugiada en este pequeño fragmento de seguridad viaria. Un hombre con una pinta extraña. Su apariencia era tan inusual que Tubby, llevado por una inmediata curiosidad, olvidó sus problemas por un momento. La primera característica particular del hombre era que lucía barba. Las barbas eran muy poco habituales en aquellos tiempos. Después estaba su ropa, que, aunque limpia y cuidada, sin duda había pasado ya de moda. Vestía un cuello postizo muy alto y de puntas muy marcadas, un fular negro con un alfiler enjoyado y un chaleco de lo más extraordinario, de color púrpura y cubierto de florecillas rojas. Llevaba una maleta marrón muy grande que parecía pesada. Su rostro bronceado le recordó a Tubby al de un capitán de barco jubilado.

Pero lo más sorprendente de todo era que irradiaba una energía inquieta, torrencial. Se notaba que le costaba trabajo guardar silencio. Su cuerpo fuerte y nervudo parecía arder con un fuego secreto. El tráfico pasaba a toda prisa frente a ellos, pero, en cada breve intervalo entre los coches y los ómnibus, el caballero barbado hacía un bailecito nervioso; en una ocasión golpeó con el bolso al *chow chow* y en otra a punto estuvo de arrojar a la calzada a la niña.

Finalmente, con total imprudencia, el hombre se lanzó a cruzar la calle. A punto estuvo de ser atropellado por un imperioso y engreído Rolls-Royce. La mujer soltó un gritito y Tubby atrapó al hombre por el brazo, lo frenó y lo hizo retroceder.

—¡Casi lo atropella, señor! —murmuró Tubby, con la mano todavía en su brazo.

El desconocido sonrió: una sonrisa encantadora que relucía en sus ojos, en su barba e incluso en sus manos.

—Se lo agradezco —dijo, inclinándose en un gesto anticuado de cortesía—. Pero, pardiez, como le decía el niño al tendero cuando veía las salchichas salir de la embutidora: «Hay que ver lo que dura el perro».

Empezó a reírse a carcajadas y Tubby tuvo que reírse también, aunque el comentario no le había parecido muy divertido.

—Hay mucho tráfico los días de Navidad —dijo Tubby—. Ya sabe, está todo el mundo de compras.

El desconocido asintió y respondió:

—¡Una época espléndida, la Navidad! ¡La mejor del año!

—¿Usted cree? —dijo Tubby—. Dudo que encuentre a alguien que esté de acuerdo. Admirar la Navidad no está muy de moda en estos tiempos.

—¡¿Que no está de moda?! —exclamó el desconocido, sorprendido—. Pero bueno, ¿qué problema hay?

La pregunta no era sencilla, porque problemas había muchos, empezando por el desempleo y siguiendo por Diana. Tubby pudo evitarse por el momento la obligación de responder.

—Ahora hay un hueco —dijo—. Podemos cruzar.

Cruzaron, y el desconocido se balanceaba como si en cualquier instante fuera a despegar del suelo.

—¿Adónde se dirige? —preguntó Tubby. Más tarde, al echar la vista atrás, le sorprendió haber hecho esta pregunta. No era propio de él entablar amistad con desconocidos: tenía la teoría de que todo el mundo estaba dispuesto a «jugársela» a todo el mundo, especialmente en aquellos días.

—Si le soy sincero, no lo sé muy bien —reconoció el hombre—. Apenas acabo de llegar.

—¿Y de dónde viene?

El desconocido se echó a reír.

—Llevo viajando mucho tiempo. Siempre estoy de aquí para allá. Mis amigos me consideran un hombre muy inquieto.

Caminaban muy deprisa, pues hacía frío y la nieve caía ya con fuerza.

—Cuénteme... —dijo el desconocido—. Eso de que son malas fechas... ¿Qué problema hay?

¿Qué problema? ¡Menuda pregunta!

Tubby murmuró:

—Pues todo son problemas: el desempleo, la escasez de comercio... Ya sabe usted.

—No, no lo sé. He estado de viaje. Pero yo veo a todo el mundo muy alegre.

—Oiga, ¿no tiene frío sin abrigo? —preguntó Tubby.

—Bah, no es nada. Pero le voy a decir cuándo pasé frío de verdad. De niño trabajé en una fábrica etiquetando botellas de betún. Entonces sí que hacía frío. Nunca he tenido más frío. ¡Te colgaban carámbanos de la punta de la nariz!

—¡No! —exclamó Tubby.

—Sí, sí, te lo garantizo. ¡Y las botellas de betún estaban cubiertas de hielo!

En ese momento estaban ya en la calle Berkeley. La mansión de los Winsloe se encontraba en la calle Hill.

—Yo tuerzo aquí —anunció Tubby.

—¿Ah, sí?

El desconocido parecía decepcionado. Sonrió y extendió una mano.

Entonces Tubby tuvo otra reacción extraordinaria. Dijo:

—Venga y tómese una taza de té. Nuestra casa está aquí al lado.

—Por supuesto —respondió el desconocido—. Será un placer.

Mientras recorrían la calle Berkeley, el desconocido dijo en tono confidencial:

—Hace mucho que no paso por Londres. Todos estos vehículos son muy desconcertantes. Pero me gusta…, me encanta. Tanto ajetreo, aunque, al mismo tiempo, la ciudad está muy tranquila en comparación con lo que era cuando yo vivía aquí.

—¿Tranquila? —se extrañó Tubby.

—Desde luego. Antes había adoquines, y los carros y las carretas chillaban y traqueteaban como el demonio.

—¡Pero eso fue hace muchos años!

—Sí. Soy mayor de lo que parezco.

Entonces, señalando a lo lejos con el dedo, añadió:

—¡Pero si allí estaba Dorchester House![1] Así que la han demolido. ¡Qué pena!

—Sí, lo están demoliendo todo —dijo Tubby.

—Yo actué allí una vez… Fue una gran noche aquella. ¿Le gusta el teatro? ¿Le gusta actuar?

---

1. Dorchester House fue construida en 1835 por Robert Staynor Holford. Entre las principales características de la mansión londinense, diseñada para alojar la colección de arte de Holford, se encontraba su famosa escalera central. Tras ser sede de la Embajada estadounidense, el edificio fue demolido en 1929 para construir el Hotel Dorchester.

—Ay, no lo haría nada bien —respondió Tubby con modestia—, soy demasiado vergonzoso.

—Bah, no hay que ser vergonzoso —argumentó el desconocido—. La vergüenza es pensar demasiado en uno mismo, y eso solo trae problemas, como le decía aquel tipo al verdugo justo antes de que lo colgaran.

—¿No pesa demasiado la maleta? —preguntó Tubby.

—He cargado cosas peores —contestó el desconocido—. Una vez cargué una cama con dosel de un extremo al otro de la cárcel de Marshalsea.

Estaban ya en la puerta de la casa y Tubby reparó por primera vez en que le daba apuro lo que estaba haciendo. No era propio de él llevar a nadie a casa sin anunciarlo de antemano, y su madre podía ser muy altiva con los desconocidos. Fuera como fuera, allí estaban, nevaba con fuerza y el pobre hombre no llevaba abrigo. Así que entraron. La mansión de los Winsloe era espléndida, y toda ella, hasta el último detalle, pertenecía a un tiempo ya pasado. Había una escalera de mármol, que el desconocido subió prácticamente a la carrera, cargando con su maleta como si fuera una pluma. Tubby se esforzó en seguirlo, pero, por desgracia, no llegó a tiempo de evitar que el desconocido entrara por las puertas abiertas del salón.

Allí, sentada con espléndida ceremonia, se encontraba lady Winsloe junto a un rugiente fuego encarcelado en mármol, frente a una hermosa mesita de té y rodeada por paredes decoradas con magníficas imitaciones de los grandes maestros.

Lady Winsloe era una mujer enorme con el pelo de un blanco níveo, una pechera como una pequeña pista de patinaje y una cara pequeña que lucía una expresión de perpetuo asombro. Llevaba tan ceñido su vestido de seda blanca y negra que el espectador anticipaba con placer el momento en el que se viera obligada a levantarse. Se movía lo mínimo posible, decía lo mínimo posible y pensaba lo mínimo posible. Tenía muy buen corazón y estaba segura de que el mundo iba de cabeza al infierno.

El desconocido dejó el bolso en el suelo y se dirigió hacia ella con la mano tendida.

—¿Qué tal está? —dijo—. ¡Es un placer conocerla!

Por suerte, Tubby apareció en la sala en ese momento.

—Madre —empezó—, este caballero...

—Ah, claro —lo interrumpió el desconocido—, no sabe mi nombre. Me llamo Huffam. —Tomó la pequeña mano, blanca y rechoncha, y se la estrechó.

En ese momento, dos perros pequineses, uno marrón y el otro blanco, se abalanzaron desde un rincón con violentos ladridos. A Lady Winsloe aquella situación le parecía tan pasmosa que solo fue capaz de susurrar:

—Ya, Bobo... ¡Ya, Coco!

—Verás, madre —prosiguió Tubby—, el señor Huffam ha estado a punto de morir atropellado por un coche y yo lo he rescatado y ha empezado a nevar mucho.

—Sí, querido —dijo lady Winsloe con su peculiar vocecilla ronca, que no cuadraba en absoluto con el pecho tan descomunal del que procedía.

Al momento se recompuso. Por algún motivo, Tubby se había comportado de modo sorprendente, y lo que hiciera Tubby bien hecho estaría.

—Espero que tome un té con nosotros, señor... —Se interrumpió, dubitativa.

—Huffam, señora. Sí, gracias. ¡Tomaré un té!

—¿Leche y azúcar?

—¡De todo! —El señor Huffam se echó a reír y se dio unas palmadas en la rodilla—. Sí, leche y azúcar. Es usted muy amable. Con un completo desconocido como yo, además. Tiene una casa preciosa, señora. Es envidiable.

—¿Usted cree? —respondió lady Winsloe con su ronco susurro—. Hay poco que envidiar en los tiempos que corren... Terribles días, terribles. Pero si... ¡solo los impuestos! No tiene ni idea, señor...

—Huffam.

—Eso. ¡Qué cabeza tengo! ¡Ya, Bobo! ¡Ya, Coco!

Se produjo entonces un breve silencio y lady Winsloe observó a su extraño acompañante. Lady Winsloe tenía unos modales impecables. Nunca miraba directamente a sus invitados. Pero había algo en el señor Huffam que impelía, que obligaba a mirarlo. Era su energía. Era su evidente felicidad (pues no abundaban las personas felices). Era su extraordinario chaleco.

Al señor Huffam no le importaba lo más mínimo que lo miraran. Respondió con una sonrisa a lady Winsloe, como si la conociera de toda la vida.

—Qué afortunado soy —dijo— de pasar la Navidad en Londres. ¡Y además nieva! Como debe ser. Bolas de nieve, Punch y Judy,[2] muérdago, acebo, los títeres... ¡No hay nada en esta vida como los títeres!

—Oh... ¿usted cree? —dijo lady Winsloe sin levantar la voz—. No puedo, me temo, mostrarme por completo de acuerdo. ¡Los espectáculos duran muchísimo y suelen ser extremadamente vulgares!

—Ah, ¡es por las salchichas! —respondió el señor Huffam riéndose—. ¡No le gustan las salchichas! A mí me encantan. Sé que es una tontería a mi edad, pero así es: Joey y las salchichas. No me los perdería por nada del mundo.[3]

En ese momento entró al salón un caballero alto y sumamente delgado. Se trataba de sir Roderick Winsloe. Sir Roderick había sido subsecretario del Gobierno, había sido presidente de una empresa, había sido famoso por sus agudos y despiadados comentarios. Pero todo esto eran glorias del pasado. No era ya más que el

---

2. El matrimonio conformado por Punch y Judy es el más conocido de la tradición de títeres de cachiporra ingleses.

3. El señor Huffam hace referencia a otro personaje habitual de los espectáculos de Punch y Judy, el payaso Joey. También forma parte de la tradición la presencia en la función de una ristra de salchichas para dar juego cómico.

marido de lady Winsloe, el padre de Tubby y la víctima de una digestión vacilante y a menudo agresiva. Resultaba natural que fuera una persona melancólica, aunque tal vez no que lo fuera tanto como a él le parecía necesario. Para sir Roderick la vida carecía por completo de sabor. Miró en aquel momento al señor Huffam, su maleta y su chaleco con indisimulado asombro.

—Este es mi padre —dijo Tubby.

El señor Huffam se levantó de inmediato y le tendió la mano.

—Encantado de conocerlo, caballero —dijo.

Sir Roderick no respondió más que un «ah...», y se sentó. Tubby estaba empezando a pasar auténtica vergüenza. El peculiar invitado se había bebido el té y ya era hora de que se marchara. Sin embargo, no parecía tener intención de despedirse. Con las piernas separadas, la cabeza hacia atrás y ojos amistosos que los abarcaban a los tres como si fueran sus más queridos amigos, estaba pidiendo una segunda taza.

Tubby esperó a que reaccionara su madre. Era una maestra en el arte de hacer desaparecer a los invitados. Nadie sabía muy bien cómo lo hacía. Jamás recurría a nada tan vulgar y directo como una mirada al reloj, ni insinuaba la necesidad inminente de arreglarse para la cena. Una tos, un giro de muñeca, una palabra sobre los perros..., y la situación quedaba resuelta. Pero este invitado en concreto era un tanto más difícil de lo habitual, y Tubby lo sabía. Tenía algo de anticuado. Se tomaba las cosas al pie de la letra de una manera ingenua. Como lo habían invitado a tomar el té, pensaba que de verdad lo habían invitado a tomar el té. Nada de chismorrear cinco minutos para luego despedirse a toda prisa porque tenía una fiesta. No obstante, reflexionaba Tubby, la combinación de su padre, su madre y el propio salón, con su chimenea de mármol y su colección de copias de los grandes maestros, bastaba, por lo general, para garantizar visitas cortas. En esta ocasión también debería surtir su efecto.

Pero entonces... ¡sucedió algo extraordinario! Tubby reparó en que a su madre le gustaba el señor Huffam, le caía verdaderamente bien, sonreía y hasta se le escapaba una risita, le brillaban los ojillos, su pequeña boca estaba abierta a la expectativa de lo que tuviera que decir el invitado.

El señor Huffam estaba contando una historia: una anécdota de su juventud. Hablaba de un chico que había conocido en su propia infancia, un niño alegre, emprendedor y aventurero que había entrado a trabajar al servicio de una familia rica. El señor Huffam describía sus aventuras de un modo maravilloso: su *rencontre* con el lacayo, un esnob de creencias evangélicas; cómo le entregaba por la ventana de la despensa galletas a su hermanita; la amistad que entabló con la cocinera... Y, conforme el señor Huffam narraba todo esto, aquellas personas aparecían vivas delante de sus ojos: la pretenciosa señora con su trompetilla; el marido de la cocinera, que tenía una pata de palo; o el lacayo, que estaba enamorado de la hija de la repostera. La casa de este joven paje cobraba vida junto con todos los muebles que contenía, las mesas y las sillas, las camas y los espejos: todo, hasta la mismísima bufanda roja de lana que el lacayo llevaba en la cama porque sufría de rigidez en el cuello. Entonces lady Winsloe empezó a reírse y hasta sir Roderick Winsloe se rio, y cuando su mayordomo, un hombre corpulento y rubicundo, llegó para retirar el té, no podía creer lo que veían sus ojos como huevos pasados por agua. Se quedó inmóvil, mirando primero de todo a su señora, luego a su señor, más tarde la maleta del señor Huffam y después al propio señor Huffam, hasta que recordó sus modales y, con un repentino carraspeo de disculpa, se dedicó con seriedad (pues para él este comportamiento escandaloso de sus patrones no tenía nada de divertido) a sus tareas.

Pero lo mejor de todo fue tal vez el patetismo final de la historia del señor Huffam. El patetismo es peligroso en estos tiempos. Demasiado a menudo lo tildamos de sensiblería. El señor Huffam era un maestro del patetismo. Con facilidad y sin exageraciones describió cómo la hermana del joven paje perdió el dinero que le había confiado el borrachín de su padre, narró el terror que sintió, la tentación de robarlo del monedero de su anciana tía..., ¡y el descubrimiento triunfal del dinero en una sombrerera!

¡Cómo contenían todos el aliento! ¡Con qué viveza imaginaban la escena! ¡Qué real era la hermana del pajecillo! Finalmente, la historia llegó a su conclusión. El señor Huffam se levantó.

—Bueno, señora, tengo que agradecerle una hora de lo más feliz —dijo.

En ese momento sucedió lo más extraordinario de todo, pues lady Winsloe repuso:

—Si no tiene otros planes, ¿por qué no se queda una noche o dos?... Mientras recorre la ciudad, ¿no le parece? Estoy segura de que para todos nosotros será un placer, ¿verdad, Roderick?

Y sir Roderick respondió:

—Oh... Sí... Sin duda.

II

Al volver la vista atrás, como haría con tanta frecuencia posteriormente, y analizar estos extraordinarios acontecimientos, Tubby nunca fue capaz de ponerlos en el orden correcto. Todo aquello tenía la falta de lógica, el carácter colorido y fantástico, de un sueño: uno de esos escasos y deliciosos sueños que son mucho más reales y razonables que nada de lo que pueda sucedernos despiertos.

Después de la inconcebible invitación de lady Winsloe, ¿en qué orden tuvo lugar todo? ¿En qué orden se sucedieron el cínico almuerzo, el asunto de la joven pretendida por Mallow (Mallow era el mayordomo) y la extraordinaria metamorfosis de la señorita Allington? Todo aquello ocurrió, sin ninguna duda, en las primeras veinticuatro horas desde la llegada del señor Huffam. La portentosa escena del árbol de Navidad, la alocada fiesta y aquella imagen de ensueño de Londres formaron parte del magnífico clímax.

Tubby fue consciente de inmediato de que la casa misma había cambiado. Nunca había sido un hogar satisfactorio; siempre fue uno de esos lugares que se resisten, de forma obstinada y rebelde, a cobrar vida. Incluso las habitaciones utilizadas con más frecuencia —el salón, el largo y sombrío comedor, el estudio de sir Roderick, el dormitorio de Tubby— se negaban, malhumoradas, a cooperar. La casa era demasiado grande, los muebles demasiado pesados, los techos demasiado altos. Sin embargo, la primera noche en la que estuvo allí el señor Huffam, los muebles empezaron a reubicarse. Después de la cena solo quedó la familia (faltaba por llegar la señorita Agatha Allington, una pariente solterona con dinero que legar, una anciana infeliz que sufría una constante neuralgia). Se encontraban en el salón y, casi de inmediato, el señor Huffam retiró algunas de las sillas de la pared y giró el sofá para orientar más cómodamente el respaldo dorado y erizado hacia la chimenea. No se mostró insolente ni entrometido. De hecho, aquella primera noche habló poco: se limitó a hacer ciertas preguntas sobre el Londres del momento con un extraño interés por cuestiones sociales como las prisiones, los asilos y la protección de los niños. También se interesó por la literatura más reciente y tomó nota en un cuadernito de una curiosa colección de nombres, pues lady Winsloe le contó que Ethel M. Dell, Warwick Deeping y una señora que escribía poesía, Wilhelmina Stitch, eran sus escritores favoritos, mientras que Tubby le sugirió que echara un vistazo al trabajo de Virginia Woolf, D. H. Lawrence y Aldous Huxley. Lo cierto es que pasaron una noche tranquila, que terminó con la primera lección de *bridge* del señor Huffam (según les contó, la última vez que había «probado» las cartas había sido un entusiasta del *whist*). Fue una noche tranquila, pero, subiendo ya la larga y oscura escalera que conducía a su habitación, Tubby percibió que, de un modo indefinible, el aire estaba cargado de emoción. Antes de desvestirse, abrió la ventana y se asomó a los tejados y a las chimeneas de

Londres. La nieve brillaba y relucía bajo un cielo que se estremecía cargado de estrellas. Se oían vagamente las continuas oleadas de tráfico, como si el mar golpeara con suavidad los pies de las negras y nevadas casas.

«¡Qué hombre tan extraordinario!», fue lo último que pensó antes de quedarse dormido.

Cuando todavía no sabía que tendría al señor Huffam en casa, Tubby había invitado a almorzar a varios de sus jóvenes e inteligentes amigos: Diana, Gordon Wolley, Ferris Band y Mary Polkinghorne. Reunidos en torno a la mesa del comedor de los Winsloe, Tubby los miró con otros ojos. ¿Era por la presencia del señor Huffam? El invitado, haciendo alarde de su extraordinario chaleco, estaba exultante. Había pasado toda la mañana visitando algunos de los que habían sido sus lugares predilectos. Estaba asombrado. No podía ni pretendía ocultar su asombro. Les ofreció, allí sentados, picoteando lánguidamente la comida, una ligera noción de lo que fue en otro tiempo el este de Londres: la basura, la degradación, las bandadas de salvajes y ojerosos niños sin hogar… Mary Polkinghorne, que tenía una figura como la del mango de un paraguas, un corte de pelo a lo *garçon* y un monóculo, lo observaba con un desconcertado asombro.

—Pero dicen que nuestros barrios bajos son espantosos. Yo no he estado, ¡pero Bunny Carlisle dirige una organización infantil y dice que…!

El señor Huffam admitió haber visto algunos barrios bajos aquella mañana, pero dijo que no eran nada, nada en absoluto, comparados con los que había visto en su juventud.

—¿Quién es este hombre? —le susurró Ferris Band a Diana.

—No lo sé —respondió ella—. Alguien que ha recogido Tubby. Pero me cae bien.

¡Y luego vino lo de la Navidad!

—Ay, Dios —suspiró el joven Wolley—, ¡otra vez Navidad! ¿No es horrible? Me voy a meter en la cama. Me voy a dormir y espero estar soñando hasta que estos espantosos días hayan pasado.

El señor Huffam lo miró con asombro.

—Cuelga tu calcetín en la chimenea, a ver qué pasa —dijo.

Todo el mundo se echó a reír a carcajadas ante la idea del joven Wolley colgando un calcetín. Más tarde, en el salón, hablaron de literatura.

—Acabo de ver —explicó Ferris Band— las pruebas de la nueva novela de Hunter. Se llama *Cerdos febriles*. Es absolutamente maravillosa. La idea es que un hombre tiene escarlatina y la novela es una descripción de sus desvaríos. Poesía pura.

Sobre una mesita había un libro. Lo tomó. Era una primera edición de *Martin Chuzzlewit* encuadernada en piel morada.

—Pobre Dickens —dijo—. Hunter tiene una idea maravillosa. Va a reescribir uno o dos de los libros de Dickens.

El señor Huffam se mostró interesado.

—¿A reescribirlos?

—Sí. Los reducirá más o menos a la mitad. Dice que esconden cosas bastante buenas. Va a cortar todos los trozos sentimentales, adaptar el humor a nuestros tiempos y meter algunas cosas de su cosecha. Dice que es un acto de justicia con Dickens mostrarle a la gente que sus libros valen la pena.

El señor Huffam estaba encantado.

—Me gustaría verlo. Hará algo completamente nuevo con ellos.

—Eso es lo que dice Hunter —respondió Band—. La gente se va a llevar una sorpresa.

—Desde luego que sí —dijo el señor Huffam.

Los invitados se quedaron mucho tiempo. El señor Huffam era algo completamente nuevo en su experiencia. Antes de marcharse, Diana le dijo a Tubby:

—¡Qué hombre más encantador! ¿Dónde lo has encontrado?

Tubby respondió con modestia. Diana estaba siendo más agradable que nunca con él.

—¿Qué te ha pasado, Tubby? —le preguntó—. De pronto, has despertado.

Aquella tarde, la señorita Agatha Allington se presentó con gran cantidad de bolsas y uno de sus peores resfriados.

—¿Cómo estás, Tubby? Muy amable tu invitación. ¡Qué tiempo más horrible! ¡Qué espantosa es la Navidad! Supongo que no esperarás que te traiga un regalo, ¿verdad?

Antes de que se hiciera de noche, el señor Huffam se hizo amigo de Mallow, el mayordomo. Nadie sabía muy bien cómo lo había conseguido. Nadie había entablado nunca amistad con Mallow. Pero el señor Huffam bajó a los dominios inferiores de la mansión e invadió el mundo de Mallow, de la señora Spence (el ama de llaves), de Thomas (el asistente), de Jane y Rose (las asistentas), y de Maggie (la criada). La señora Spence, una mujer pequeña y redonda como una pelota, era fascista en cuestiones políticas, decía descender de María I de Escocia y no permitía que nadie entrara en su sala de estar, salvo lady Winsloe. Sin embargo, le enseñó al señor Huffam las fotografías del difunto señor Spence y de su hijo, Damley, que era sobrecargo en los transatlánticos Cunard. Respondió con una generosa carcajada a la historia del organillero y el mono cojo. Pero la gran conquista del señor Huffam fue Mallow. Al parecer (nadie tenía ni la más mínima idea hasta entonces), Mallow estaba desesperadamente enamorado de una joven que ayudaba en una floristería de la calle Dover. Esta joven, por lo visto, admiraba mucho a Mallow, y el mayordomo la había llevado una vez al cine. Pero Mallow era tímido (¡quién lo hubiera dicho!). Quería escribirle una carta a la chica, pero, simple y llanamente, era incapaz de reunir el valor. El señor Huffam le dictó una carta. Una carta maravillosa, llena de humor, poesía y ternura.

—Pero no estoy a la altura de esta carta, señor —dijo Mallow—. Me descubrirá en un abrir y cerrar de ojos.

—No pasa nada —respondió el señor Huffam—. Llévala a tomar el té mañana, sé un poco tierno. ¡Después de eso no pensará en las cartas!

El señor Huffam salió después del té y regresó espolvoreado de nieve, en un taxi cargado de muérdago y acebo.

—Ay, madre —susurró lady Winsloe—, hace años que no decoramos la casa. No sé qué dirá Roderick. Dice que el acebo ensucia mucho.

—Yo hablaré con él —respondió el señor Huffam.

Habló con sir Roderick y el resultado fue que acudió en persona a ayudar con la decoración. En todo este proceso, el señor Huffam no fue dictatorial en absoluto. Tubby observó que mostraba incluso una suerte de timidez; no en sus opiniones, pues las tenía muy claras y sabía exactamente lo que pretendía, pero sí parecía ser consciente, por una suerte de intuición fantasmal, de las idiosincrasias del prójimo. ¿Cómo supo, por ejemplo, que sir Roderick tenía miedo a las escaleras de mano? Cuando el señor Huffam, Mallow, Tubby y sir Roderick estaban engalanando el vestíbulo con acebo, el señor Huffam vio que sir Roderick empezaba a subir tímidamente, con piernas temblorosas, algunos escalones. Se acercó a él, le puso una mano en el brazo y lo guio con cuidado de vuelta al suelo.

—Sé que no le gustan las escaleras —dijo—. Algunas personas no las soportan. Conocí a un caballero al que le aterrorizaban las escaleras, pero su hijo mayor, un chico brillante y prometedor, se empeñó en dedicarse a reparar tejados y chimeneas. Era la única profesión que le interesaba.

—¡Dios bendito! —gritó, empalidecido, sir Roderick—. ¡Qué afán más espantoso! ¿Y qué hizo su padre?

—Lo convenció de que se hiciera buzo —respondió el señor Huffam—. Al chico le vino como anillo al dedo. Arriba o abajo, para él era todo lo mismo, eso decía.

El señor Huffam, de hecho, cuidó de sir Roderick como un padre cuidaría de su hijo y, antes de que el día llegara a su fin, el noble *baronet* ya le pedía al señor Huffam su opinión a propósito de todo: la forma correcta de cultivar claveles, el patrón oro, cómo criar perros salchicha, y la sensatez de lord Beaverbrook.[4] El pa-

---

4. Lord Beaverbrook (William Maxwell Aitken, 1879-1964) fue un actor fundamental de la política británica en la primera mitad del siglo xx, especialmente en su papel de magnate de los medios de comunicación (fue propietario del diario con

trón oro y lord Beaverbrook eran novedades para el señor Huffam, pero tenía su opinión al respecto de todos modos. Al escucharlos, Tubby no podía parar de pensar dónde se habría metido el señor Huffam todos aquellos años. ¡En alguna isla muy remota de los mares del sur, sin duda! Eran tantas las novedades para él... Pero su bondad y su energía lo impulsaban en cualquier situación. Había mucho de infantil en él, también mucho de los hombres sabios de mundo y, detrás de todo ello, un corazón melancólico, solitario.

«No parece tener —pensó Tubby— hogar, familia ni sitio concreto al que dirigirse.» Fantaseó con la idea de vincularlo a la familia como un amigo con funciones de secretariado. El joven no sentía especial apego por las personas de su propio sexo, pero tenía que reconocer que se estaba encariñando mucho del señor Huffam. Era casi como si lo conociera de antes. Había, de hecho, ciertas frases, ciertos tonos de voz, que le resultaban curiosamente familiares y le recordaban de un modo poco definido la inocencia perdida de su infancia.

Y luego, después de la cena, tuvo lugar la conquista de Agatha Allington. Agatha había adoptado desde el principio una actitud de antipatía hacia el señor Huffam. Era una mujer que se vanagloriaba de su franqueza.

—Querida —le dijo a lady Winsloe—, ¡menudo rufián! Te va a robar las cucharas.

—No creo —respondió lady Winsloe con solemnidad—. Nos resulta de lo más agradable.

El señor Huffam pareció percibir la aversión de Agatha. Se sentó a su lado en la cena (vestía una levita con un corte peculiar, pasado de moda, y lucía una gran leontina de oro). Era, como Tubby observó, muy diferente a Agatha. Podríamos decir que él también era una solterona, o más bien un inveterado soltero. Descubrió que a Agatha le apasionaba Italia (visitaba Roma y Florencia todos

---

mayor circulación del mundo en su momento, el *Daily Express*), pero también por su participación directa en política con cargos ministeriales en las dos guerras mundiales.

los años) y le describió algunos de sus viajes a Italia muchos años atrás: le confesó que no le atraían los frescos, que describió como «vírgenes borrosas con glorias enmohecidas». Pero Venecia. ¡Ay, Venecia! ¡Con sus prisioneros y sus mazmorras y sus maravillosas aguas iridiscentes! De todas formas, siempre sentía nostalgia de Londres cuando estaba fuera de la ciudad; le describió el viejo Londres, la niebla, las campanillas con forma de magdalena que utilizaban los bomberos para alertar de los incendios, los carros de caballos, y la maravilló con una historia sobre un soltero tímido y cómo salió una noche a cenar con una prima vulgar y tuvo que ser amable con un horrible ahijado. Todos, de hecho, lo escuchaban ensimismados: incluso Mallow, de pie, con un plato en la mano y la boca abierta, olvidando sus obligaciones. Después de la cena, el señor Huffam insistió en que había que bailar. Hicieron hueco en el salón, llevaron un gramófono y se pusieron a ello. Y cuánto se rio el señor Huffam cuando Tubby le enseñó el *one-step*...

—¡¿A esto llamáis bailar?! —exclamó.

Entonces, tarareando una polca, tomó a Agatha de la cintura, ¡y a bailar se ha dicho! Lady Winsloe, que había sido aficionada a la polca tiempo atrás, se sumó. Luego se lanzaron a los bailes en grupo y, finalmente, aunque eran pocos, al conocido como sir Roger de Coverley.

—¡Ya sé lo que tenemos que hacer! —exclamó el señor Huffam—. ¡Tenemos que celebrar una fiesta!

—¡¿Una fiesta!? —dijo lady Winsloe casi a voz en grito—. ¿Qué tipo de fiesta?

—Una fiesta infantil, por supuesto. El día de Navidad.

—¡Pero no conocemos a ningún niño! Y a los niños les aburren las fiestas. Además, tendrán todos compromisos.

—¡No los niños a los que invitaré yo! —gritó el señor Huffam—. ¡No la fiesta que celebraré yo! ¡Será la mejor fiesta que haya visto Londres en años!

III

Es bien sabido que las personas de buen talante, alegres y perpetuamente bienintencionadas se encuentran entre las más tediosas de su especie. Todo aquel con inteligencia y gusto por la comodidad las evita. Más tarde, Tubby se preguntó a menudo por qué el señor Huffam no resultaba tedioso. Era tal vez por su carácter infantil; era también, sin duda alguna, por su inteligencia. La razón fundamental radicaba en que las circunstancias eran excepcionales. En la vida cotidiana, quizá el señor Huffam sí fuera un pelmazo (la mayoría de las personas lo son en un momento u otro). Pero en esa ocasión, nadie fue un pelmazo, ni siquiera Agatha.

Parecía que hubieran retirado la pared delantera de la mansión de la calle Hill, y todos los detalles y los sucesos de aquellos dos días, el de Nochebuena y el de Navidad, formaran parte de ella. Era como si la plaza de Berkeley estuviera engalanada de árboles de cristal; como si en cada ventana resplandecieran velas (rojas, verdes y azules); como si los niños, en lugar de cantar «El buen rey Wenceslao» de ese modo atroz tan habitual, entonaran el villancico con voces angelicales; como si procesiones de Papás Noel, con barbas níveas y trajes rojos, marcharan desde los grandes almacenes Selfridges, Harrods y Fortnum's cargando pequeños árboles de Navidad, atendidos incluso por renos; como si por las chimeneas cayeran en torrente regalos envueltos en papel marrón, atados con cintas plateadas y decorados con petirrojos; y como si gigantescos púdines de Navidad rodaran sobre sus redondas barrigas por Piccadilly, bajo aguaceros de almendras y pasas. Y por encima de toda esta escena, primero un sol de rostro sonrojado y después una luna del color de las cerezas, tan grande como una naranja, sonreían desde las alturas a un mundo cubierto por una capa de reluciente nieve, mientras las campanas repicaban y una vez más los Reyes de Oriente se presentaban en el establo cargados de obsequios...

Claro está que no fue así..., pero la casa de los Winsloe sin duda se vio transformada. Para empezar, no tuvo lugar la habitual entrega de regalos. En el desayuno del día de Navidad, todos se intercambiaron obsequios que no podían costar, y era una orden, más de seis peniques. El señor Huffam había descubierto fruslerías maravillosas: perros de juguete que ladraban, Papás Noel relucientes de nieve, un pequeño juego de campanas de plata, brillantes piezas de lacre...

Luego fueron a la Iglesia de St. James, en Piccadilly. En la comida, sir Roderick tomó pavo y pudin de Navidad, que llevaba sin probar muchísimo tiempo.

Por la tarde celebraron la fiesta. A Tubby se le permitió invitar a Diana; el resto de invitados serían todos del señor Huffam. Nadie sabía qué tenía en mente. A las siete y cuarto se oyó el primer timbrazo en la puerta. Cuando Mallow abrió el portón, en los escalones había tres niños muy pequeños: dos chicas y un chico.

—Por favor, señor, este es el número que dijo el caballero —susurró la niña más pequeña, que estaba muy asustada.

Y los niños empezaron a subir por la calle Hill: grandes, pequeños, algunos que apenas podían andar, chicos descarados, chicas que cuidaban de sus hermanos menores, unos andrajosos, otros elegantes, algunos con rebozos, otros con bufandas, los había con cuellos postizos, algunos valientes, otros temerosos, algunos parlanchines como monos, otros silenciosos y nerviosos... Todos llegaban por la calle Hill, se amontonaban en la escalera y pasaban al gran vestíbulo.

Hasta que Marlow no los condujo a todos escaleras arriba y ocuparon su lugar, no se permitió entrar a su propio salón al *baronet* sir Roderick Winsloe; a lady Winsloe, su mujer; y a Tubby Winsloe, su hijo. Cuando llegaron, el asombro los dejó boquiabiertos. Bajo la suave y brillante luz, alguien había despejado el gran salón, y en un extremo estaban reunidos todos los niños. En el lado contrario se erguía el árbol de Navidad más grande, más fuerte y más orgulloso que jamás se haya visto, un árbol que brillaba y relucía con velas, con papel plateado, con bolas azules, doradas y carmesíes, y tan cargado estaba de muñecas, caballos, trenes y paquetes que era un milagro que, por muy buen árbol que fuera, pudiera soportar la carga. Así era: la gran sala iluminada de luz dorada, los niños apiñados, el brillante suelo como un mar y un silencio que solo rompían el chisporroteo del fuego, el tictac del reloj de mármol y los perplejos susurros de los niños.

Una pausa y, de un rincón u otro (nadie supo de dónde), apareció Papá Noel. Se plantó allí, mirando a sus invitados desde un extremo del salón.

—Buenas tardes, niños —dijo, y la voz era la del señor Huffam.

—Buenas tardes, Papá Noel —gritaron los niños a coro.

—Es todo con su dinero —susurró lady Winsloe a Agatha—. No me ha dejado gastar ni un penique.

El señor Huffam pidió a los adultos que lo ayudaran con los regalos. Los niños (que se comportaron con la educación de la más alta aristocracia…, o mejor incluso, si somos sinceros) avanzaron por el resplandeciente salón. Les indicaron que hicieran cola según su tamaño, con el más pequeño primero. No hubo empujones ni gritos de «¡Yo quiero eso!», tan habituales en las fiestas; no hubo avaricia ni hartazgo. Finalmente, la niña más alta (que era casi una giganta) y el niño más grande (que podría ser campeón de los pesos pesados) recibieron sus presentes. El árbol tembló ligeramente, aliviado de su peso, y las velas, el papel plateado y las bolas rojas, azules y doradas se estremecieron de placer por el éxito del reparto.

A continuación vinieron los juegos. Tubby sería incapaz de recordar más tarde a qué jugaron. Sin duda, entre otros muchos, a «busca la zapatilla», «beso y vuelta», «cruza los pies», «el último gana», «la gallinita ciega», «encuentra la cereza», «aquí viene el elefante» y «cuenta lo mejor». Pero Tubby nunca lo supo. El salón cobró vida con el movimiento, los gritos de alegría y alaridos triunfales, las canciones, besos y pañuelos. Tubby nunca lo supo. Solo supo que había visto a su madre con un gorro de papel en la cabeza, a su padre con una nariz de juguete, a Agatha tocando un tambor infantil…, y por todas partes, rodeándolo, niños y niños y más niños, niños que bailaban, cantaban, corrían, se sentaban y reían.

Llegó un momento en el que Diana, con la melena despeinada y los ojos brillantes, lo tomó del brazo y le susurró:

—Tubby, eres un encanto. Tal vez… un día…, si sigues así…, quién sabe…

Y de pronto se hizo el silencio. El señor Huffam, que ya había dejado de ser Papá Noel, dispuso a todos los niños a su alrededor. Les contó un cuento, un cuento sobre un circo y un niño pequeño que, con su anciano abuelo, deambulaba en compañía de aquellas extrañas personas: de la señora gorda y el esqueleto vivo, de los malabaristas y las hermosas criaturas que saltaban a través de los aros, y del payaso con el corazón roto, un corazón que hubo que remendar.

—Y fueron felices y comieron perdices —concluyó.

Todos dieron las buenas noches. Y todos se marcharon.

—Por Dios, ¡sí que estoy cansado! —dijo el señor Huffam—. ¡Pero ha sido una tarde divertidísima!

A la mañana siguiente, cuando Rose, el ama de llaves, despertó a lady Winsloe con su taza de té matutina, traía noticias insospechadas.

—Ay Dios, señora, ¡el caballero se ha marchado!

—¿Qué caballero?

—El señor Huffam, señora. Su cama está sin deshacer y ha desaparecido su bolso. No hay rastro de él en ninguna parte.

Por desgracia, era completamente cierto. No había rastro de él en ninguna parte. O, más bien, solo un rastro.

El salón estaba como siempre había estado, con cada silla en su lugar y las copias de los grandes maestros mirando solemnes desde las alturas de sus majestuosas paredes.

Solo una cosa había cambiado. La primera edición de *Martin Chuzzlewit*, con su bella encuadernación púrpura, estaba apoyada contra el reloj de mármol.

—¡Qué extraño! —dijo lady Winsloe.

Sin embargo, al abrir el libro, encontró que en la guarda estaban escritas con tinta fresca las siguientes palabras:

Para lady Winsloe,
con gratitud,
de su amigo,
el autor,

Y debajo, sobre un garabato de gruesas líneas negras, la firma:

Charles Dickens[5]

---

5. Hugh Walpole dejó pistas a lo largo del cuento de la identidad del desconocido barbudo, que tal vez el lector curioso quiera descubrir. Entre ellas, por ejemplo, podemos señalar que Charles John Huffam Dickens (1812-1870) trabajó de niño en la fábrica de betunes Warren's cuando su padre entró en la cárcel de Marshalsea…

Índice

∾

El manzano 7
    Daphne du Maurier

La Habitación Azul 59
    Lettice Galbraith

En los hielos boreales 87
    Elia Wilkinson Peattie

El gato negro 95
    W. J. Wintle

La mujer de Ganthony 107
    E. Temple Thurston

Una nevada 127
    James Turner

El hombre que volvió 147
    Margery Lawrence

La tercera sombra 169
    H. Russell Wakefield

El fantasma de la encrucijada 189
    Frederick Manley

El barrendero 211
    Muriel Spark

La aparición de la estrella 221
    Robert Aickman

El señor Huffam 255
    Hugh Walpole

La recomendación del editor

Cuentos de hadas de Angela Carter

Traducción de Consuelo Rubio Alcover

«Este delicioso y lúcido ensayo reivindica la tradición de los relatos populares y explora cómo las nuevas lecturas de estos cuentos tradicionales cuestionan los tópicos del pasado.»
—Miguel Cano, *El Cultural*

www.impedimenta.es

También en Impedimenta

～

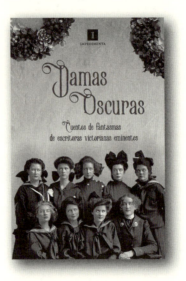

Damas oscuras
Cuentos de fantasmas de escritoras victorianas eminentes

*Traducción de Alicia Frieyro, Olalla García,
Sara Lekanda, Magdalena Palmer y Consuelo Rubio*

«Veinte relatos ideales para leer al calor de la
calefacción y pasar un miedo mucho más sano que
el que nos depara cada día la actualidad.»
—Isabel Gómez Melenchón, *La Vanguardia*

www.impedimenta.es